『海牛』号

张雪云 著

CNS | 湖南人民出版社 · 长沙

图书在版编目（CIP）数据

“海牛”号 / 张雪云著. --长沙：湖南人民出版社，2023. 12
ISBN 978-7-5561-3408-3

Ⅰ. ①海…　Ⅱ. ①张…　Ⅲ. ①报告文学—中国—当代　Ⅳ. ①I25

中国国家版本馆CIP数据核字（2023）第252319号

“HAINIU” HAO
“海牛”号

著　　者　张雪云
策划编辑　周　熠
责任编辑　周　熠　欧家作
装帧设计　许婷怡
责任印制　肖　晖
责任校对　罗亚丽　杨萍萍

出版发行　湖南人民出版社［http://www.hnppp.com］
地　　址　长沙市营盘东路3号
邮　　编　410005
经　　销　湖南省新华书店

印　　刷　长沙艺铖印刷包装有限公司
版　　次　2023年12月第1版
印　　次　2023年12月第1次印刷
开　　本　710 mm × 1000 mm　1/16
印　　张　18.25
插　　页　2
字　　数　227千字
书　　号　ISBN 978-7-5561-3408-3
定　　价　58.00 元

营销电话：0731-82221529　（如发现印装质量问题请与出版社调换）

目

录

Contents

序章

蔚蓝之下

蓝天辽阔，大海蔚蓝，亿万年的时光沉淀成浩瀚的海洋。海洋，是生命的摇篮，是人类的故乡。

辽阔的大海，总是那么深邃，那么神秘，包容万物，这深深浅浅的蓝色，融汇了从古至今人类丰富的想象。在大海中，有着各种各样的生物，其中有一种体形巨大又颇为可爱的哺乳类动物，它性情温和，习惯吃海草，被人们亲切地称为海牛。海牛至今已有2500万年的海洋生存史，在海洋食物链中扮演着重要角色。令人惋惜的是，今天，海牛已被世界自然保护联盟列为易危物种，在中国海域，更是难寻踪迹。

大海里真正的海牛数量越来越少，牵动着世人的心；另一头让世界瞩目的“海牛”却横空出世，它被亲切地誉为“深海神兽”，能够窥探到海底的奥秘，它就是大国重器——“海牛”号海底钻机。

一

2021年4月9日，《人民日报》在网络平台推送了一则科技新闻：《231米！中国创造新世界纪录》，这则新闻十分简短，不到200字，却鼓舞人心——

> 北京时间4月7日23时左右，湖南科技大学领衔研发的我国首台“海牛Ⅱ号”海底大孔深保压取芯钻机系统，在南海超2000米深水成功下钻231米，刷新世界深海海底钻机钻探深度。
>
> 这一深海试验的成功，填补了我国海底钻探深度大于100米、具备保压取芯功能的深海海底钻机装备的空白，也标志着我国在这一技术领域已达到世界领先水平。

这是中国科技创新的重大成果，这是中国“海牛”备受瞩目的荣耀时刻。关键技术完全自主研发、授权专利198件（其中美国、欧盟等国际发明16件），“海牛Ⅱ号”刷新了世界纪录，打破了我国可燃冰等海洋资源勘探技术装备对国外的长期依赖，为我国海洋矿产勘探技术和装备研发作出了开创性贡献。

231米！这不是陆地上的231米，这是深海海底的231米。它，成为人类迄今为止在海底钻进的最深深度，成为中国刷新世界深海海底钻机钻探纪录的“中国深度”！

“海牛Ⅱ号”海试成功，之所以让中国人欢欣鼓舞，不仅因为它打破了世界纪录，更重要的是，它意味着我国海底矿产资源探采装备技术已基本满足了海洋资源的勘探需求，我国勘探、利用海洋资源将开启全新的里程碑。

2023年5月22日，中共中央宣传部授予“海牛”号首席科学家万步炎“时代楷模”称号。“海牛”号再次成为新闻焦点。很多人不禁在问：什么是“海牛”号？万步炎又是何人？

一个春天的午后，阳光正好，微风不燥，繁花似锦，我第一次走进湖南科技大学，不为赏花，只为寻访。

从宽阔的东门进去，草地正中央，“HNUST”五个大大的字母映入眼帘。走进校园，月湖碧波荡漾，湖光树影如瀑飞泻，图书馆、办公楼、教学楼和学生公寓掩映于错落有致的山水园林之中，不禁让人暗暗想起“韶岳流云，楚南佳处”的句子来。

行走在校园里，绿意簇簇，摇曳如诗，一枝一叶、一花一草，从脉络到纹理，都在诠释着以文化人、以美育人的价值理念，不断地带给人们“青春芳华，斯文在兹”的惊喜。“唯实惟新，至诚致志”的校训朴实而又充满力量，让人难以忘却。

太阳湖畔，只见一栋颇为普通的实验楼伫立在我眼前，外表和周围的建筑并没有什么明显的差别，然而它却有一个响当当的名字——“海牛”楼。

是的，这正是我要寻访的“海牛”楼。国之重器“海牛”号海底钻机，正是从这里研发，并抵达浩瀚的大海。

从湖边远远望去，一群又一群的年轻学子，走在宽广的校园里。无疑，青春洋溢的他们，是这个校园最生动的风景。不少同学经过这栋车间一样的“海牛”楼时，不由得停下脚步，凝神、注目，有好奇，更有深深的仰望。

湖水波光粼粼，丛树掩映中，一尊海牛石像伫立于实验楼前。这是一块牛形石雕，基座上书《“海牛”石记》，其中几句“洽科大学人，陶熔涵泳，至诚致志；似海牛神器，磨砺锤炼，唯实惟新。专精于术业，攀科技之高峰；报国以行藏，探海底之最深”让人印象深刻。

“海牛”石的后面，一栋灰色瓷砖外墙、有着高大卷闸门的“海牛”

实验楼，恍若一艘正在大海里乘风破浪的科考船，灰色瓷砖间夹着白色的点缀，如同天幕上的繁星点点。

我站在实验楼门口，仰望着，想象着，仿佛眼前有一片蔚蓝的大海，工人师傅们正在科考船的甲板上忙碌着，把高大精密的“海牛”号钻机缓缓下放至大海的深处，俯仰之间，他们能看见满天的星辰和大海的深处。

是的，就是从这里，这片诞生过伟人的红色土地上，举世瞩目的“海牛”号海底钻机被研发出来，从群山连绵的内陆运往浩瀚无垠的大海，一步一步，走向大洋，走向世界，也走向属于自己的未来。

望之俨然，即之也温。

“海牛”楼，与其说是楼，不如说是一个车间。走进这并非十分宽敞的空间，一股熟悉的、只有工厂车间才有的铁屑的气息，扑面而来。环顾四周，头顶是高大的可以载重 75 吨的行车，车间里有各种各样的设备，有海洋绞车，有大型集装箱，有精密的操控室，有收放装置系统、10 米深的试验水池，以及摆放各种零配件的工作台面，等等。师傅们在各自的岗位上专注地忙碌着。一些角落里，螺丝、钉子、钻杆、电缆绳等安安静静地放置着，似乎正等待着往“海牛”的钢筋铁骨里生长。

乍一看上去，这个因生产“大国重器”而被世人所熟知的“海牛”楼，和很多工厂里的智能化车间比，不仅算不上很现代化，甚至还有些冷清。

“之前的设备都没地方放了，要把它们挪移到老的车间去。”师傅们口中的老车间，就是不远处的“海工”楼。两栋实验车间——“海工”楼与“海牛”楼，它们共同组成了学校拥有“国字号”头衔和世界领先水平科研成果的海洋实验室。

神秘的“深海神兽”——“海牛Ⅱ号”静静地挺立在实验车间的显眼位置。这领先世界的高大而精密的设备，让整个实验车间熠熠生辉。耀眼的橙色钻机本体，外观是八边形的钢质构造，高7.6米，“腰围”10米，重达12吨。这个看似笨重的巨物，在大海深处稳稳当当坐底后，完成姿态调平，在海底干起活来却如泥鳅般灵活。它的“武器”是身上的78根钻杆，每根3米长，像左轮手枪的子弹一样排列在圆盘之上。操作时，通过圆盘旋转，机械手取杆上膛，把钻杆一根根钻进岩层。钻头相当于“海牛Ⅱ号”的犄角，由金刚石和硬质合金等材料制成。

看着安安静静置于车间的“海牛Ⅱ号”，我的思绪回到大海，想象着威风凛凛的“海牛Ⅱ号”入水钻海的场面，那一定是激动人心的壮阔画面！

“海牛Ⅱ号”的旁边，是同样高大的“海牛Ⅰ号”，以及正在研发的“海牛Ⅲ号”的一些零部件，它们组成了庞大的“海牛”家族。

30余年来，从零开始，0.7米、2米、5米、20米、57.5米、90米、231米……从跟跑、并跑，到领跑，这样一群初心弥坚、豪情浩荡的深海养“牛”人，这样一群能取出海底岩芯的“绝世高手”，不断走向深海，向海图强，钻向大洋最深处。

二

从太空俯瞰我们所居住的这颗星球，该是怎样的一幅画面？

高山、长河、大漠、海洋……

我们人类赖以生存的地球，在浩瀚的太空中日夜旋转着。这个硕大的始终不落的蓝色星球，其实应该叫“海球”。

海洋总面积约为3.6亿平方公里，占地球表面积的71%。

水质的地球，理所当然，蔚蓝是她的主色调。面对深海大洋辽阔的蓝，无边无际的蓝，也许，你会想起普希金的《致大海》，想起凡尔纳的《海底两万里》，想起曹孟德的《观沧海》……想起那些深蓝的色调、密集的鱼群、深渊里的秘密、连绵不断的海岸线，阵阵波浪此起彼伏的絮语，表达出深邃和悠远的意境。

蔚蓝的大海，在貌似柔和的外表之下，时不时迸射出金属质地般的威严。根据估算，海洋中的矿物资源和生物资源是陆地的1000倍，地球上大约85%的物种都在海洋里。

海洋，拥有数不胜数的宝藏，驱动着人类孜孜不倦地探索。

海洋是人类“未来的粮仓”，地球最大的“天然矿藏”。海底地壳下蕴藏着种类丰富且储量巨大的资源，其中多金属结核、富钴结壳和多金属热液硫化物等被公认为21世纪极具商业开发前景的资源。

毋庸置疑，海洋养育了人类，人类离不开海洋。随着地球陆地资源的日益减少与枯竭，以及现代科学技术的迅猛发展，人们自然而然地将目光投向了人迹罕至的远海和深海。然而，在人造卫星一颗颗上天的今天，人类对海洋的探测却仅为5%左右。

21世纪，是世界各国公认的海洋时代。人类社会进步的希望和未来文明的出路，越来越依赖海洋。无海洋无以成大国，无海洋无以赢未来。

习近平总书记高瞻远瞩地指出：“深海蕴藏着地球上远未认知和开发的宝藏，但要得到这些宝藏，就必须在深海进入、深海探测、深海开发方面掌握关键技术。”是啊，不甘落后的中国人，怀揣着由来已久的志向，依靠智慧与努力，一点一点地，实现了飞向太空、潜入海底的梦想。

中华民族自古以来就是一个有创造力的民族，从黄帝制衣冠、建舟车、定音律、创医学，到李冰建造都江堰治水，张衡发明地动仪，再到今天享誉全球的杂交水稻、中国高铁、北斗导航、太空探索等，无不闪耀着中华民族伟大创造力的光芒。

唯有登攀，我们才能倾注开拓精神，把非现实一一实现，把不可能变为可能。我们创新、创造，用科技提升幸福温度；我们发明、发现，用科技点亮美好生活。

作为致力于构建人类命运共同体的大国，中国一直注重海洋尤其是深海研究，从最初的“望洋兴叹”到如今全面地“走向深海大洋”，不断维护自身海洋权益，深耕海洋“蓝色文明”，走出了一条属于自己的深潜、深钻、深测之路。

这些年，依托“蛟龙”号、“深海勇士”号、“奋斗者”号、“海牛Ⅱ号”等大国重器，实现了“全海深进入”，开展“全海深科考”，让整个世界见证了中国深度，见证了中国科研人“可上九天揽月，可下五洋捉鳖”，勇攀高峰、敢为人先的创新精神。

然而，回望历史烟云，曾经我们走过漫长的暗夜，在海洋上沉寂了数百年。直到 20 世纪八九十年代，中国的海洋勘探装备技术几乎还是一片空白，一切需要从零开始。

1990 年 4 月，中国大洋矿产资源研究开发协会（简称“中国大洋协会”）成立，开始从国家层面投入公海资源勘探。一开始协会租用国外的钻探设备，下入海底多次，均没有取到样品，且成本高得惊人。于是国家提出自力更生的计划——向全国招标，研发设计中国人自己的海底钻机。

现在，我们来科普一下：我们为什么需要大洋钻探？什么是海底钻机？

在水深超过 1000 米的神秘深海，黑暗、寒冷、高压、缺氧，还有腐蚀、导电的海水，都阻挡着人类的靠近与深入。海床地质复杂，环境恶劣多变。但人类需要取到海底深处的岩芯样品，窥探地球发展和演化的过程，了解大海深处更多的秘密。

岩芯是“有生命的材料”。岩石是一定地质作用的产物，形成和稳定于一定的地质环境中。每当地质环境改变，岩石也将随之改变。因此深入研究岩石，就能窥探地球发展和演化过程的“蛛丝马迹”。大洋钻探犹如海底的“岩石探针”，是从海底打入地球内部的“潜望镜”，能直接获取珍贵的研究样品和科学数据。

“岩芯是通过大洋钻探获得的深海沉积物和基岩柱状样品。就像人类使用文字记录历史一样，地球的历史是由这些岩芯记录的，科学家所要做的就是把里面的信息破译出来。”

我们如何能勘探到海洋珍贵的矿产资源，比如富钴结壳、可燃冰？我们有太多的问题、太多的疑惑……

大洋钻探是我们认识海洋的重要手段，岩芯则是海洋科学家进行海洋研究的重要材料。然而，要取得海底岩芯样品，我们就需要研发海底钻探设备。

我们知道，钻探是矿产资源勘探的关键环节。通过钻探取样分析，可以确定矿藏储量、品位和埋藏形态，为日后开采勾勒出一幅“藏宝图”。

海底岩芯取样钻机，肩负着深海资源勘探、工程地质勘探、深海科学钻探的重任，直接关系着人类对海洋的探索能走多远。

根据《联合国海洋法公约》，公海资源归全人类共有，资源开采权一般遵循谁勘探谁优先的规则。谁有能力谁开发，谁开发谁受益。

换言之，谁拥有先进的海洋勘探设备，在公海矿产资源开发上，谁就多了一分技术优势。

时间刻不容缓。时间，是我们获得更多海洋资源的关键！

三

那个令人期待的春天，万步炎带着团队如愿中标，把研发项目承接下来。从零开始，排除万难，一步一步，研发出了中国第一台海底钻机，在太平洋底打下第一个“中国孔”。万步炎走出了一条人迹罕至的探索之路，这也是他将人生历程和国家荣誉相结合的史诗般的开端。

因此，很多人都把万步炎称为中国“海牛”之父。

这些年来的苦难与磨砺，光荣与梦想，他和团队一起走过的艰难历程，历历在目，依稀如昨日。一次次穿越海上风浪，一次次跨越科研鸿沟。

深海梦，被自主创新技术刻在海底；中国心，在科学家的胸中澎湃不息。因为，“我们目光之所及是星辰大海，但我们走过的每一步路都是脚踏实地”。

说实话，在采访万步炎教授之前，我心中有点忐忑不安，鼎鼎大名的“海牛”团队项目组首席科学家、湖南科技大学海洋实验室主任、“时代楷模”万步炎教授，该是如何威严、神秘？然而，当我真正面对他时，顿时感觉担心与疑虑都是多余的。

朴实而亲切的万步炎教授穿着印有“海牛”团队徽标的工作服，面带微笑，气定神闲，儒雅而睿智。他不经意的一举一动，无不让人感到他待人接物的平易近人，话语间又无不体现出一名科学家的纯粹、专业、缜密、严谨及追求极致的精神，正所谓“居高而不自恃，行远而不忘初”。

几乎是满头白发的他，目光是那么炯然有神，可以看到背后的果敢、磊落，遇事不急不缓。他总有着一种成竹在胸的淡定与平和，同时又饱含着为人师的和蔼。他走路节奏快，总想着与时间赛跑，总想着节约每一分钟。

“国家落后于人的地方，就是我们努力的方向。”这是写在“海牛”楼里的一句话，也是他和团队的精神坐标。这些年，万步炎带领团队秉持这一理念，刻苦攻关、不懈钻研，解决了一些关键核心技术的“卡脖子”难题，将海底钻机装备制造与应用技术牢牢掌握在中国人自己手里，不断推动我国深海资源与地质勘探技术实现高水平自立自强。他们，见证了我们国家海洋勘探装备技术从原始落后到追赶，再到现在的全面超越国外、领先世界这一艰难的发展历程。

如今，万步炎和团队研发的海底钻机已在太平洋、印度洋钻下2000多个“中国孔”，完成了多座国际海底矿山的普查勘探，为我国向联合国申请多个国际海底矿区提供了精确的勘探数据。

心里有一片深海，深蓝就是一种使命，阐幽发微，知难而进，这是“海牛”人的拳拳赤子之心。他们，以出发为荣，因出发而勇，由出发而凝聚，为出发而奋斗，风华正茂的他们，始终在路上。

向海图强，逐梦深蓝；脚踏实地，仰望星空。

风雨兼程，玉汝于成；国之所需，吾之所向。

征途漫漫，道阻且长。此刻，本书的讲述，也将从蔚蓝的大海开始，从第一个“中国孔”开始。未来不远，大国重器——“海牛”号，怀揣着新的山海图志，直抵星辰大海。

第一章

『孔』之见

第一个“中国孔”

一

2003年夏日的一天，太平洋某海域，天空的蔚蓝一望无垠，海洋的墨蓝深不见底。此时，一艘科考船，装载着我国自主研发的首台深海浅层岩芯取样钻机，正慢慢驶离港口。

阳光有些稀薄，更深更远更辽阔的海域，像一个巨大的谜面，吸引着无数探究谜底的人。

此时，一位身穿深灰色工作服，头戴红色安全帽，方脸、炯目，鼻梁架着眼镜，中等身材的中年男子，站在甲板上，浑身散发出一股沉静坚韧的力量。他若有所思地凝视着前方的大海，眼眸映照着这茫茫海水的深蓝。

他，就是中国深海钻探的先锋万步炎。当时的他，在长沙矿山研究院，是该研究院海洋采矿研究所所长。那个时候，我国的海洋勘探装备技术几乎是一片空白。

一群群灰色的海鸥不断地从船舷边掠过，有的上下翩跹，有的左右盘旋，忽而又飞成了远去的 W 形，或是 V 形。万步炎和团队成员虽然面部表情镇定，内心却犹如大海一样，翻腾着信念与希望，偶尔也会掠过一丝忐忑与不安。

薄暮时分，到达目标海域。天空开始变得阴沉，海浪此起彼伏，科考船随之摇晃。

只见万步炎神情严肃，沉着、冷静地调试着这个 2.5 吨重的钢架构造的海底勘探设备。

那个时候，由万步炎和团队成员自主研发的这台深海浅层岩芯取样钻机还没有属于自己的名字，它如同刚刚出生的孩子，正蹒跚学步，一切都需要时间的验证。

检测设备！联调联试！准备下海！

经过他们在内陆实验室里反复试验的海底钻机，被再次拉到海上进行海试。总结了之前失败的教训，他们改进了技术，减轻了重量，这一次，必须做到万无一失。

起放架准备好了没有？数据测试怎样？海况如何？

一切正常！准备下放！

钻机缓缓地，缓缓地，开始下放到水底。

“平稳着底了！平稳着底了！”队员们清晰的报告声传来。

姿态调平，调整角度，定向定位！

“准备好了吗？”

“准备好了！”

“各就各位，开钻！”万步炎铿锵有力地下达了指令。

这一刻，万步炎嘴角紧绷，目光如炬。他小心翼翼地操控着钻机，几乎是屏住了呼吸。操控的关键在于人机合一，如果操作有误，就会导致海底钻机变形毁坏，或是失败，取不到岩芯样品。

只见万步炎全神贯注，顾不上擦拭头上细细密密的汗珠。下钻的过程持续了整整半个小时，所有人都沉浸在紧张的气氛里，神情就像这一望无垠的蓝海，一样的深邃，一样的肃穆。

时间一分一秒地过去，一分一秒都那么漫长。

科考船上，没有人注意海上最后的晚霞是如何消逝在夜色里，没有人在意被海风吹得变形的头发和衣襟，没有人看到翩飞的海鸟群飞走了又飞回。人人屏着气，凝着神，等待着最后的结果。

这一台看起来并不高大，甚至有些简陋的海底钻机，终于，在太平洋海底成功下钻了 0.7 米，取到了海底矿石样品，并且顺利收回了钻机。

操控室的屏幕前围满了人，当视频画面显示钻机提升的时候，大家清晰地看到海床上有一个圆形的孔洞。大家迟疑了片刻，之后爆发出潮水般的欢呼。

队员们拥抱在一起，欢呼雀跃。

这是见证历史的时刻，是从无到有的时刻，是零的突破的时刻。尽管当时钻深只有 0.7 米，但这是中国人自己研制的第一台海底钻机在太平洋海底打出的第一个孔，而且，从海底钻取出了第一份矿石样品，开启了我国海底钻探的历史。

浅浅的 0.7 米“中国孔”，是中国海底钻机挺进深海的第一步。第二年，这台钻机即投入大规模大洋资源勘探，从此每年要在大洋底部钻上 100 多个“中国孔”。中国人，终于在黑暗幽深的海底，走出了一条属于自己的深海勘探之路。

万步炎目光温柔地看着甲板上这台刚从海里回收上来的钻机，欣慰地笑了笑，眼里有点点泪光。

那一晚的庆功宴上，平时很少喝酒的万步炎，伴着夜色沉沉，伴着浪花，伴着星光，醉得一塌糊涂，也醉得心花怒放，扬眉吐气。

为了这一刻，为了这海底钻出的中国人自己的 0.7 米，他和团队成员努力了多少个日日夜夜！

此时，蔚蓝的大海，一群海鸟衔来了海上的又一个黎明，一只海螺吹响蓝色的号角，轻纱一样的薄云，缓缓流动，海水的蓝，从水天相接处，一直蓝到了天上。

二

海水拍打着长长的海岸线，一朵朵浪花，翻卷，飞舞。海鸥、军舰鸟，盘旋，翩跹，翅膀上蘸满了这蔚蓝之光。海洋，这壮阔的蓝色，与甲板上迎风猎猎的五星红旗交相辉映。

俯瞰地球，我们的祖国如东方啼晓的一只雄鸡。然而，我们习惯看到的，只是我们的陆地版图，其实，我们还有海洋这广阔的蓝色国土。如果将陆地领土和海洋蓝色国土连在一起看，中华人民共和国的版图，是立在亚欧大陆东部的一把熊熊燃烧的火炬。960 多万平方公里的陆地领土，是这把火炬的腾腾火焰。

从渤海、黄海、东海经台湾以东海域至南沙群岛曾母暗沙，再上括到海南至北部湾，约 300 万平方公里的海洋蓝色国土，相当于中国陆地面积的 1/3，则是这把火炬的托盘和手柄，为旺盛的火焰提供源源不断的燃料。

大陆海岸线，北起中朝边界的鸭绿江口，南至中越边界的北仑河口，全长约 18000 公里，岛屿岸线 14000 公里。在海上，则拥有 6500 多个

500 平方米以上的海岛。中国海域多处在中、低纬度地带，自然环境和资源条件比较优越，海洋生物物种繁多，已经鉴定的达到 20278 种，海域石油资源量大约 240 亿吨，天然气资源量大约 13.8 万亿立方米。

在这片浩瀚的蓝色国土上，我们远古的祖辈曾在这里下网、捕鱼、生活。中华民族一直是世界上最早开发利用海洋资源的民族之一。早在远古时期，就有“乘桴浮于海上”的记载，春秋时齐人得东海“渔盐之利”，后来又有以泉州为起点的海上丝绸之路。元代的天文学家郭守敬曾在这里仰望星空，丈量天地。大明的航海家郑和“七下西洋”，以钦差的威严留下威武的足迹……

古往今来中国人，从来都没有停止过对海洋的向往与探索。

由于陆地资源的不断开采以及人类对资源日益增长的需求，海洋资源的探索与开发逐渐成为当今社会的关注焦点。

海底蕴藏着大量的自然资源，其中处于深海与超深海区域的矿产资源约占深海海底资源总量的 30%。海洋在国家经济发展和维护国家主权利益中，扮演着越来越重要的角色。

深海探测表明，海底存有大量的金属结核矿，其中锰 2000 亿吨、镍 164 亿吨、铜 88 亿吨、钴 58 亿吨，此外还有大量的石油天然气、磷矿、硫化矿和稀有金属砂矿床。同时，海洋中的潮汐能、波浪能、海流能、热能、盐度能等清洁能源，储量巨大。海水中的大量化学元素，可提取的有 80 多种，包括核燃料铀等。同时，海洋生物还可提供人类不可或缺的丰富蛋白质。

人类对海洋，始终是敬畏又热爱。

大海，到底有多辽阔？海洋有着多少未知的秘密？

只有探索，才有答案。

当发达国家在四大洋“跑马圈地”时，受海洋技术落后所限制，中国只能“望洋兴叹”。1968年，美国开始实施深海钻探计划；至1985年，苏、美、英、法、德、日等国均已加入国际大洋钻探计划（简称“大洋计划”，IODP）。直到1998年，中国才加入大洋计划。

大洋计划，其最终目的是在人类历史上首次打穿地壳与地幔的边界。20世纪以来，人类共执行了四个宏伟的大洋探测计划，包含“深海钻探计划”“大洋探测计划”“综合大洋探测计划”和“国际大洋发现计划”。

近半个世纪以来，科学大洋钻探在全球各大洋钻井数千口，累计取芯数十万米，所取得的科学成果验证了板块构造理论，揭示了气候演变的规律，发现了海底“深部生物圈”和“可燃冰”，推动了地球科学研究一次又一次的重大突破。

如何从海底取芯？我们需要研发海底钻探设备。

20世纪60年代，海底钻探是采用钻探船，将钻机放船上，用一根根超千米长的钻杆穿过海水，抵海底地层下钻，成本惊人。上万吨体量的船，在风浪洋流中靠分布在船周边的多个强劲螺旋桨推动进行动力定位，耗费大量能源，钻探质量却不高。

1986年，美国人发明了海底钻机。那是几吨重的大设备，将它放在海底，看不见摸不着，如何放下去、收回来？如何供电、通信、自动化操作和在极端环境下操作？坏了如何停机修理？如何保证海底钻机所需的高度可靠性、自动化，以及抗海底恶劣环境能力？超高的要求，使得这项技术整体发展非常缓慢。

那个时期，很多国家都在公海区域积极开发资源。当时公海很多比较富的矿区，都已经被西方国家圈占了，他们已经向联合国国际海底管理局申请了矿区。而我国还没开始行动。

如何开发海洋资源，争取不落后于人？当时国内很多海洋研究方面的专家呼吁，要尽快建立一个采矿区进行勘探。为此，我国就申请了太平洋的一块区域，准备围绕这一区域做海底调查，查明海底到底有没有矿，储量有多少。

联合国国际海底管理局规定：申请公海海域矿区，必须提交完备的海洋地质和矿物资料。而掌握这些珍贵而难得的海底资料，必须依赖先进的高科技深海探测器。

我们知道，钻探是矿产资源勘探的关键环节，通过钻探取样分析，可以确定矿藏储量、品位和埋藏形态，为日后开采勾勒出一幅“藏宝图”。

当时，中国海洋勘探技术几乎一片空白，一切需从零开始。大海在声声召唤。面对浩瀚的海洋，中国人不能当看客，形势紧迫，时不我待。

中国大洋协会成立之后，开始从国家层面投入公海资源勘探。

当时，联合国在国际海域划了几块区域，在这些区域的海底发现了一些矿产，但是，我们知道，国际海域的矿产资源是全人类共享的，并不归哪个国家所有。

根据《联合国海洋法公约》，公海资源归全世界共同使用，遵循谁先投资勘探，谁就具有优先开发权的原则。谁能力强，谁就能在未来竞争中掌握话语权。有实力的大国在向海洋进军，尤其是深海资源勘探，争夺越来越激烈。

但海底调查有时限性，必须在一定时间内将相关资料提交给联合国。如果在规定时间内不提交，以后再申请别的海域，他们就会认为该国没有能力开发，就没有了优先权。

“情况很紧急，一方面我们要守护开发的优先权，另一方面我们国家的海底勘探装备技术还跟不上。”万步炎回忆说。

受海洋技术落后所限，当时的中国只能望洋兴叹。毋庸讳言，当时中国的海洋勘探装备技术还是一张白纸。

最初，中国大洋协会想购买或者租赁国外的钻机，但遭遇技术封锁，国外不卖也不租。后来，他们发现俄罗斯有一种深海钻机，但不知道它好不好，就决定先把它租过来试用一下，如果合适就购买。结果，租来的俄罗斯设备，下到海底多次，均没有取到样品。

时间不等人，研发自己的海底钻机，迫在眉睫。

1999 年，中国大洋协会决定立项，自主研发，在全国范围内进行招标，做中国人自己的海底钻机。

三

机会总是留给有准备的人，机会也青睐勇敢者。

那一年，万步炎看到中国大洋协会的招标消息，想试一试，决定投标研发中国第一台海底钻机。

带着团队开始做海底钻机的投标方案时，万步炎才三十几岁，正值最好的年华，可以说是初生牛犊不怕虎。当时他们团队才几个人，而且还是从别的研究所“挖”来的。

看起来如此“弱小”的团队，为什么有自信去参与投标呢？对于一家离海洋很远的内地矿山研究院，他们似乎并没有太多优势可言。

之前，万步炎在日本做过客座研究员，他学习过西方的海洋技术，而且也接触过一些国外的资料，在海上、在国外的科考船上也考察过。见过海底钻机、学过陆地钻探、做过海洋采矿系统研究的他，虽没有十足的把握，但是有魄力，有勇气，有攻坚克难达成目标的心理准备。更重要的是，这是万步炎放在心里由来已久的一个梦想。

1998年，万步炎第一次登上远洋科考船，协助开展深海土工力学测试设备海试。在海上，面对心中向往的大海，一眼看不到边际的大海，曾经让他无限憧憬的大海，他却吐得天昏地暗。

整整晕了一周，他才有所好转，渐渐适应了海上生活。虽然晕船让他非常难受，但比晕船更难受的是，他看到船上小到塑料取样管，大到绞车，都是“洋品牌”，没有一样是中国自己制造的。

当看到国家的海洋勘探技术落后于人，万步炎忧心如焚，不服气，却也无可奈何。

“为什么不行？凭什么不行？”他在心里一遍遍问自己。

“这些技术并不是那么高不可攀，我们国家完全有能力在这方面有所作为的。”一种深深的爱国情怀在他心底滋生蔓延。

在海上的那些天，他的心情是沮丧的，并不仅仅是因为晕船。这台每天花费高额费用从俄罗斯租赁来的海底钻机，因为机器老旧，加上操作人员技术不娴熟，在“海漂”了两三个月后，竟一点可用的样品都没钻取到，简直是颗粒无收。

这件事让他特别糟心，于是暗暗下决心：一定要将深海勘探的关键核心技术牢牢掌握在中国人自己手里。

面对丰富的海洋资源，那时的他们，束手无策。一种叫“富钴结壳”的重要深海矿物资源，长在深海的海山上，用自制的海底拖网拖过去，只能凭运气采到一点表层样品，还无法确定确切的采样地点。拖网，其实是一个长方形的铁斗，底部做成锯齿状，连接铁链和尼龙材料做成的用来盛装样品的网具。在没有海底钻机之前，拖网取样是一种比较常见的作业方式，但风险较高。利用钢缆将拖网拖到海山某个深度的位置，拖网坐底后，拖曳其缓慢移动，根据钢缆的长度、绞车的张力和水深情况判断是否拖到样品。有时候拖网拖不到样品，有时候网具被海山挂住，费尽心思才能把它收回，而且丢失网具是常有的事情。

拖网用起来实在太揪心！看起来操作简单，实际上是非常讲究技巧和注重配合的一种作业方式，而且要时刻关注作业的情况，稍不小心，就有可能被海底高低不平的基岩挂住，潜在危险比较大。随着取样方式的逐步成熟，拖网运用得越来越少了，至多只是作为一种补充调查方式。

拖网不可靠，租来的海底钻机又不中用，有些急性子的万步炎，在科考船上的那些日子，忧心忡忡，寝食难安。到什么时候，海洋勘探设备才能标上“MADE IN CHINA”的字样？！

海风吹在他的脸上，有些凉意。一种永不服输的信念鼓励着他，让他期待能有所作为。

如今，终于等来了属于自己的机会。

做好方案后，万步炎感觉心情无比轻松。虽然参加投标的单位有多家，但他却充满信心。他完全按照自己的想法，设计了一套全新的投标方案。这是怎样一套全新的方案？当时国外钻机使用的是基础设计方案，许多专家认为中国能够一步不差地走好这条“外国路”，把国外的技术原封不动地照搬过来就已经非常不错了。但是万步炎认为，要做就做最好的，他要按西方先进技术标准来开展研制。

当初很多人都认为：这太冒险了！几乎不可能成功。

一个个零部件，到底是全部由自己设计，还是去采购已有的可用产品？有人认为，采购已有的可用产品，比自己独立研制开发单件产品成本更低。一些通用的零部件，是可以采购到的，但万步炎坚持从整机到部件都由自己设计，尤其是液压油缸等核心的部件，一定得自己设计，自主创新。

万步炎对自己的科研能力一向是自信的。“别人做到了的，我们也一定能做到；别人还没有做到的，我们也可以先他们一步做到。”他在心里默默鼓劲。

敢为人先，迎难而上，这就是湖南人的本色。从洞庭湖畔走来的万步炎心里憋着一口气：“国家落后于人的地方，就是我们努力的方向。”

那个令人期待的春天，万步炎如愿中标，和团队成员一起把这个项目承接下来。

四

从无到有，是一个艰难的过程。

然而，努力奔跑，一切皆有可能。

自主研发属于中国自己的海底钻机，对于万步炎和团队成员来说，是一条人迹罕至的探索之路，这似乎是一条还没有航标的新航线，也是一个新开端。

没有可供借鉴参考的技术资料，没有深海锂电池技术，没有深海控制与视频图像传输技术，没有深海液压技术，没有深海电机与变电技术，没有深海传感器技术……

没有，都没有。困难如大山，万步炎和团队成员需要愚公移山的精神。

有着超强自学能力的他，敢于挑战任何自己感兴趣的学科。他自学海洋知识、机械设计、电子技术和自动控制等，边学边干。自己画图，自己设计，图纸画了几千张，五六人的团队经常干到凌晨一两点。

累了，倒头就睡，醒了，又埋头继续干，办公室就是卧室，卧室也是办公室。就这样，他们不舍昼夜，追赶时间，从白天到黑夜，从黑夜到白天……

前行的路上，问题一个接一个而来，必须解决好这些从未遇到过的问题。一切从零开始，设计，画图，制作，加工，试验，等等。

一切都是全新的，一切要从头起，连海底钻机最基本的动力系统设计都要从零开始。虽然有陆地钻机的一些经验作参考，但海底和陆地完全不是一回事。

设备下海怎样承受压力？怎样解决动力问题？大家心里没有底，只有一步一步做完了以后才能知道结果。

一个又一个设计方案拿出来了，又一次一次地被推翻。在这样一条荆棘满布的路上，有拐点，有暂时的停歇，有思想的困顿，有彷徨与犹豫，却从来没有一丝一毫的放弃。

一些关键技术，当时在国外都是被封锁的，万步炎只能从国外的一些影像资料或者图片中得到一些启发，或者买来一些零部件，拆了，先分析研究，再组装。一次不行，两次，两次不行，无数次。这样反反复复地试验、失败、再试验……

那些日子里，他苦思冥想，调动自己的全部所学，完全遵从内心的想法，去画图，去设计，这种感觉既新鲜又充满了挑战，甚至有着一种开拓者的激情。因为他始终相信，他一定可以找到解决从陆地到海洋的那条适应之路。

在科学研究上，常有“触类旁通”的灵感来临。那天，他正对着满桌的草图发呆，忽然举手拍着额头叫起来：“有了！有了！”原来，那满桌的图纸，点燃了他发明思路的火苗。

创新是科学研究之灵魂，没有创新就不能称为科学研究。

万步炎一直认为，跟在别人后面抄袭，不可能取得像样的成绩。他考虑的是创新，把东西做出来要好用、实用。

他说："我们做这个东西不是为了完成任务，不是交个差就完了，要实实在在地解决国家的问题。"

"当时海底钻机方面在全国来说都没有现成的东西。每个零部件、螺丝、油管，都是非常特殊的，还有设备的动力头，都是我们自己加工，自主研发的。"团队成员王案生师傅回忆说。

为了攻破数千米水下供电难题，万步炎和团队成员商定，考虑用体积小、储能高的锂电池替代笨重的蓄电池。然而，陆地上用的锂电池怎样才能放入强压、强腐蚀的深海？这又是难题。

"当时我们就是用的铅酸电池，这个电池密度低，体积很大，热量惊人，很容易出现故障。后来国家刚出了锂电池，我们就考虑用锂电池。"万步炎说。

王案生师傅说："锂电池遇水极易短路爆炸，当时就像抱着炸药包做研究。"实验室里就发生过水下爆炸损毁设备的险情。

无数次试验后，万步炎探索出将锂电池包裹起来的合理方式，并采用独特技术方案实现锂电池筒的快速散热与降温。

万步炎的妻子刘淑英老师回忆，在研发第一台海底钻机的日子里，有两三个月时间，丈夫每天都在实验室工作到凌晨两三点。一开始她还有些担心，时间长了也就习惯了，放心了。

有好多次，万步炎凌晨回到家中，总是小心翼翼地开门，怕吵醒熟睡的妻子，殊不知，妻子也没有睡着，一直等着他加班回来。

“国家都把这样重要的任务交给我们了，如果问题不解决，就不回家。”这是万步炎的决心。

无数夜以继日的努力，无数试验失败的总结，终于，2001 年，一个有风有雨的日子，他们做出了中国人自己的第一台海底钻机，啃下了这块难啃的“硬骨头”。

当然，钻机好不好用，能不能取到样品，必须进行海试才能知道，所以，海试是最重要的一个环节。

然而，天将降大任于是人也，必先苦其心志，劳其筋骨。

当万步炎和团队成员从内陆，用卡车拖着 4.5 吨重的钻机跑了几天几夜，终于运到海边，准备第一次下海进行海试时，钻机却下不了海。不能下海怎么海试呢？这到底是怎么回事？

原来，从俄罗斯购买的“大洋一号”科考船，说明书说其收放架可承载 5 吨的重量，谁知到了船上一测，实际只能承载 2.5 吨。

上不了船，下不了海。这可怎么办？团队成员遭遇当头一棒，一筹莫展。

是不是可以换一艘承载力更大的船？实际上，这样的想法马上就被否定了。试验成功后，这是一个要经常用到的设备，每次都要花费高昂的代价去换船？这显然不现实。

必须将设备减重至 2.5 吨，这是唯一的办法。

“万事开头难。但是，没有什么能难倒我们。”万步炎没有沮丧，他继续鼓舞团队士气。

设备原封不动地运回矿山院海洋所实验室。回程的路上，团队所有的人都沉默着，没有人想多说一句话，全都憋着一肚子委屈。

这么大的设备，要减去 2 吨，怎么拆解？怎么减重？怎样瘦身？

这可是一个极大的难题。钻机既要一个零部件都不少，又要减去 2 吨的重量，这是钻机将近一半的重量。且减重的同时，还要保证机械的各项数据稳定，作业时灵敏机动。

面对一大堆被拆解了的零部件，团队成员一时不知该从哪里下手。一筹莫展之际，万步炎召集大家开会研讨，并在实验室的黑板上写下“4500 千克”这个数据，还在后面打了一个大大的“？”。

此时距离项目规定的验收时间，只有两年。这么短的时间，钻机零部件的高度、宽度、厚度能减多少？这都需要经过大量的仿真计算、大量的试验。

这简直就是对整个钻机架构的彻底颠覆，相当于重新做一套设备！此时距离项目规定的验收时间，只有两年。

集体的智慧总是令人惊喜的。一点一点地减，一步一步地尝试。只见电花四溅，工人师傅在钢板上开减重孔，重量又少了一点；调整姿态的螺旋桨去除，重量又减少了一点；液压支架也可以拿掉，又少了重量；电池可以再压缩，找厂家专门定制了圆柱形锂电池，功率增加了一倍，体积和重量也各减少了一半……

从 4.5 吨，到 3.5 吨，到 3 吨，再减，再减，直到黑板上的数据终于变成了“2500 千克”。团队所有人才松了口气。

这一减，又整整用了两年时间。

这两年，春去秋来，那么短暂，又那么漫长。园子里的梅花开了又谢，谢了又开。

从 2001 年到 2003 年，两年之后，减重到 2.5 吨的钻机，中国人自主研发的第一台海底钻机，重新回到大海之上进行海试。

这一次，他们必须万无一失。这一次，他们胸有成竹。

这就回到故事的开头，万步炎和团队成员在太平洋海域成功钻下 0.7 米的第一个“中国孔”。

从 0 开始到 0.7 米，说起来很容易，但是做起来非常不简单。个中苦辣酸甜，只有身处其中，才能深深体会。

有人说，所谓成功，不过是咬定青山不放松。要知道，没有天赋异禀的幸运，唯有水滴石穿的坚持；没有一步登天的捷径，唯有日积月累的付出。只要愿意走远路、下苦功，终会收获成功。

为了这一刻，万步炎和团队成员一次次从零出发，又一次次归零重启。对于当时掌握先进技术的国家而言，这可能微不足道，但是对于当时的中国而言，这必然是载入史册的一个开始。

“可上九天揽月，可下五洋捉鳖。”

不断攀登科学高峰的中国科研人，赓续前人一往无前的传统，不断向海图强，走向深海大洋。

蓝海丹心

一

海洋，作为生命起源的摇篮，它是一个亘古千年亿年的时间，更是一个多维立体的空间。

数千年来，世界历史的进程因对海洋的探知而发生改变。探索海洋，事关人类文明的持续与发展。

虽然，万事开头难，但，第一步最关键。

有了第一步，未来的每一步，就都有了方向和标杆。

在太平洋底钻下 0.7 米的第一个“中国孔”后，万步炎和团队成员信心大增。

2003 年，万步炎团队获得科技部“863 计划”的资助，又开始向新的目标发起冲锋。

有人问：中国的海洋科技活动是如何启航并远征的呢？什么又是“863 计划”？是在什么样的背景下产生的“863 计划”？我有和大家一样的疑问，也想获得答案。

根据 2004 年 8 月 20 日《光明日报》上的文章《“863”计划出台始末》，我大致了解了“863 计划”的由来。

1980 年以来，科学技术迅速发展，对人类产生了巨大的影响，引起了经济、社会、文化、政治、军事等方面深刻的变革。许多国家为了在国际竞争中赢得先机，都把发展高技术列为国家发展战略的重要组成部分，不惜花费巨额资金，组织大量的人力与物力。1983 年美国提出的“战略防御倡议”（即“星球大战计划”）、欧洲“尤里卡计划”，日本的“今后十年科学技术振兴政策”等，对世界高技术大发展产生了一定的影响。

1986 年，几个老科学家鉴于美国提出的星球大战计划，提出追赶世界高新技术的建议。

1986 年 3 月，面对世界高技术蓬勃发展、国际竞争日趋激烈的严峻挑战，邓小平基于王大珩、王淦昌、杨嘉墀和陈芳允四位科学家提出的“关于跟踪研究外国战略性高技术发展的建议”，在朱光亚极力倡导下，做出“此事宜速作决断，不可拖延”的重要批示。在充分论证的基础上，党中央、国务院果断决策，于 1986 年 11 月启动实施了国家高技术研究发展计划，简称“863 计划”。

1987 年 3 月，“863 计划”正式开始组织实施，上万名科学家在各个不同领域，协同合作，各自攻关，很快就取得了丰硕的成果。

1991 年，邓小平又挥笔为“863 计划”工作会议题词“发展高科技，实现产业化”，再次给为实现“863 计划”而攻关的科学家以鼓励，也为中国高科技的发展指明了方向。

“863 计划”作为中国高技术研究发展的一项战略性计划，经过几十年的实施，有力地促进了中国高科技及其产业发展。它不仅是中国高科技发展的一面旗帜，而且也成为中国科学技术发展的一面旗帜，为中国在世界高科技领域占有一席之地奠定了更加坚实的基础。

无数的科学家在这个国家计划下，开拓奋进，砥砺前行。

第一台钻机成功之后，万步炎成为“863 计划”专家组的成员之一。据他回忆，那些日子，除了搞科研，还要评审其他的项目，一年光是出差开专家评审会，就得往科技部跑一百多趟。但不管走多远，他心里总是惦记着手头的科研项目，和时间赛跑。有时候开会开得晚了，明明可以住一个晚上再回家，但他总是急着当天要赶回去，待飞机落地，已经很晚了，每次出差到家，就是深夜了。

2007 年，万步炎获得国家科技进步二等奖，与党和国家领导人在人民大会堂合了影。

这一年，万步炎和团队成员还为“蛟龙”号 7000 米潜水器量身定制了海底硬岩岩芯取样器。

据了解，“蛟龙”号、“深海勇士”号、“奋斗者”号这些大国重器的研发过程，都是漫长而曲折的。

我们知道，我国有 960 多万平方公里的陆地面积，还有约 300 万平方公里的蓝色国土，那就是国家领海和专属经济区的海洋面积。在深深的海水下，有石油、天然气、可燃冰、锰结核矿等，还有奇特的海洋生物。开发和保护我国的领海，是我们的责任和义务。

如何向海图强？需要利用高科技的装备去实现，利用高科技的工具去探索其中更多的奥秘。

20 世纪 60 年代以来，从皮卡德父子的深海探险，到美国的“阿尔文”号载人潜水器的应用，到法国“鹦鹉螺”号潜水器的成功，再到苏联的“和平”号载人潜水器的不断改进，人类探索的步伐从不曾停歇。

从1964年美国“阿尔文”号载人潜水器研制以来，全球发达国家开始致力于载人潜水器的研究，目前已经取得了众多重大成果。在20世纪80年代之前，世界上具有深海载人潜水器和探测能力的，只有美国、法国、俄罗斯、日本等少数几个国家。

我国对载人潜水器的研究虽然起步较晚，但近年来所取得的突破和成就却举世瞩目。在长期遭遇技术封锁的情况下，我国先后开展“蛟龙”号、“深海勇士”号和“奋斗者”号载人潜水器的研制，使得我国载人深潜技术逐步达到了世界一流水平。

提起中国载人潜水器，很多人第一时间想到的可能是“蛟龙”号。“蛟龙”号是我国自主研发的载人潜水器。2012年6月27日，“蛟龙”号成功下潜到7062米，创造了同类作业型载人潜水器的世界纪录。这是我国科学家历经10年，克服种种困难，成功研发的载人深潜器。它潜入深海大洋底部，特别是到达了海底7000米，创造了世界纪录，为下一代潜水器探索海洋奥秘奠定了坚实的基础，使我国具备了在全球99.8%的海洋深处开展科学研究、资源勘探的能力，展示了中国伟大的创造、创新能力和中国智慧。

2020年11月10日8时12分，中国“奋斗者”号载人潜水器在马里亚纳海沟成功坐底，坐底深度10909米，创造了中国载人深潜的新纪录。2023年1月，深海所发起的“全球深渊深潜探索计划”实现了人类首次抵达蒂阿曼蒂那海沟开展实地观察和取样工作的目标……

“蛟龙”号是我国载人深潜的先驱，“深海勇士”号代表了我国海洋装备国产化最新水平，“奋斗者”号则是我国全海深潜水能力的标杆。从“蛟龙”号、“深海勇士”号到“奋斗者”号，科研工作者以严谨科学的态度和自立自强的勇气，践行了“严谨求实、团结协作、拼搏奉献、勇攀高峰”的中国载人深潜精神。

回望奋斗路，中国的科学家砥砺攻坚向前进，在开展深海进入、深海探测、深海开发技术研究等方面均取得了突破性进展。

眺望奋进路，科学家们瞄准一个个科技创新目标接续攻关，着力打造深海领域国家战略科技力量，彰显出中国速度、中国力量。

终于，中国从追赶开始实现超越，中国人把天马行空般的科学幻想，变成了令世人震惊的现实。

从“蛟龙”号、“深海勇士”号到“奋斗者”号，从立项、设计、研制到海试，我国自主攻坚，构建起全海深潜水器谱系，接连创造世界同类作业型潜水器最大下潜深度纪录。

为了这一天，为了中国的海洋科研，有的人放弃了国外的高薪职位，有的人洒泪告别了病中的父母，有的人长年累月漂泊在大海上，有的人以实验室为家……

成功的背后，是一群默默奉献的人。一次又一次的失败，一次又一次的方案设计，一次又一次的推翻重来，“严谨求实、团结协作、拼搏奉献、勇攀高峰”的科研精神，指引一批科研英才实现了深海装备技术的自主创新和飞跃发展。

掌握核心技术，探索海底深渊。中国探索海洋一步一个脚印。

“蛟龙”入海，已然表明我国载人深潜事业的辉煌成就！

作为国之重器，深海潜水器与深海钻机的研发、应用对于我国经略海洋、开发海洋、保护海洋、建设海洋强国无疑具有重要意义。

同样的，中国海底钻机也一步一步开启深海钻探的新纪元，让世界见证中国深度，演绎出新时代的中国传奇故事。

二

向海图强，得与时间赛跑。

万步炎与团队成员并没有满足于眼前的成功，他们既不断超越自己，也不断超越同类技术。

当有了零的突破后，未来就会有无数个1，但这个过程是艰难的。一步一步，既仰望星空，又脚踏实地。

第一台海底钻机放下去，只能钻一个0.7米的孔，取一次芯（芯即取样管里装着的矿物样本）。万步炎一直在想：是不是还可以更好一点？

万步炎天生是个喜欢挑战的人，他始终觉得，科技研发是人做出来的，只要人类心怀梦想，一切有着无限可能。

0.7米、2米、5米、20米……一点一点，向前掘进，不断深入，不断超越。

如果用现在的眼光来看，第一代钻机似乎简单了一点，但是当时为了制造第一台深海浅地层岩芯取样钻机，花费了不少心思。相比于拖网等工具，第一代深海钻机的发明，已经大大提高了作业效率和取样的成功率。这是一个里程碑式的进步。

对于真正的科研人来说，越是遇到难题，越是遭到挑战，往往越是兴奋。科研探索中的攻坚克难，是一条没有止境之路。

超越自我，是一种价值，也是一种幸福。

中国作为一个陆海兼备的国家，在太平洋、印度洋获得了四块拥有专属勘探权和开发权的锰结核、富钴结壳和多金属硫化物矿区。同时，中国在全球海洋上拥有广泛战略利益：国家管辖海域的海洋权益，利用全球通道的利益，开发公海生物资源的利益，分享国际海底财富的利益，海洋安全利益与海洋科学研究利益，等等。

对此，中国面临严峻挑战，任重道远，必须共同担负起深海探索的技术重任。

2005 年，万步炎团队成功研制世界首台“一次下水多次取芯”的富钴结壳专用钻机，从海底传回的图像也由黑白升级成彩色。

“研发过程中，困难重重，每一步都是难关，如果要说当时最大的困难，那就是供电的问题。”团队成员朱伟亚博士回忆说。

用锂电池供电，往往取到 3 次芯就没电了。之前的海底钻机是用铅酸电池，后来用锂电池，但都存在工作时间短、效率不高的问题。万步炎大胆创新，他要继续探索解决包括甲板供电等一系列难题的方案。

要做就做最好的。这是万步炎心中想要的方案。

他说：“只要努力干，我们并不差，不需要迷信外国的技术。”

他说：“科研人，就是为了解决问题而来的。”

面对困境与挑战时，他的心灵仿佛被卷进激流中，载沉载浮，也曾不安焦急，但没有任何退路，一直以来所要做的只是向前走，赋予自己书写不确定未来的权利。

当时，国内还没有可向海底设备提供动力电的脐带缆，只能采用电池供电。设备功率大，所需电池多，一般电池无法承受高压。万步炎决定用耐压筒组装，形成与陆地等同的内部环境。

麻烦的是，一个耐压筒就是一百多公斤。要装上全部电池，需六七个耐压筒，钻机体重超标，操控极为不便。此后，万步炎想方设法将电池改造成耐高压、可浸油的电池，不再需要耐压筒。

可问题是，在钻机下海前，要将数百节电池组装起来，需要四五个小时，如果一节出问题，就得全部拆卸，重新组装。

锂电池的使用时间也有限，工作几个小时又要更换，根本无法满足钻探到可燃冰蕴藏深度的要求。要想深度钻探，要想长时间在海底作业，一定要解决海底设备的动力问题。

从铅酸电池到锂电池，再到铠装光电复合电缆，一种新型的供电方式，摆在了万步炎和团队成员面前，就看他们敢不敢用。

当时，由俄罗斯旧船改造的"大洋一号"科考船上，有一根铠装光电复合电缆,但由于对其性能不了解,没有人敢第一个使用这根电缆，没有人敢用高压输送电到海里作业。

2008年，万步炎成为第一个"吃螃蟹"的人。

为突破钻机水下供电技术瓶颈，万步炎决定启用铠装光电复合电缆，向海底钻机进行大功率供电和光纤通信。这样，之前的问题就能迎刃而解。

铠装光电复合电缆一端连接作业母船的控制系统，一端连接海底钻机，因此，这根铠装光电复合电缆是母船与钻机之间的"纽带"，不仅要为钻机提供能源动力（以前用电池），同时也为母船的技术人员提供海底相关信息。由于海洋环境的复杂性，技术人员不仅要考虑铠装光电复合电缆的承载能力,还要使其具备抗腐蚀与抗渗透等功能。而且，铠装光电复合电缆电压高达3300伏，用在海水里，万一触电了怎么办？第一次使用这种高压电缆，大家都没经验，心里忐忑不安。

"海水是导电的，一旦漏电了，不仅会烧毁设备，甚至还会威胁到科考船上的人员安全。"团队成员王案生师傅说。

"没有人敢用，我也是被逼无奈，当时如果不用这个电缆，还用电池，那么根本不可能研发钻探能力更强的设备，因为钻机在海底要工作十几个小时，用电池是不可能的，所以我决定试一试，哪怕被电死，我也算为国家作了一个贡献。”万步炎笑着说，眼里都是果敢，都是无畏。

记得在一次海试中，当钻机下潜到1000米时，突然有人喊：“停，快停下来！”

万步炎一听，知道情况不妙，拔腿冲向绞车间，发现在绞车和铠装光电复合电缆连接处使用的居然是普通绝缘胶带，绝缘值时高时低，这意味着钻机随时有漏电的可能，危险一触即发。

“问题出在这里。”万步炎指着普通绝缘胶带，找到了解决问题的关键点，马上安排电工师傅紧急抢修。终于，又一个问题解决了。

他舒了一口气，来不及喝一口水，又申请继续试验。

也许是考虑到第一次使用这种高压电缆，危险不可预测，海试验收专家组坚决反对设备下海。

万步炎不甘心就这样放弃，因为第二天“大洋一号”科考船就要返航，下一次海试又得等到一年后。

对于科研人来说，时间最为宝贵。

“我有把握，请再给我们一次机会。”时间耽误不得，他内心焦急，向专家请求道。

来自上海的专家态度坚决：“不能再冒险了。出了问题，谁负责？”

万步炎急了，据理力争：“我是懂电的，保证不会出问题，请给我一次机会。如果有问题，我负责到底！”

终于，钻机下水，成功抵达海底，下潜2400多米，下钻2米，成功取样。万步炎争取到了宝贵的一年。

团队成员和专家都感慨不已，他们不得不佩服万步炎的果敢和勇气。

站在甲板上的万步炎，仿佛永远不知疲惫，他看着远方，透着坚毅的双眸映着深蓝的海水，晚霞中，一群海鸟在翩然飞翔。

这一次，他又化险为夷。他做到了。

这是我国首次把 3300 伏的高压电用于深海，实现光电复合电缆浅钻取样!

每一步的前行，都是刀尖上的舞蹈，都是万步炎和团队成员与时间赛跑的结果，也是他敢于把责任揽下，把国家利益放在首位的担当精神使然，这也是对湖南人“敢为天下先”的最好诠释。

2009 年 10 月 27 日，新华社的一则新闻报道称：我国首次实现光缆浅钻取样。

从执行大洋 DY115—21 调查任务的中国远洋科学考察船“大洋一号”传来好消息,我国首台采用铠装光电复合电缆供电的深海岩芯钻机，从 2400 多米的洋底钻得合格含矿岩芯样品。这标志着我国大洋调查装备技术水平取得了新突破，跃上了新台阶。

万步炎和团队成员研发的新一代深海岩芯钻机，在国内首次利用铠装光电复合电缆供电，同时采用了全套自主研发的铠装光电复合电缆高压大功率供电和高速数据通信系统技术，包括甲板高压变电与测控系统、铠装光电复合缆绞车高压电滑环、深海浸油平衡型机载高压变配电及继电控制系统、水面水下高速光纤数据通信和监控系统、深海电机无功功率就地补偿技术、铠装光电复合电缆承重头及分线转接技术等。

新研发的深海岩芯钻机，较之前采用电池供电的深海岩芯钻机，钻岩速度提高约两倍，钻深能力提高约三分之一，可同时传送多路水下监控图像，且图像清晰度较高，能大幅提高海上作业效率。

采用铠装光电复合电缆供电，是国际先进海洋装备必备的技术手段，这项技术的研制成功，为今后同类设备使用铠装光电复合电缆供电奠定了良好基础，这是深海装备技术发展的重要方向。

三

对深海勘探科研技术的探索，万步炎从没有停止过脚步，他们研发的深海钻机，不仅追求更快，还追求更深，更智能化。

0.7 米、2 米、5 米、20 米……他们一直以奔跑的姿态前行。

开启海洋勘探设备研究，其实万步炎也是“半路下海”，他在本科和研究生期间主攻陆地探矿工程，对陆地钻机有全面认识。为研发海洋勘探先进技术，他不得不自学，只要是能用得上的知识，他都感兴趣，包括电学、工学、液压、计算机软件、机械加工、编程……

万步炎熟知陆地钻机的性能，但是海底钻机和陆地钻机还是有很大差别的。陆地钻机在钻探之前首先要打地基，地基平了，然后将地脚螺丝等全部都弄好了，钻机稳定了，再下钻。海底钻机做不到这样，深海海底地形复杂，海底蕴藏矿产资源的地方地形条件有时候不理想，会遇到大坡度，有的坡度超过 15 度，甚至 25 度，但就是这样的地形，钻机也不能止步。这样，海底钻机在坐底的时候，倾倒的可能性就很大。怎样让钻机在海底不倾倒而平稳地作业，这也是要解决的一个非常大的难题。

万步炎和团队成员是如何解决这个问题的呢？

万步炎介绍说：“实际上，我们会用多波束进行海底地形扫描。多波束是一种地形扫描声呐，通过它传上来的数据，我们大致会知道海底是一个什么地形。那么，我们在下放过程中到离海底几米的地方，就让钻机设备先悬停一下。然后，把支架张开，先测量它每一条腿到下面有多高，再根据测量数据给它调整好。”这用专业术语来说，就是调平。

为什么调平非常重要呢？因为钻机在海底工作的时候，一定要确保钻头、钻杆是垂直的，如果斜着，肯定到不了先期计算的钻探深度，也就难以发现预估的海底矿藏，所以必须保证它是垂直的。而且如果是倾斜的，接卸钻杆时就容易出现问题，钻机出现故障的可能性就大多了。

“必须保证这个钻机在海底工作时，钻杆一定是垂直的。为了调整这么一个角度，我们在上面装了一个姿态传感器，但姿态传感器的测量值跳动性非常大，这样容易搞不清海底状况。怎样解决？最后我们就用了一个非常笨的办法，就像我们建房子的时候那样，吊一个重锤下去，然后测量这个重锤是不是正好指着对应的那一点，如果偏了，朝哪个方向偏的，就把那个方向给它调整过来。这是最直观的。用这个重锤法虽然比较原始，但是取得了很好的效果，所以我们的钻机在海底的姿态调整非常准确。”万步炎话语中带着自豪。

这也是万步炎团队的一个创新点。钻机缓慢地放下去，放到海底之后，马上把防侧滑机构打开，钻机能够非常稳定地坐底，在海底作业 10 个小时不移位。而国外设备并没有这样的防侧滑机构。

国家需要不断勘探新的矿种，有些矿产资源在海底地层中埋得更深，一根钻杆已经不够用，于是，万步炎和团队又研制出钻杆海底快速自动接卸技术。

计算一下，如果一根钻杆 2 米，那么，20 米就需要 10 根钻杆。在 2007 年，万步炎团队就开始研发能自动接卸的钻机。那时，国家已经开始勘探海里的多金属硫化物矿。多金属硫化物矿和富钴结壳不一样，埋藏深度达到几十米。但是，他们当时没有能力做太深的勘探。过去，不管是 2 米，还是 2.7 米的，都只要一根钻杆，钻杆前面有个钻头就行了。现在是几十米，需要十几根钻杆接起来。

万步炎团队准备做 20 米钻机，这个项目需要攻克一个什么技术难题呢？就是在海底，钻机得将钻杆一根一根自动接上去。很显然，万步炎和团队成员要研发钻杆接卸设备，来解决这个重大技术难题。

那么，这项技术又究竟难在哪儿呢？就是钻杆在水下全部靠机械手操作，要实现钻杆全自动接卸。这在陆地钻机上是没问题的，但是在海底还不行，当时他们并没有掌握机械手技术。

怎么办？钻机怎样在水下换管，机械手怎样把这个钻杆抓住，怎样接卸，怎样把钻杆回收上来？这些都是需要解决的问题。

功夫不负有心人，万步炎带领团队成员一一攻克了所有难关。

这里当然又是无数个日日夜夜，过程是漫长而艰难的。

只是，实验室的成功，是项目成功的一大步，是否 100% 成功，还需看海试效果。出海一次花费巨大，海试通常只有一次出海机会，这意味着只许成功，不许失败。海试的过程中，每一个细小的问题都可能导致大问题，所以出海之前，要对设备进行反复检查、调试，要做到万无一失。

在 20 米钻机海试的时候，也有一个小小的插曲，虽然有惊无险，但是也可印证每一次海试时，万步炎团队承受着多么巨大的压力。

究竟是怎么回事？

20 米钻机入水，当到七八米的时候，监控画面显示，接卸到第 4 根钻杆时，钻杆连接处开始冒泡。冒泡就意味着漏油，漏油会影响设备的水下作业。好在漏得不是很严重。

要不要停下来？如果停下来，把设备升上船来检修一番，将意味着时间会不够用，这样将无法完成此次海试任务。

当时，天气越来越不好，必须抓紧时间。

“继续，速战速决！”万步炎果敢地下指令。

好在作业过程中没有出现什么大的问题。当钻机回收上来的时候，万步炎和团队成员马上开始进行检修。

可是查来查去，都找不到具体的原因。最后，经过细致的反复排查，才发现原来问题出在卡盘上的一根小油管上，油管连接处没有卡紧，导致漏油。而且只有在钻机开动的时候才漏，不开动是看不出问题的。由此可见，每次海试都是细致活儿，容不得一点马虎。

每前行一步，都有不同的难关，关关难过，关关过。

不积跬步，无以至千里。科研的每一次进步，都是不断积累、不断探索、不断创新的结果。

一次又一次地出发，一次又一次地接力。科学探索，永无止境，万步炎与团队成员怀着蓝海丹心，不断跨越障碍，向更深更远处进发。

海风起，浪花舞。一路的坎坷总要去经历，天黑了也别害怕，月光，星空，都是引路的灯塔。在他们的心底，有一种舍我其谁的英雄主义情结，和大海的海水一样，翻腾不息。

为什么是“海牛”

一

人类探索的步伐从不会停歇，不管是上天，还是入地，各行各业，从航天到深海，无数科技成果被研发出来，都有完美而响亮的名号，如“天宫一号”、“神舟十六号”、“中国北斗”、“蛟龙”号、“奋斗者”号等，这些都是家喻户晓的大国重器。

不断攀登的中国科研人，把天马行空般的科学幻想，变成了令世人震惊的现实，直至创造世界纪录。这些令人振奋的研发历程，这些举世瞩目的大国重器，展示了伟大的创造、创新能力和中国智慧。

科学研究没有尽头。万步炎被心里的梦想一路追赶着。

那个时候，和 20 米钻机相比，万步炎要解决更高级的技术难题，他要突破 50 米的难关。

在当时，国际公认 50 米是难以跨越的难关。

万步炎偏偏不信邪，他要超越，他要挑战。

实践证明，他不仅跨越了，还远远超过了。

2012年6月，“海底60米多用途钻机系统技术开发与应用研究”项目正式启动，同年11月完成总体方案设计。

这台60米多用途钻机系统，后来被项目组取名为“海牛”。

为什么取名叫“海牛”呢？这也是有故事渊源的。

万步炎有一个好朋友，是上海交通大学的任平教授，他研制的水下机器人叫“海马”。

“我这个叫‘海马’号，你那个就叫‘海牛’号嘛！”任教授说。

“‘海牛’？听起来不错！”

“你这个钻机正好是牛角，钻劲很大，在水下也是钻孔的，叫‘海牛’很好。”

“‘海牛’，牛正好有钻劲，有干劲，然后也拼命干活，我这个‘海牛’正好是要给国家多作贡献的。”万步炎在心里认可了这个名字。

团队成员很激动，都觉得这个名字好：“‘海牛’，一定好牛！好牛！”

“我们的海底钻机，终于也有自己的名号了。”在团队里时间相对最长的王案生师傅，掩饰不住自己内心的喜悦。

“我们的‘海牛’有自动绳索取芯技术，能钻进60米，钻杆只需要接卸一次，作业时间减少，样品质量和精度都很高。在国内，我们是第一个成功研发此项技术的，在国际上也是技术领先的。”团队成员王佳亮博士有些兴奋地说。

给心爱的深海钻机取名“海牛”号，万步炎希望设备和团队都像牛一样有韧劲，不断向海底深钻。

我们知道，牛，勇武倔强，力气很大，任劳任怨，作为一种憨厚、老实、甘于奉献的动物，一直深受人们喜爱，甚至成为一种拼搏向上的精神象征。

陆地上的牛，有水牛、黄牛、犀牛等，那么大海里真的也有牛吗？其实，在海洋中，还真有一种人们不太了解的动物——海牛。作为水生世界中最珍贵的动物之一，它被誉为“海洋的绿色地毯”。

显然，此“海牛”并非彼“海牛”，“海牛”号是大海里的“孺子牛”。

万步炎在心里默默计划着：现在是“海牛Ⅰ号”，不久还将有“海牛Ⅱ号”，以及“海牛Ⅲ号”……

有人建议，后面开发的海底钻机设备，再取个别的什么名字，但万步炎坚持用“海牛”系列。“海牛”，一个多么响亮的名号，一个牛气冲天的团队。

二

夜幕又一次降临大海，海面一片漆黑，闪烁的星星在天空中如钻石般亮眼。

“海大”号科考船顺利驶离汕头港，经过三天两夜的连续航行，行程几百海里，万步炎和团队成员终于到达南海某海试地点。

“‘海牛’项目组同志们请注意，半小时后到后甲板集合！”对讲机里传来万步炎的指令。

听到指令，项目组成员穿好工作服，穿好防滑工作鞋，系好安全绳，戴好安全帽，迅速而井然有序地各就各位。

科考船上一片繁忙，配电系统、收放系统检查完毕，液压泵、绞车开启，A 形架外推。威武的“海牛Ⅰ号”在钢绳的牵引下，沿着收放平台缓缓移出，从水平状态翻转 90 度至垂直于母船的后甲板。

绞车启动，缓慢提起设备，待底部托盘支架打开后，“海牛Ⅰ号”首次下放至南海这片广袤的蔚蓝之中。

星光开始缓慢地闪烁，天色渐渐暗淡下来。

一开始，“海牛Ⅰ号”下放的速度不快，控制在30米/分左右；1米，2米，……“海牛Ⅰ号”渐渐消失在大家的视线里。当入水深度在30米左右时，开始每隔1米安装一个浮力球，共安装15个浮力球。

甲板上只听见释放缆绳时有节奏的吱吱声。借着后甲板的灯光，可以清晰地看到缆绳在往海里平稳有序地放扎，100米，200米……

经过两个多小时，“海牛Ⅰ号”下到2800多米的深水中。然而，5个水下摄像头中，有2个摄像头的信号突然不好了，时有时无，断断续续。怎么回事？没有海底的“眼睛”，“海牛Ⅰ号”的工作如何看得见？于是，“海牛Ⅰ号”只能被收回水面来检修。

经过检查，发现原来是因为水流的冲击，摄像头接口出现松动，接触不良。万步炎马上安排师傅把接口拧紧。调整接口之后，团队成员又反复检查，多次确认没有问题后，“海牛Ⅰ号”再次下水。

“各工位人员请注意：‘海牛’开始入水。”万步炎再次发起指令。

只见橙色的“海牛Ⅰ号”徐徐入水，不一会就没入海水中。

晚上9点50分，“海牛Ⅰ号”稳稳在3109米海深坐底，锁定三条液压支腿。

晚上9点55分，“海牛Ⅰ号”完成海底调平，信息反馈运行状态正常。

晚上10点11分，“海牛Ⅰ号”在南海开钻第一杆。只见神情自若的万步炎在操控室轻点鼠标，“海牛Ⅰ号”在3000多米深的海底按主控电脑指令精准地完成一系列钻进动作。

狭小的操控室里，通过视频监控，人们观看着“海牛Ⅰ号”的一举一动。同船参加多波束和电法试验项目的中国海洋大学师生围观了万步炎通过电脑操控在3000多米深的海底、重8.3吨的“海牛Ⅰ号”钻探的全过程，他们都为“海牛Ⅰ号”的精准定位和流畅作业而喝彩，都深深叹服。

接钻杆、收管芯、加压钻进，一杆接一杆，2.5米、5米、7.5米……“海牛Ⅰ号”在海底一步步掘进。时间在不知不觉中过去，又是一个不眠之夜，太阳已从海平面渐渐升起。

2015年6月11日早晨8点10分，当最后一根钻杆钻进海底，在3109米的海底，“海牛Ⅰ号”成功下钻60米！这是中国深海钻机钻探的新纪录，大家不由得欢呼雀跃，万步炎脸上露出了晨曦般美好的笑容。

这一天，是一个值得记住的日子。

这钻深60米，凝聚了“海牛”团队多少个日日夜夜的心血。

在3000多米的深海海底，在复杂的海况下，“海牛Ⅰ号”做到了耐压密封，通过自动测控，顺利完成姿态调整、钻杆及芯管接卸、钻进取芯。这一次采用了全自动绳索取芯技术，破解了传统取芯方式越往深钻效率越低的问题。这表明，我国的深海钻机技术又向前迈进了一大步，跻身世界前列。

“海牛”号的成功，标志着我国已具备深水海底取样的能力，在深海钻机技术领域超越俄、日等国，与美、德、澳三国并驾齐驱，标志着我国新研发的海底钻机填补了国内深海钻机工程装备的空白，为我国开展海洋地质环境研究、矿产资源勘探和海底工程勘察提供了钻探利器，也为我国实施国家海洋战略、实现制造强国的战略目标提供了技术支撑。

这一天，是属于“海牛”人的高光时刻。第二天，各大主流媒体竞相报道这次海试的成功。

我国自主研发的海底60米多用途钻机“海牛”号日前在南海深海海试成功。此次海试首次实现了在水深超过3000米的深海海底，对海床进行60米钻探，标志着我国具备了深水海底取样的能力，我国成为继美国、德国、澳大利亚之后第四个掌握此项技术的国家。

…………

就在大家都在欢呼胜利的时候，万步炎悄悄走到安静处，看着一望无际的大海，看着刚刚从海里回收上来的设备，他又陷入了沉思。

“我们的海底钻机，不仅要有手有脚有眼有嘴，更要有脑。下一代的海底钻机，应该更稳定，朝着更加自动化、智能化的方向发展。”他又开始思考“海牛”系列未来的研发计划了。

是啊，荣光的背后，是一如既往的艰辛，是砥砺前行的决心。

60米不代表最后的胜利，万步炎的目标是做到世界最好。

前路依旧充满挑战，困难依旧重重，但是他们团队信心百倍。之所以充满信心，最主要的是有万步炎这根“定海神针”。

团队成员黄筱军教授回忆说：“从钻机下海，一直到海底作业完全完成，然后到钻机安全收回，万教授一直都是亲手操作。当时海上的温度特别高，人干到接近虚脱的状态仍在干，连续作业十多个小时都没有休息。”

“不管什么时候，万教授都非常镇定，有他在，我们就有安全感。而且，万教授总是办法多，他想出的办法往往是最简单、最直接，也是经济成本最低的。”团队成员朱伟亚博士的话语中满是敬佩。

大海航行靠舵手。赤子无畏，乘风破浪，蓄力远航。

三

“我们做应用科学就是要解决问题的！”当万步炎解决一个个难题，当他把头脑中的东西一步步在实验室中变为现实时，那种幸福感如初恋般，让他沉醉不已。

面对难题，万步炎乐于挑战，并一步步钻进技术的深孔。

“钻机的软件系统最初是找合作方来开发编程，后来随着我们不断改进技术，编程也要随之重来。”朱伟亚博士说，“可合作方却因为客观原因，无法及时调整。怎么办？万教授自己想办法，用几个月时间自学编程知识。”

不到半年时间，万步炎就成了编程专家，亲手写出了几十万行的程序代码，让“海牛”有了聪明的大脑，按一个键执行一套指令，一次作业一个人就可以轻松操作。

团队成员都说：“万教授的自学能力让人自愧不如，令人佩服。”

万步炎笑了笑说：“自己编程的好处真是太多了，可以随时按照需要进行调整。”

“上大学的时候，我学过一点点编程的知识，但是后来都忘得差不多了。我是从C语言开始学的，现在，各种软件语言我都学会了。我学东西有一个特点，就是从最难的地方学起，不像别人是从最简单的地方开始学起。那个时候，有人说，您现在才开始学编程怕是有点晚了，可是他们不知道，只要是想学的东西，我从来都不觉得难，也不觉得晚。”万步炎说。对于喜欢的事，他总是满怀热情。

没事的时候，他就捧着一本电脑编程的指导书。从小就喜欢看书的他，一看书就会入迷，饭都可以不吃。很多次，妻子刘淑英做好了饭菜，等着他，这一等，就是几个小时。

我不禁暗暗感叹，原来渊博的知识都是书本给他的回馈。遇到困难，解决困难，不断学习，这是万步炎科研之路上的法宝。正是靠着这些法宝，“海牛”号实现了多项技术突破。

在水深大于 3000 米的海底，一个指甲盖大小的面积就要承受 300 公斤的压力，钻机如何承受如此重压？

海洋深度 20 米以上，是鱼类和珊瑚的领域，再往下，阳光被水折射后逐渐消失，一片黑暗。钻机靠什么来“看见”？怎么执行“命令”？

海底地形复杂。岩层有的硬，有的软，钻机怎样钻取岩芯，保证样品的精确性？

面对问题，万步炎和团队成员一一面对，一一解决。

首先，他们研发了全自动遥控绳索取芯技术，使用这一技术，钻进海底 60 米，钻杆只需要接卸一次，完成一次样品提取只需约 20 个小时，不仅对孔壁损坏小，取样质量精度也能提高。

其次，他们发明了三种不同类型的多功能钻头。在深海底部，海底钻机支腿伸出，扎进岩层，沉稳着陆，三种不同类型的多功能钻头，有序钻进，应对自如。既可取硬岩岩芯，也可取海底沉积物，还可进行原位探测。而这种多功能钻头，是万步炎团队首创，目前国外无此项技术。

钻进后需要把岩芯样品取出，用于检测。按照传统的提钻取芯技术，孔底岩芯管装满之后要将钻杆一根根收回，取出末端钻具内装满的岩芯管，换一根空岩芯管，重新拧接，继续钻进。在钻进深度 20—

30 米的情况下，这样的技术问题不大，但超过这一深度还用此技术，完成一次作业，时间就得好几天，且绝大部分时间都花在了接卸钻杆上。海上工作，时间宝贵。而且，每次提放钻具都会对孔壁造成破坏，上部孔壁岩石可能会掉落孔底被取回，造成样品混淆。

而钻深 60 米的钻机，如果还用这种技术，钻一个孔要花更长的时间，效率更低。国外海底钻机当时已经攻克了绳索取芯技术。

绳索取芯这项技术其实很早就已运用在陆地钻机上，但都是在人工的辅助下工作，因为要对准孔，到了孔底之后要自动锁定，装满岩芯之后，要用绞车吊着打捞头，把装满岩芯的管子扯上来。“海牛 I 号”钻机就重点攻克了深海全自动绳索取芯技术，成功实现在水下无人操控干预的情况下，海底钻机全自动操控钻进取芯。

在海深 3000 多米处，高 7.6 米、“腰围”10 米、重 8.3 吨的“海牛 I 号”钻机，24 根钻杆像左轮手枪的子弹一样排列在海底钻机腹部的圆盘上。圆盘旋转，机械手取杆上膛，钻进岩层，然后再接入下一根。

万步炎和团队研发的海底钻机，每接一根钻杆的时间是 2 分 50 秒，而国外同类钻机得花 5—10 分钟。钻进岩芯 60 米，“海牛 I 号”只需约 20 个小时，国外同类钻机得花 4—5 天。

万步炎说“别人接钻杆大多是拧半圈，然后松开了，然后再拧半圈，而我们是抓住了连续旋转。这样接卸钻杆的速度非常快。国外的钻机很慢，要十几分钟才行。”

简直太不可思议了。在几千米深海海底，重压、无光、地形复杂，万步炎团队研发的海底钻机可以沉稳坐底，还能再往海底岩石钻进 60 米，取出岩芯，供科学家解析深海矿藏的各类“密码”。

珍贵的岩芯样品提供给地质学家们，这些实实在在的岩芯样品，能帮助人们认识地球的构造，找到开启地球深部秘密的钥匙，而不仅仅只是之前的想象了。

科学的想象，必须借助工具。钻探，就是最直接有效的手段之一。

在国内深海钻探领域，万步炎团队率先成功研发此项全自动遥控绳索取芯技术。

又是一个第一。

四

海上的时间相当宝贵。国家投入的科研经费有限，万步炎和团队成员必须精打细算。

时间就是效率，必须抓紧每分每秒。

海上作业，是不分黑夜和白天的，因为适合作业的好天气并不多。台风来的时候最危险，有时候为了躲避台风，就要在港口停靠很久。时间等不起，遇着好的天气，就要抓紧作业。

设备在海底，也会出现许多不可预见的问题，也会出现失联的情况。有时候是摄像头的故障，有时候是漏油的问题，有时候是脐带缆传输的问题。

在海上，每一个问题的出现都不可预料。尽管做了许多预案，还是不可避免。

上船之前的调试，与母船之间的密切配合，能够避免海试过程当中的一些问题出现。除了调试好机器，设备下放之前，还需要做好天气的预测，需要收集下放点矿物和生物的信息以及海底地质的信息，这些都考验着团队全面的专业素养。

2015 年 5 月 20 日 20 时，台湾海峡，大雨，七级风，巨浪不断向科考船涌来，船体剧烈摇晃。

甲板上，万步炎和丹麦技术人员金尼斯加紧调试新的绞车，准备“海牛Ⅰ号”收放试验，测试绞车升沉补偿功能。

据气象预报，风浪还会增强。船长要求尽快返航。万步炎比船长更急。

“请再给我几分钟！”通过对讲机，万步炎向船长恳求。

“海牛Ⅰ号”靠绞车提供牵引动力。海底钻孔时，它的位置必须稳定。但海上环境复杂，靠动力定位的科考船容易颠簸、位移。绞车的升沉补偿功能，可以降低船只颠簸对设备的影响。

与“海牛Ⅰ号”配套的绞车系统是从丹麦进口的，调试必须由技术人员金尼斯指导完成。在此之后，团队成员就能自行操作了。

一旦返航，科考船什么时候再出海，丹麦技术人员什么时候能再来，一切都是未知数。

万步炎等不及，“海牛”等不及。

在征得船长同意后，万步炎紧锁的眉头舒展了。

“大家继续干！”万步炎的声音穿透风雨海浪！

绞车收放试验终于完成，科考船在风雨中紧急返航。

为了抢时间，万步炎和团队成员在船上经常白天连着黑夜工作，几十个小时不沾床。实在困了，就在甲板上躺几分钟，找个矿泉水瓶子当枕头。餐厅打来的饭菜，经常是冷了才想起来去吃。

面对未知而多变的大海，准备得再充分都难免会遇到一些突如其来的情况，这就需要平时过硬的专业技能和良好的心理素质。越是在紧要关头，越能临危不惧。头脑冷静才能解决问题。

“镇定，镇定，什么事都会解决的。”每当遇到棘手的问题，万步炎总是一遍又一遍地在心里对自己说。

“我就是吃这碗饭的，大海就是我的主战场。”

“我最喜欢的风景，还是钻机下探时传上来的画面，看到各种各样的海鱼在钻机旁游来游去，好可爱的。”

热爱生活的万步炎依然有着属于自己的浪漫。

60 米的钻深，在以前的基础上实现了多项技术创新和突破。与国外同类钻机相比，“海牛Ⅰ号”有哪些很“牛”的地方？

对于如此复杂、精密的设备，我有太多的问题。

每一个零件，每一根钻杆，都清清楚楚地记在万步炎的脑海，也早已烂熟在他的心里，他总结了“海牛Ⅰ号”的几个特点。

一是设计轻巧、实用。“海牛Ⅰ号”充分考虑了轻量化设计，这样安装、操控更方便，适合装载到国内各类科考船上，使用前景更广。

二是操控方便、快捷。“海牛Ⅰ号”实现了可视化自动操控，能在 2000 多米的海底自动接卸钻杆、钻具及芯管，基本上实现了一学即会的傻瓜式快捷操作。

三是运行灵活、高效。“海牛Ⅰ号”运用绳索取芯技术，实现了电脑操控下海底无人自动化操作，在钻进、取芯过程中表现了绝对的优越性。

说完，万步炎看着窗外的校园，似乎在展望，又似乎在思索，他的脑海里，一定还有更多的未来计划。

朱伟亚也自豪地介绍说：我们的“海牛Ⅰ号”有五“牛”：

“操控牛”，基本上可以做到一键式操作。

“体重牛”，整机重量仅为 8.3 吨，而国外钻深超过 50 米的钻机，重量都在 10 吨以上。

“功能牛”，“海牛Ⅰ号”不仅可以用来钻孔取芯，还可以原位探测岩石的电阻率、孔隙率，以及给孔内周边岩石拍照等。原位探测，其结果较取芯送实验室测试更为准确。

“效率牛”，作业效率大大提高了。

“价格牛”，自主研发的国产化装备，价格比进口设备低一多半。

“钻深 60 米的‘海牛Ⅰ号’钻机，让我们在国际海底矿产资源开发上多了一分技术优势和竞争能力，对参与国际海底竞争、维护国家海洋权益、建设海洋强国具有重要的现实意义和战略意义。同时，有力地推动了国家海洋地质及环境科学、海洋资源开发和海底工程技术研究进程。”这是朱伟亚的自豪，也是团队每一位成员的骄傲。

为什么是“海牛”？“海牛”为什么能？答案是不言而喻的。

从 0.7 米到 60 米，自 2003 年到 2015 年，他们不仅跨越了国际公认的 50 米难关，还使中国成为世界上第 4 个拥有这项技术的国家。从跟跑到并跑，到跻身世界前列，他们仅用了短短十几年时间。

60 米钻深的“海牛Ⅰ号”，开启了真正属于自己的海洋时代，中国的深海探索故事，将上演新的更为宏阔的篇章。

此时，微雨从东而来，风籁与之俱起，正是草木蓊郁之时，环山绕岭的树木扶疏耸翠，处处岚气缥缈，烟霞缭绕。

采访手记

2023年春天，我不止一次来到湖南科技大学的校园。梅园开满梅花，红梅、白梅，还有蜡梅。红梅娇艳美丽，白梅纯净素颜，蜡梅含蓄清雅，阳光下一树一树的，绽放于枝头，粗糙与细腻，坚毅与柔美，皆完美结合。梅花落了，樱花开了，樱花落了，桃花灿烂，四季花开，时光荏苒。万物都在按照自己希望的样子，自然生长。

见到万教授，确实如电视里的那样，亲切而朴实。一头白发，是他最明显的特点。说话时，我感受到万教授的幽默风趣，感受到他宽如海洋的知识面。他偶尔微微一笑，其中有谦虚，有儒雅，更多的是眉宇间的果敢和自信。

万教授用略带湘味儿的口音说："我遇到难题的时候，经常冥思苦想，度过一个个不眠之夜。这样的生活可能会让我多长白头发，但是，我的很多奇思妙想确实都是白头发换来的。我的白发都是大海的馈赠。"

看着万教授那么多的白发，一根根竖立着，我心想，如果一根白发可以换来一个研发成果的话，这满头的白发，得是多少个不眠之夜换来的，得是多少个发明创造！

几十年的呕心沥血，鬓发如雪，初心依旧。

面对眼前忙碌着的万教授，我心生敬仰。他的时间如此宝贵，我生怕采访打扰了他。一个午后，实验室停电，他正好有空，我有幸能聆听他的故事，仿佛翻阅一本厚厚的人生大书。

身材并不高大的万教授，在我眼前渐渐伟岸起来。从古至今，中国不乏脊梁式的人物。湖南素来人杰地灵，人文荟萃，民风醇厚。“以天下为己任”的湖湘科研人，关心世事国运，他们有坚强不磨之志节，勇于开拓之创新精神，吃苦耐劳和敢于拼搏的气质，甘于清贫和坚韧不拔的毅力。他们实事求是，经世致用，知行合一；他们胸怀祖国，热血担当，心系“国之大者”。像万教授这样的科学家，才是青年学子要追的科技之星！

第二章

中国深度

231米的中国深度

一

2021年4月，春分过后的广州，满大街的簕杜鹃开得恣意灿烂，禾雀花在湿润的海风中一藤成景，玲珑剔透。北回归线的南缘，濒临南海的广州港，昼夜繁忙，各类船只不停地靠岸、离岸。从港口岸边远远望去，天空浅蓝，海水深蓝，海天相接处，一道耀眼的红霞从海平面升起来，仿佛画家泼洒在海天之间的颜料，五彩缤纷，温暖而明亮。

此时，搭载“海牛Ⅱ号”的“海洋地质二号”科考船正从广州港口缓缓驶出，前往浩瀚无际的南海。朝霞布满天空，大船在海上轻车熟路。船上惹眼的海工吊机、钻机系统显得威武而雄壮，船尾摆放着许多用于科考的集装箱。桅杆上的红旗，呼呼作响。天空高远，大海浪涌。

站在甲板上，万步炎凝望着涌起的一排排波浪，以及映照在浪峰上的霞光，目光显得凝重而又坚毅。微风拂来，霍霍燃烧着的霞光，将大海映得绯红，也给他鬓边的白发染上了层层深浅不一的光。随风荡漾的，还有一颗不平静的心。作为国家重点研发计划项目“海牛Ⅱ号”海底大孔深保压取芯钻机系统研制的项目负责人，万步炎深知此次海试作业使命光荣，责任重大。

万步炎与团队成员早已记不清这是多少次出海了。这些年，他去南海，去东海，去太平洋，过大西洋，去到海的更远处。他也早已习惯了海上的繁星把辽阔深沉的天幕点缀得寂静而又热闹，他熟悉海的表情、海的气息、海底深处的秘密。

科考船在劈波斩浪，一切都在顺利进行着，一切都在人们的注视和期待中，这让船上所有的人都对此次海试充满了信心。

海风轻抚，海浪欢歌，矫健的海鸥轻盈地掠过，划出一道道优雅的弧线。

万步炎心里的柔软与铿锵，理想与现实，在夹着咸味的海风中翻滚。来不及欣赏大海的美丽，他的思绪不由得回到即将举行的海试中。

这是国家重点研发计划项目“海牛Ⅱ号”第一次出海。

由海底钻机本体、海洋绞车、操控系统、海底钻机配套收放系统等组成的“海牛Ⅱ号”，在甲板上巍然昂首。

大海从起初的浅蓝，渐渐变成深蓝，最后用墨蓝色的怀抱来迎接这个橙色的大家伙。此时，海上并没有多大风浪，只有船体掠起的波涛，翻动出雪白的浪花。偶尔回头一望，断断续续的“白练”从船的两侧向后慢慢延伸，不一会儿，便消失在黑蓝黑蓝的远方。萦绕在耳畔的涛声，瞬间变得幽远而又微茫，分不清是大海的诉说还是蓝天的呓语……

到达目标工区，“海牛Ⅱ号”这个高大、精密、神秘的“深海神兽”，这令人瞩目的地质勘探科考装备，在万步炎的指导下，团队再一次对其开展联调联试。钻杆、打捞器、电子舱、六相功率分析仪、双模式三维表面轮廓仪等，各样设备运转正常；活塞、弹簧、转移杆、止返器、补偿器，在运转流畅。

“检查完毕。一切准备就绪。”

“各工位人员注意，‘海牛’准备入水！”万步炎冷静发出指令。

启动收放系统，启动绞车按钮，“海牛Ⅱ号”缓缓移出后甲板，从水平状态翻转90度，垂直于科考母船。

入水！下放！坐底！

“各工位人员注意，‘海牛’开始钻进！”

一切都正如人们的期待！

看似平静的大海，其实并不平静，无风也会三尺浪。一个小时过去了，又一个小时过去了，“海牛Ⅱ号”的目标层保压取芯钻探作业进展得十分顺利，控制室内的电脑显示屏上，钻头正有节奏地工作着。

穿着灰色工作服的万步炎稳健地操控着，毕竟他是最熟悉钻机的人。许多时候，控制室的工作紧张、重复、枯燥，却不能松懈半分。十几个小时过去，他一点倦意也没有，一直目不转睛地盯着电脑，很少起身走动，依然精神饱满。

助手金永平博士在一边，盯着另一块显示屏幕，监控着海底钻机的每一个动作。团队的每一位成员，都在自己的岗位上，紧张而有序地忙碌着。共同的目标，让他们既是师生，也似战友。

随着钻头一点一点地深入，万步炎和数十双高度紧张的眼睛，开始变得愉悦而轻松起来。

碧海如镜，蓝天如洗，飘扬在桅杆上的红旗鲜艳夺目。

这一切，对于从小就喜欢探究与挑战的万步炎来说，是一种久久的渴望。面对神秘莫测的海底，他要深入它、洞悉它，在复杂的海底世界，甚至向更深的海域，打下人类最深的孔，来窥见海底的奥秘，领会地球的深意。

电脑显示屏上的数字不停地跳动，从0到3，从3到6，从6到9……后来到228，到231米！新的世界纪录产生了！

请记住这一刻，2021年4月7日23时。

万步炎长舒了一口气，做了一个表示顺利的手势。他身子往后微微倾斜，背靠在椅子上，忍不住红了眼眶。

“太好了，我们成功了！”团队成员欢呼起来。十多个小时没有休息的万步炎，忘记了疲惫，笑着和大伙儿握手庆贺。

“太厉害了，破世界纪录了！”在场的人包括验收专家，一起欢呼。大家相互一一握手，表示祝贺。几个年轻人，更是激动得拥抱了起来。

项目验收成功，专家给出了90多分的高分。

“太不容易了，你们为中国做了一件非常大的事。”面对专家的赞不绝口，团队成员只是高兴，似乎并没有意识到自己干了一件多么了不起的事。

“很开心，我们每一个人都站好自己的岗，这就是成功了。”罗济绪师傅平静地说。

“人类在大海的无限里感到他自己的无限的时候，他们就被激起了勇气，要去超越那有限的一切……”全伟才博士看着大海，想起了哲学家黑格尔说过的话。

“在海上，我感觉到了自己的渺小，不论你是谁，都只是这个星球的一粒尘埃。心怀敬畏之心，一切都是大自然最好的馈赠！”90后许靖伟博士对海洋充满向往。

“我一直有一个心愿，就是能够像烈士外公一样为国家做点事，能够告慰祖辈的在天之灵。我想，我做到了。”回忆起那一天，万步炎感慨万千地说。

经过短暂喜悦的他们，很快回复到日常的工作中：打捞上来的岩芯管要取出，钻杆要清点，设备要检修，绞车要保养，工作过程中的经验和不足，要记录、探讨、改进……

此时，立了功的“海牛Ⅱ号”，安静地躺在甲板上，在夕阳的余晖下，橙色耀眼。

“海牛Ⅱ号”这个高大、精密、神秘的“大国重器”，在南海超2000米的水下成功下钻231米，保压取到了天然气水合物（可燃冰）。这不仅填补了我国海底钻深大于100米、具有保压取芯功能的深海海底钻机装备的空白，而且刷新了深海海底钻机钻探的世界纪录！这标志着我国在这一技术领域已达到世界领先水平。

这海底下的231米，这意义非凡的231米，这是深海钻探的中国深度！也是目前的世界深度！

二

人类探索的脚步永不停息，我们正走向探索深海的“高科技”时代。

从第一台海底钻机开始，到“海牛Ⅰ号”，再到如今的“海牛Ⅱ号”，万步炎和团队成员正在构建一个“海牛”家族。一步一步走向深海大洋的“海牛”，有着牛的坚韧和奉献精神的“海牛”，它在不断“进化”，变得更加精密，自动化程度更高……

“国际上有一个不成文的规定，将深海钻机做了界限划分，就是钻探深度在0到5米，不需要接钻杆的叫浅孔钻机；在5米到20米，需要接钻杆的叫作中深孔钻机；超过 50 米，一般要采用绳索取芯，就是海底深孔钻机。”金永平博士的介绍，让我明白了浅孔钻机和深孔钻机的区别。

科学探索的不断深入，对海洋科研设备提出了更高的要求。对于一些蕴藏很深的海洋矿产资源，如可燃冰等，就需要用到钻深能力更好的海底深孔钻机。原有的浅孔钻机无法满足这样的条件。

“海牛Ⅱ号”就是具有保压取芯功能的深孔钻机。它不仅可以钻孔取芯，还能“兼职”对海底地层的电阻率、测摩阻力、孔隙水压力进行原位探测，以及给孔内周边岩石拍照。

“那么，‘海牛Ⅱ号’是在什么样的情况下研发的呢？”我问。

2017 年，万步炎团队有了新目标，针对存在于 800 米到 2000 米深度的海底层可燃冰，他们开始研发“保压取芯钻机系统”。

可燃冰是一种储量巨大的新型能源，但蕴藏量难以估量，它的保存条件极为苛刻。在 10 年前，全世界只有美国、德国和澳大利亚三个国家的深海钻机能够完成对可燃冰的勘探，但他们的技术，也常常因为无法保证在取芯过程中保持同等压力而导致可燃冰分解消失。

如何用自己的设备去完成对可燃冰的勘探呢？万步炎带着团队发起了新一轮冲击。

在特殊的海水深度与压力下，可燃冰呈现“冰”状。但可燃冰一旦离开其适宜的海水深度，就会变成气体挥发。因此，普通深海钻机不适于可燃冰取样。只有在保持同等压力的状态下，才能将可燃冰取出，这就需要研发“保压取芯钻机系统”。

从“海牛Ⅰ号”到“海牛Ⅱ号”，万步炎和团队队员实现了两个突破：一个是从 60 米到 231 米的钻孔深度的突破，另一个是海底保压取芯技术的突破。

那时候，我国的资源勘探设备还很不完善，国家租用国外勘探船去钻取可燃冰。国外勘探船成本很高，基本上出一次海都得花费一亿到三亿元，一次也只能在海上钻几个孔取些岩芯回来。当时国外已经有人用海底钻机去钻可燃冰，并且证明成本很低。用海底钻机进行勘探，成本只有勘探船的十分之一到二十分之一，经济效益是非常好的。

而且用国外的勘探船来勘探我们国家的资源，毫无疑问国外将先掌握勘探的资料。为了尽快摆脱这种窘境，万步炎做了一个大胆的决定：要做就做颠覆性的设备，做一台属于中国人自己的能够实现海底工程地质勘探、全程保压取芯的钻机系统。

“能不能在原有的‘海牛Ⅰ号’基础上做改进？”有人提出疑问。

“‘海牛Ⅰ号’有一些不足，主要的问题就是它的工作可靠性不是很强。”万步炎想做一台更稳定、智能化程度更高的新设备。

既然答案是否定的，那么，继续探索，做出更好更先进的海底钻机，就是他们的追求。当时，国家正好有可燃冰勘探的需求，团队的“海牛Ⅰ号”项目也需要进一步升级，所以，在这样的前提下，万步炎提出了“海牛Ⅱ号”项目建议，向科技部提议做大孔的、勘探可燃冰专用的钻机，攻克全程保压取芯这个技术难点。

而且，万步炎发现，国外的那种保压方式是有缺陷的，比如说他们钻 150 米，其实只有 50 米是可以保压的。万步炎提出的是 0—231 米全程保压这种新的、国外还没有的深海钻机。这种非常规的方式，国外没有人采用过，国内也从来没有人采用过。

“如果我们的钻机用传统的保压方式，就意味着整个钻机的高度比较高，重量也非常大，在 18 吨以上，那就没法上船了。”万步炎考虑了很长时间怎么解决这个问题。

为什么？因为以现有的条件，比如甲板条件，如果把钻机做那么重，体积做那么大，就不可能把它放到海底去。没有这么一条承重的缆绳，也没有一个吊放设备可以把这么重的东西吊放到海底去。

所以，万步炎要做的这个新钻机，应该控制重量，控制体积。而到底重量多重、体积多大，这都需要反复计算和试验。

为摸索出一套最佳的保压工艺，万步炎攒着一股狠劲。

在车间，在实验室，他和团队一遍又一遍地进行试验，一个星期不行，就两个星期，甚至一个月、两个月……

他们把在海上可能遇到的问题，都一一在实验室里模拟呈现。实验室有一个很深的实验水池，他们把设备放下去，钻孔，试验，又回收上来，反复试验。

湖南的七八月份，天气炎热，实验室车间没有空调。当时，大伙儿泡在高温和汗水里，整天整天地调试设备，有时还会奋战到深夜。

车间的大风扇呼啦啦地转着，电焊机、车床、切割机等设备也不闲着，一群人忙碌着，埋头在各自的任务中，加工、安装、调试、修改，又继续加工、安装、调试，每天都看似重复，每天都坚守在车间和实验室一线。

成功并不会轻易取得，没有人能随随便便成功。

艰苦一些并不怕，就怕看不到希望。一遍又一遍失败，一遍又一遍地继续改进。

“失败不可怕，可怕的是怕失败！”万步炎一直是这样鼓励团队的。

就是在这种夜以继日的坚持里，2021 年，具备海底 231 米全程保压取芯功能的“海牛Ⅱ号”钻机研发成功，它完全可以保证可燃冰从高压海底取上来不会失压分解气化。

“海牛Ⅱ号”，它终结了一段历史，一段租用国外设备勘探可燃冰的历史；它开启了一个时代，一个利用我们自己的技术勘探可燃冰的时代。

三

万步炎的微信名叫“海底机器人”，人如其名，30 多年来，他像一台机器一样，奋斗不息，不知疲惫，坚持逐梦深海，锻造大国重器。

那么，智能化程度很高的“海牛Ⅱ号”是不是可以说就是这样的一个“海底机器人”?!

“海牛Ⅱ号”有着一个庞大而精密的内核，它有自动接卸的机械手臂，有支撑的脚，有核心的“大脑”，身上有四五十个传感器，这些传感器是“海牛”的“眼睛”，靠着它们传送信号至操控界面，就可得知它在深海的每一个动作。

这些传感器,绝大多数是由“海牛”团队自主研发。这些成果的背后,是万步炎和团队成员精益求精、呕心沥血的付出。

“海牛Ⅱ号”海底大孔深保压取芯钻机系统为“十三五”国家重点研发计划课题。就技术层面而言，“海牛Ⅱ号”攻克了很多世界级的难关。

在万步炎看来，研发深海钻机从来都不是模仿，既不模仿他人，也不模仿自己，也不是追赶，而是超越。

为了能让大家更多地了解这个“大国重器”，我们科普一下“海牛Ⅱ号”蕴含了哪些高科技。

万步炎说：“这些年，我们主要攻克了四大技术攻关难点。自主研发的高精度钻压、钻速、循环水压力和流量等多传感器信息，融合多年海上实钻经验的专家操作系统，实现了地层性状变化的快速自动判断并自适应调整钻进模式与参数，解决了海底钻机与配套取芯工艺对海底复杂地层的适应性难题，大幅提高钻探效率、取芯率和取芯质量。

“多层大容量密集排布钻管库及精确定位移管机械手设计技术，则通过采用小巧的定位机构，实现了各层钻管等间距排列，转盘机构只需简单动作即可将重达数吨的钻管库高精度步进旋转。精确定位多位移管机械手与高精度快速钻杆接卸装置协同动作，实现钻杆、钻具的快速接卸，以及岩芯管的取放和移管。”

万步炎团队对海底钻机的收放装置进行了创新设计，对收放工艺进行了优化，有效解决了因母船摇荡导致海底钻机与收放装置靠拢与对齐困难、易发生冲击碰撞的问题，实现了海底钻机水中自动校正收放方位、垂直翻转过程中收放装置自动抱紧海底钻机功能，从而提高了海底钻机收放效率和收放过程的安全性与可靠性。

而且，大孔深遥控全孔全程保压绳索取芯，采用了独创的岩芯管全长直接密封保压取芯原理、技术与工艺，实现了海底钻机小口径大孔深高效、高可靠全孔全程保压取芯。这难度是很高的。

最终，万步炎团队发现了全新的、基于海底钻机绳索取芯技术的保压取芯原理。“海牛Ⅱ号”所创新的保压取芯技术与工艺、轻量化设计技术、海底复杂地层智能钻进专家系统等技术，显著提高了钻机钻探效率、取芯质量、保压成功率。与此同时，相比于国外同类钻机，也实现了大幅减重，大大降低了水下收放作业难度。

这一项项难度很高的技术、世界级的难题，都是这一群看起来普通而不平凡的科研人攻克的。感叹之余，我不由得肃然起敬。

当下，无数中国海洋科研人，深耕蓝色国土，建设海洋强国，我国的海洋事业正在向海洋深处挺进。

48小时生死时速

一

眺望大海，那是一幅云蒸霞蔚的画卷。在甲板上，临风而立，涛声是岁月的足音。在海上的工作是孤独的，同时也是充满风险的。

说到最难忘的一次海试经历，万步炎和团队成员都不约而同地提到 2021 年 3 月 17 日那一场惊心动魄的事故。

那一次，万众瞩目的“海牛Ⅱ号”差点葬身海底。

那天晚上，“海牛Ⅱ号”进行 1000 米水深的深海试验。待设备完成姿态调平，稳稳当当地坐底后，一切正常，钻头开始有节奏地工作。

钻机顺利完成作业任务，准备回收，突然，“啪”的一声巨响。不好！进口的配套收放绞车系统出了大问题，绞车负责排缆的丝杠和传动机构严重损坏，丝杠从轴承座中脱出，减速箱箱体破裂，端盖碎成了好几片。

减速箱坏了，整个排缆系统瘫痪。

此时，“海牛Ⅱ号”悬吊在近 1000 米深的水下，离海底约 6 米。

“海牛Ⅱ号”加上放出去的1000米脐带缆的总重量有15吨左右。收，收不回；放，又放不下。

万步炎闻声来到甲板上，紧接着，团队成员也都来到了甲板上。大家焦急地看着碎成了几块的减速箱，一时都愣住了。

“怎么会出现这样的故障？”

“下水前，都经过调试的，应该不会出问题的！”

“马上联系厂家进行抢修！”

“不好，强台风48小时后到达！”

这套绞车系统使用多年，从没出现过任何问题，而且为了保证这次海试顺利完成，还专门花费20多万元请代理商给绞车做了一次全面的检查和维护保养。

然而，问题还是不可预见地出现了。

更为严峻的是，根据天气预报，48小时后，有强台风会经过这片海域，科考船必须靠港躲避。如果两天之内不能把钻机回收上船，为了保证全船人员的安全，那就只能砍断钻机脐带缆，把价值几千万的“海牛Ⅱ号”丢弃在海底。如果是那样的话，项目无法验收，国家蒙受损失，团队几年没日没夜的心血，都将在顷刻之间化为乌有。

这一切来得太突然，所有人惶然不知所措。

“绝对不能砍缆！”

“一定要把‘海牛Ⅱ号’救回来！”

万步炎沉思着，经过短暂的不安后，迅速调整心态，一边紧急向丹麦厂家电话求助，一边布置具体工作。

时间，已经是半夜。万步炎与金永平立即同厂家连线沟通，然而得到的答复却是：“抱歉！我们也从来没有碰到过这种事故。”维修厂家表示无能为力。

远处的海风开始呼啸，海浪发出嗥叫。时间就是生命，时间就是胜利。

见过风浪的万步炎出奇冷静，他在甲板上走来走去，思考着，似乎成竹在胸。

“把梯子拿过来，我上去看看。”

“把安全帽戴上，注意脚下。”

海浪声声，翻涌不息，在摇摇晃晃的甲板上，他爬上梯子，细细地查看，细细地思量。凭借多年科研一线的摸爬滚打，大风大浪里形成的经验与信念，他果断做出了一个决定：“我们自己修！大家齐心协力，一定能解决问题的！”

倒计时开始！只有43个小时了！

开始，他们尝试各种方法试图修复损坏的部件，然而每一次尝试都宣告失败，这让他们明白在船上现有的条件下去修复是不可能的，唯有另辟蹊径，方能柳暗花明。

此时，团队没有被失败与疲惫击倒，反而更加斗志昂扬。在否定了维修、夹缆等方式后，当即决定，构建一套液压排缆系统来替代原有电动排缆系统。时不待人，万步炎马上做出设计，画了一张草图。

“大家分头行动，各司其职，赶紧把这些相关的液压元器件和油缸配齐。”

队员们从短暂的惊慌中回过神来，听万步炎有条不紊地分派工作。科考船船长也很配合工作，让船员提供一些可以提供的设备。全船人员都在听万步炎指挥。

“王师傅，你照着这个图纸的尺寸，焊一个排缆器的底座，要焊结实点。”王案生师傅领到图纸，带着工作人员立刻行动起来。

要构建一套临时的液压排缆系统很不容易，得充分利用船上所带的备用件，没有，就从现有系统上拆卸一切可用的零件，或是找到能替代的。

王案生师傅打开一个装备用材料的集装箱，在角落里发现了一个备用的液压油缸。幸好，还有一个备用油缸可用！

万步炎庆幸道：“太好了，有备无患。”

团队队员齐心协力，用手拉葫芦一点点地把重达千斤的液压油缸往绞车顶端搬运。

团队每个人心中仿佛都擂响了战鼓，马不停蹄地与时间赛跑。有人焊接工作台，有人制作液压油缸固定基座，有人拆卸零部件，有人调试操作器，有人制作把液压油缸和固定基座一起吊到 4 米多高的收放绞车上的提升系统，有人打磨液压排缆系统安装位置与收放绞车原排缆机构存在干涉的地方。

一个又一个小时过去了……大家彻夜不眠，花了近 30 个小时，搭建安装好了一套临时液压排缆系统。

此时，海平面的颜色渐渐变了，海浪越来越高，船越来越颠簸。

科考船上气氛凝滞，一分钟都耽误不得！

万步炎搬着 20 多斤重的控制器沉稳操作，只见他全神贯注，满头是汗。许靖伟博士在一旁协助，金永平博士在一旁看着缆绳排缆。由于视线受阻，朱伟亚博士在中间传话，团队其他人各就各位。甲板上的每一个人都捏着一把汗。

操作过程得小心翼翼，必须配合绞车排缆的速度，否则缆绳排空、卡住，就会前功尽弃。就这样，团队经过完美配合，将悬在深海中 46

小时的钻机完好无损地救上了船。

“我们成功了，我们成功了！”船上所有的人发出雷鸣般的欢呼。

“简直是奇迹！不可思议！太牛了！”验收专家们惊叹不已。

准备返航，全力加速！

此时，距台风来袭，只剩最后的两个小时。

风在吼，浪在叫，返航的船已经在摇晃。

“真的不可思议，我们都有一种如释重负的感觉。如同见到暴风雨之后的黎明。”许靖伟博士至今都不能忘记那一次的惊魂48小时，从他的话语中，我仍能感受到那次近乎灾难的事件给他带来的震撼。

在当时，其他人都认为没有办法了，只能砍缆放弃了，可是万步炎拯救了他们的绝望。这次起死回生的操作，让许靖伟真真切切地认识到自己的导师是多么厉害，是多么值得敬佩的人物。

“一切困难，只要你肯去想办法，不放弃，就一定能够克服。”万步炎淡然一笑。

“那样的困难都能解决，以后就没有什么困难可以难倒我们了。”许靖伟感喟不已。那次经历，将成为他一生的财富。

“做科研，失败和成功只有一步之遥，就看你能不能坚持住，敢不敢冒险。”万步炎说。

内心强大的人，允许一切发生！

清晨，天际泛起了鱼肚白。两天只睡了5小时的万步炎站在甲板上，仿佛一尊海上雕塑，瞬间高大起来。他看着远方的大海，心底涌起关于家的温暖回忆。有些花白的头发仿佛又白了一些。每次出海，他的白头发都会增加不少。经历这一次，似乎白得更多了。

这是大海对他的馈赠，更是惊涛骇浪对他的考验。但这从未能阻挡这位中国科学家勇往直前的脚步。

二

“海牛Ⅱ号”的成功，是团队成员不懈的努力和付出结出的又一硕果。

不仅研发过程不易，从学校的实验室将庞大的设备运到海上试验，也是一个艰难的过程。

每次出海，设备得从内地学校运到沿海港口，装车、运输、卸载、上船，一路舟车劳顿，这个过程就要好几天。从湘潭出发，到湛江，到青岛，到广州，因为海试任务不一样，去不同的海港码头，沿途经过无数的高山，无数条河流，山区，平原，村庄，城市，几百乃至上千公里，几台大卡车，一路浩浩荡荡，一路尘土飞扬。差不多50吨重的绞车需要一台卡车；另一台卡车装钻机和收放系统等；几个集装箱，装有钻杆等辅助设备以及一些工具，也需用一台卡车。每次出发，至少租用三台卡车，有时候是四台。团队成员中只留下一两个人跟随卡车，其余的人大多坐高铁，在港口码头会合。

据朱伟亚博士回忆，有一次，卡车出发了三次，才成功把设备运到沿海的湛江码头。怎么回事？原来，第一次出发时，师傅们把设备装好车，走到高速路口的时候，却上不了高速。检查之后得知，师傅们装车没有按照配重标准，一辆车是30吨的载重，他们却超过了2吨，因此上不了高速。不得已，只得返回重新装载，有的设备重了就要重新吊装，这一次就耽误了三五天时间。

第二次出发本以为会顺顺利利地到达，没想到车子刚刚开到衡阳又得返回来。一打听，原来是广东那边因为疫情封路，究竟哪天放行，还不知道。所以他们只好又重返学校的实验室，把设备卸下。反反复复，这样一来一去，又耽误了一个多星期。好在事不过三，卡车终于在第三次，顺利到达了湛江港口。

“大概，我们海洋人，天生就是解决麻烦的。”每次遇到困难，朱伟亚博士就用老师的教诲来安慰自己，于是总能很快就乐观起来。

活儿干完了，要收拾设备，把设备再次装上卡车运回来。负责后勤工作的朱伟亚博士总是留在后面，和几位卡车师傅一起回来。当学校为团队成员开庆功会的时候，他还在匆匆赶回来的路上。

“每一次出海机会都是宝贵的，要珍惜。只有亲临一线，才能获取真实的情况，了解真实的科研数据，才能把我们的项目做得更好。”老师的教诲，朱伟亚博士放在心里了。

出海的过程如此，研发设备的过程同样如此，要不怕麻烦，精益求精。

整套钻机系统有上万个零部件，万步炎的要求是每一个零件都必须分毫不差。队员们都说他是“细节控”，在他的影响下，大家都成了“细节控”。

有一个精密零件，在宁乡一家工厂制作时花了三四天，返工了七八次，仍达不到设计要求。万步炎听说以后，冒着瓢泼大雨，立马开车从湘潭赶去宁乡，到达时天色已经暗了。

做出来的零件精度离设计只差2微米，相当于头发丝直径的1/50，这时候团队成员都觉得差不多了，但万步炎坚决不同意降低标准，用在海上的设备，必须确保水下作业万无一失，不能有任何侥幸心理。他指导师傅更换加工方法，在加工了4小时之后，终于把零件分毫不差地做了出来。此时已经是凌晨两三点了，他又驱车赶回学校。

这样的故事还有很多，团队成员讲起来，总是意犹未尽。

我们引以为豪的国之重器“海牛Ⅱ号”有多厉害，这背后科研人员付出的劳动就有多辛苦。

怎样让海上的空闲时光也丰富起来？在等待海试作业的间隙，万步炎偶尔也会借用海员们携带的钓具钓鱼。其实他有自己的钓鱼工具，却早不知封存在家里的哪个角落了。忙着科研，忙着海试，在家时哪还有这份闲心呢？

他笑着说：“在海上钓到的鱼，那才是真正的海鲜，比如鱿鱼，只需剖开、洗净、切成丝，然后与葱、姜、蒜、芥末一拌，那个美味，我们到岸上很久都会回味。”

原来工作之余，热爱生活的他，还是一个美食家。

有星星的夜晚，在海上看星星，是属于他们的浪漫。没有星星的夜晚，万步炎有时候会给团队成员讲述广博的海洋知识。

“海洋深处，是一个神秘而陌生的世界，那里没有光线，没有声音，黑暗幽静，但是活跃着大量的生命，像太空一样充满着诱惑。人类探访过月球并留下了脚步，人类同样向往驰骋于深海。”

万步炎的讲述生动而精彩，为团队成员描述了一幅幅“海底图画”：在4万公里长的大洋中脊，首尾相接，无数“黑烟囱”喷发出的金属硫化物堆积成了海底矿床，广袤的海底盆地分布着大量金属结壳，锰结核、富钴结壳等蕴藏着丰富的稀有金属，那里是人类最后的资源宝库。在这种情形下，世人看到了财富。深海石油及海底表面各种结核矿物的储量，足以使地球上的工厂运转数个世纪。

“黑烟囱”里冒出的“黑烟”，并非人们常见的因燃烧所产生的烟，它其实是一种热液，由于高温而变轻，而且含有不少金属元素，就像黑烟一样从海底喷出。热液喷出后与冰冷的海水相遇，就会发生化学反应，所携带的金属硫化物在喷口附近沉淀下来，并逐渐向上生长，形成烟囱状，科学家们称之为“黑烟囱”或“白烟囱”。这些“烟囱”耸立在海底，可以有十来米高，它的形成和生长都十分迅速，也会很快地倒塌，形成一片金属硫化物矿床。

美国科学家于 1983 年首次在墨西哥湾佛罗里达陡崖发现了冷泉。冷泉与热液类似，其周围蕴含着丰富的矿物资源，它所产生的天然气水合物，被誉为 21 世纪的洁净替代能源。冷泉便是可燃冰的诞生地，是未来新能源的存储基地。

…………

关于大海的知识，犹如大海本身，宽博、浩大，学无止境。

万步炎时时勉励年轻一代的海洋人：机遇与挑战、责任与担当并存，大家要以只争朝夕的精神、搏击大洋的气概去奋斗和创造，海洋强国的伟大复兴梦想，一定为期不远。

朝霞，从海面上洇染过来，一排排波浪涌起来，映照在浪峰上的霞光，红彤彤的，却又明亮如银。

此时的大海，宁静与波澜，壮阔与汹涌，排山倒海而来，又水天一色而去。

国之重器

一

俗话说，“得海洋者得世界”，“得海洋者得未来”。

建设海洋强国，是多少辈中国人的梦想。曾经，梦想只是梦想，离现实是如此遥远。

梦想的实现需要强大的科技进步。

“早一天研发出我们自己的海底钻探设备来，国家就能早一天受益。”这是万步炎的心声。

科学界认为，深海，可能蕴含着地球演变、生命起源、气候变化等重大科学问题的终极答案，它需要人类借助更先进的设备和技术手段去探索。研究6000米以下的深海区域，是研究包括生命起源和地球演化在内的重大科学问题的必然要求，而进入大洋深渊开展科考并获得科学研究样本是深入推进相关研究、作出原始和基础性贡献的重要条件。

走过漫长的暗夜，在海洋上沉寂了数百年之后，中国的海洋富强梦正在逐渐变成现实。

新世纪的今天，人类正走向探索深海的“高科技”时代。

创造奇迹的国之重器——“海牛Ⅱ号”的研发，意味着我国在深海勘探技术领域已达到世界领先水平。

和之前同样创造不少奇迹的功臣——“海牛Ⅰ号”相比，“海牛Ⅱ号”又“牛”在哪里？

从万步炎的介绍里就可见一斑：“你别看‘海牛Ⅱ号’和‘海牛Ⅰ号’外形差不太多，但是本质的东西已经变了。以前‘海牛Ⅰ号’下水时，我和队员还有些担心孔能不能钻得成，会不会在水下出状况，心里还有点不踏实，但现在的‘海牛Ⅱ号’完全不用担心这些，它的可靠性非常好，在水下出问题的可能性很小，让人十分信任。”

钻机上有上万个零部件，关联的部件上百个，万步炎对每一个零部件的要求是必须分毫不差。万步炎是一个实实在在的“细节控”，正因为如此，团队中的每一个人，在加工和安装等过程中，都能做到精准精细。

我们很想知道：钻机是如何在海底钻进取芯的呢？“海牛Ⅱ号”的钻具有哪些特别之处？这里面有许多学问。万步炎在中央电视台经济大讲堂上的演讲，让我恍然大悟。

万步炎说：“深海勘探技术源于陆地勘探技术，与陆地勘探一样，海洋矿产勘察的最终目的是给未来海洋矿山建设设计提供必要的地质资料，为海洋矿产资源开采减少风险。相比陆地来讲，海底的地层更复杂，有很多地方是淤泥，特别是天然气水合物储存的地方，大部分都是淤泥和砂石，只有少量的硬岩。天然气水合物也是一种比较松散的固体状态，所以钻取过程难度非常大。

“其实搞钻探的人都知道，钻探的时候不怕石头硬，硬岩钻一个孔，马上就形成了一个完整的孔，可如果遇到淤泥或者沙尘，它的成孔性就很差。这样的孔容易垮塌，在钻杆经过的时候，还会把钻杆包起来，旋转的阻力就会变得非常大，然后还增加了取芯的难度。因此设计的钻头是圆形中空的，钻头工作时把周围的岩石都钻掉，中间剩下的这部分进入取芯管里面。如果是淤泥，它没有强度，很难自己钻进管子里去。要保证取芯率，保证钻杆顺畅地转下去不被包住，孔不塌下来，这些难度是比较大的。”

为了解决这些问题，万步炎和团队成员做了很多发明创造，比如定量抽吸、纯压入式钻进方式等。这是他们的独创。

由于淤泥的强度不够，想让软淤顺畅地从钻头中间穿过去，这时候就要辅助它往上抽，像注射器一样地把它往上带。但是这个带的过程中，不能力气大了，也不能力气小了：力气大了就会破坏它，力气小了没有作用，所以要非常精准地控制。

“控制这个抽吸量，最好的方式就是进去多少泥沙，就把上面的水抽掉多少，这种方式非常精准。我们能做到 90% 的取芯率，就靠这个发明创造。”万步炎很自豪地说。

他和团队成员还总结了 4 种钻进模式。因为天然气水合物在复杂的地层，这一层是泥沙，下一层可能就是沙子，再下一层可能就是硬岩，变化很快，钻进模式也要快速地变化。然而转进的参数到底是多少、要加多大的压力、旋转有多快，这些要根据地层的情况来不断地变化。如果是人去操作钻机的话，根本反应不过来，这些东西全都得编到他们的自动控制程序里面。

“我们事先摸索了一遍，然后把这些操作的经验变成我们的智能专家操作系统，哪怕是一个初学的操作员来操作，最后也相当于一个钻探专家在这里操作，结果是一样的。正是因为这样，才保证了我们取芯的质量。”万步炎娓娓道来。

“我们一开始在海上钻探的时候，对这个取芯率或者取芯的质量不是很满意，团队成员费了很多脑细胞，考虑怎么解决这个问题。于是，大家在船上反复讨论，总结经验，然后凭借自己的灵感来发明钻具。”

在海上讨论的结果会形成设计方案传给工厂，工厂根据要求做出样品钻具，再以最快的速度送到海上，进行海上试验。有什么地方要改进，又有什么细节要修改，他们不断地总结，不断地改进，反复磨合，才有了今天这个比较完备的钻具系统。

可燃冰和其他矿产资源的海底钻探有一个不同的地方，在钻探的过程中，有一部分可燃冰会变成气体，从孔口冒上来。它在往上冒的过程，会把底下的碎屑和浑水带上来。设备上有很多摄像头，提供从各个角度观察的图像，但是在很多情况下，传上来的视频什么也看不到。这就需要海底钻机具有盲钻的能力。这也是“海牛Ⅱ号”相对于国外的同类产品领先一大步的地方。

做到这一点非常不容易。那么，他们是怎样做到的？原来，是他们研发了非常完备的专业传感器系统，不需要操作员自己去判断，电脑就帮着判断好了，然后电脑系统自己去处理。通过这样的方式，“海牛Ⅱ号”钻机实现了高质量的钻进取芯。

二

道阻且长，行则将至；行而不辍，未来可期。

当时，为了解决“海牛Ⅱ号”保压问题，万步炎和团队成员不知度过了多少个辗转不眠的夜晚。

如何做到既不增加“海牛Ⅱ号”重量又能保压？万步炎冥思苦想，最后决定尝试取消外加保压装置，将取芯管加厚，在管前面加保压盖。

在研究过程中，新的困惑不断出现：保压盖装置，怎么把它可靠地卸下来？又怎么再可靠地拧回去？还有就是，取芯管加厚之后，准备按两倍的安全系数来设计强度，但两倍到底行不行？又怎样保证它的安全？因为可燃冰气化之后，会产生很大的压力，如果安全性不好，谁也不敢去操作。为此，他们反复论证，反复试验。

团队成员说到一个小故事时，万步炎不由得笑了笑。原来，研发保压盖装置的这个原理，还是万步炎受啤酒瓶盖的原理启发而来的。当时，如何解决保压的问题一直困扰着他们。有一次，万步炎和朋友去吃饭，在酒桌上，朋友用力开酒瓶盖，但不知怎么的，使劲也打不开。万步炎看着酒瓶盖，似乎突然受到了什么启发，饭也不吃了，马上就去附近的酒厂看是怎么密封这瓶盖的。在参观罐装机械给酒瓶上瓶盖的流程后，万步炎喜出望外。就是这么一个不经意的灵感，居然解决了一个困扰万步炎和团队成员的世界级难题。

有专家认为，“海牛Ⅱ号”主要的技术突破：一个是保压属性，做到了国外钻机没有做到的全程全孔保压属性；第二个就是在安全和整个系统的可靠性方面有非常大的提升，不会出现严重的、在水下不可处理的问题。另外，在专业效率、自动化程度上都有非常大的提升，基本实现全程傻瓜式的一键式操作。总而言之，“海牛Ⅱ号”解决了水下工作的可靠性问题和高度自动化问题。

与国外深海钻机相比，“海牛Ⅱ号”有很多“牛”的方面，比如深度。到目前为止，国外海底钻机下钻最深不超过150米，然而中国做到了

231 米。并且，万步炎还有信心可以把它做得更好。

“海牛Ⅱ号”的操作员培训也很简单，因为它的自动化程度很高，操作人员很快就能学会怎样去操作，这是国外钻机到目前为止都没有做到的。国外需要三到四个操作员，而“海牛Ⅱ号”仅需一人就够了。

这么厉害的“海牛Ⅱ号”，它设备上的零部件差不多都是团队成员完全自主研发的！我不禁啧啧称叹。

“海牛Ⅱ号”在自动化程度，在水下工作的可靠性、安全性、效率成本等几大主要方面，都超越了目前国外最先进的海底钻机。虽说其中个别零部件是国外进口的，但是国产率已经达到 95% 了。一些还没国产化的零部件也很快就会国产化，包括收放绞车，以后的钻机就是 100% 国产的了。

4 年时间，上百种方法，26 种材质，“海牛Ⅰ号”终于更新换代成了“海牛Ⅱ号”，成为目前世界上唯一一台海底钻探深度大于 200 米的深海海底钻机，让我们引以为豪。

这是一个值得铭记的日子，2021 年 4 月 7 日。

科研就是发现，就是探索，就是创造，就是走没有人走过的路。

有人问万步炎：“你每天做同样的事情，不会感到厌烦吗？”

“每天做的都是不同的事情，怎么会厌烦？每天解决不同的问题，解决难题后，有无法形容的快乐。”他坦言道。

他一直面带笑容，且一直乐观自信，他说：“有努力就会有收获，有创新就会有失败，但失败不可怕。”

“我们做人也一样，就该像‘海牛’的钻头一样，勇往直前，钻透一切困难。”这句话，他又强调了一遍。

三

“海牛Ⅱ号”钻机是怎样在深海海底实现全自动取芯，完成这个世界级难题的？

万步炎是这样解答的：“海牛Ⅱ号”的“武器”是78根钻杆，每根3米长，像左轮手枪的子弹一样排列在圆盘之中。操作时，通过圆盘旋转，机械手取杆上膛，把钻杆一根根钻进岩层。

在钻探的过程中，不可能一直往下钻：如果一直往下钻，岩芯在岩芯管里面转的过程中，阻力会越来越大。另外，由于旋转，岩芯在岩芯管里面震动时间长了容易破碎。所以他们采用的方式就是每隔两三米就把底下钻的岩芯提上来，先放到钻机上，然后再继续往下钻，这就有一个取芯的过程。先通过绞车带着一个打捞器从钻杆中间穿下去，再通过绞车系统把底下的岩芯拿上来移走，而不是把钻杆一起都拉上来。

陆地钻机要解决这个问题，主要是靠人工。把打捞器对着一个很小的孔口，对准钻杆从中间放下去，然后人工开着绞车往下放，抓住目标物之后，再把它提上去，操作比较容易。但是在海底，在完全看不到的情况下，通过机械手去完成这些工作，难度非常大。首先海底有洋流，把打捞器或者岩芯管从钻杆中间放下去，差一毫米，就下不去。如果是挂在边上，一松手，洋流一来可能就把杆子带走了。机械手活动范围非常有限，一旦在机械手的活动范围之外，再想把杆子抓回来就不容易了。

万步炎说：“陆地钻机用了笨办法，就是从孔口放一个重物下去，把底下砸开。但是海底钻机不能这样做，我们做了一个非常大的创新，就是我们的打捞器是完全可控的，想让它对接上就对接上，想让它脱开就脱开，在孔内是完全自由的。这个技术今后可以推广到陆地钻机上来，他们会省很多事。”

“传感器的研发，我们失败了很多次，我们把所有拉力传感器原理都试了一遍。当初，这种传感器到了海下几十米深、百米深都是没有问题的，但是到了 1000 米以上的水深，就不行了。于是我们又重新用新的方法来做。为了这个传感器，我们试验了五种以上的原理和方法，最后找到了最合适的一种方法。现在，我们的传感器已经非常精准。我们所有传感器都实现了整个打捞过程不用人工干预，可以非常可靠地来实现绳索取芯的整个过程，这也是国外钻机不能做到的。”

万步炎为我们科普“海牛Ⅱ号”全自动取芯过程，讲述传感器研发过程的艰难。

水下设备，特别要强调它在水下工作的可靠性。海底钻机和陆地钻机最大的不同在哪里？就是人远离这个设备，要距离几千米远操控，靠机械手操作它，要解决问题非常困难，所以水下设备对可靠性要求非常高。让人自豪的是，我们的钻机自动化水平和智能化水平都要比国外高。

最重要的一个原因，就是“海牛Ⅱ号”研发了非常完备的专业传感器系统，整个“海牛Ⅱ号”身上有 50 多个传感器。基本上都是自主研发的，包括压力传感器、电流传感器、姿态传感器、速度传感器、位置传感器、到位传感器等。

比如说，打捞系统上面还有非常敏感的载荷传感器，是万步炎团队配套研发的。整个系统有 100 多吨重，包括甲板上的装备和水下的装备。整个系统可以实现单人智能操作，按一个键，后面的工作就不用管了，全部都是在电脑指挥下自动执行的。整个这一套设备，把钻杆一根一根地接上去，然后取芯，其间参数怎么调整，模式怎么选择，全是电脑里面的专家操作系统自动执行的，操作员只需要在屏幕前监控它是不是正常工作就可以了。

然而，国外不是这样的。国外的每一步操作，都需要操作员盯着电脑屏幕来进行。在水下工作，只要一步出了问题，可能系统就会崩溃，干不下去。“海牛Ⅱ号”正是因为有了这些配套研发的传感器，才能做到这么高的智能化取芯程度。操作便捷，人工干预少，这也是“海牛”团队能达到231米钻探深度的一个非常重要的条件。

…………

中国深海科研人，从依赖洋品牌，到自主研发，从零开始，到无穷远阔。

“海牛Ⅱ号”的成功，这光环背后的惊心动魄，真正让人叹服。这是领先世界水平的海洋勘探技术，且所有关键技术均为自主研发，将深海资源勘探与地质钻探的关键核心技术牢牢掌握在了我们中国人自己手里！

海浪翻涌，海天一色，一群赶海的人不会停下追逐梦想的脚步。

这些年来，万步炎和团队成员已在太平洋、印度洋洋底，我国南海、东海等海域钻进2000多个“中国孔”，完成了多座国际海底矿山的普查勘探，结束了我国依靠租用国外钻探船开展海域可燃冰勘探的历史，开创了我国利用海底钻机开展海底工程地质勘察的先河。

取得令人瞩目的成功之后，万步炎和团队成员并没有被荣誉淹没，他们还来不及庆祝，就又加班加点，总结经验，弥补不足，探讨有关设备改进的21条技术问题。

很快，万步炎和团队成员又把目光瞄向更深的海域，力争在未来几年，向着更深、更广阔的海底挺进，实现万米水深地质钻探取样，进一步拓展大洋科学钻探、海上风电场地质勘察、深海稀土勘探等应用领域，为揭示海沟扩张演化规律和独特的生态系统及生命过程演化规律，提供可靠的利器。

既然选择了远方，就只顾风雨兼程。因为大海就是他们的事业，国家受制于人处即人生战场，他们唯一的目标就是扎入深邃海洋，逐梦星辰大海。

征程万里云鹏举，敢立潮头唱大风。隐约间，万步炎和团队成员仿佛听到来自校园的悠扬校歌声：

千年薪火种，一脉传湖湘。科技自强荷重任，人文化成勇担当。报家国，气宇昂，大器辅明昌。

采访手记

天何其辽阔，海何其蔚蓝。面对大海，我们有太多的问号。

诗人说，海是泪水凝成的；水手说，海是深黑的孤独；科考人员说，海是生命的究竟，是未知的休戚与共。

大海，用亿万年的时光与呼啸，沉淀成一波盎然的激情，有时壮怀激烈，有时宏大渊博，有时深邃清亮，有时狂风怒吼……

人类为什么要探索世界？我们为什么要开发海洋？为什么需要海底钻探？《海底两万里》扉页上有这样一句话："比天空更深的是海洋。"凡尔纳说，只有探索，才有答案。

凝望着这一片蔚蓝，这蓝色的追求与探索，与无数远方，与远方的无数人们，都有着深切的关系。人类生生不息，探索的脚步永不停息，人类正走向探索深海的"高科技"时代。

星河之下，蔚蓝之上。这样一群不甘落后的海洋人，不断创新，不断攀登，关键核心技术不断实现突破，国之重器，不断挺起中国制造的脊梁。

"志之所趋，无远弗届，穷山距海，不能限也。"意思是说一个人如果有足够的志向，他要到达的地方不论多远，最终都能到达，即使是高山之遥、大海之远，也不受限制。

在采访中，我几次落泪，并深深为这一群科研人所感动。“海牛Ⅱ号”是国之重器，同样的，研发海底钻机设备的他们，这些优秀的科研人才，更是“国之重器”。

时光见证前行的脚步，奋斗书写拼搏的荣光。

那些一起拼过的场景、闯过的难关、冲过的山峰、战斗过的时光，每一位风雨兼程的海洋人，都记忆犹新。他们让奋斗注入时间的齿轮，也让自己成为海洋的一部分。始终心有光明的人，是时光打不败的过客；始终面朝大海的人，一定会迎来春暖花开。

眺望这一片蔚蓝，太阳又一次拉开光明的大幕，甲板上的每一个人，都被赠予了这圣洁的光辉。

关山初度尘未洗，策马扬鞭再奋蹄。

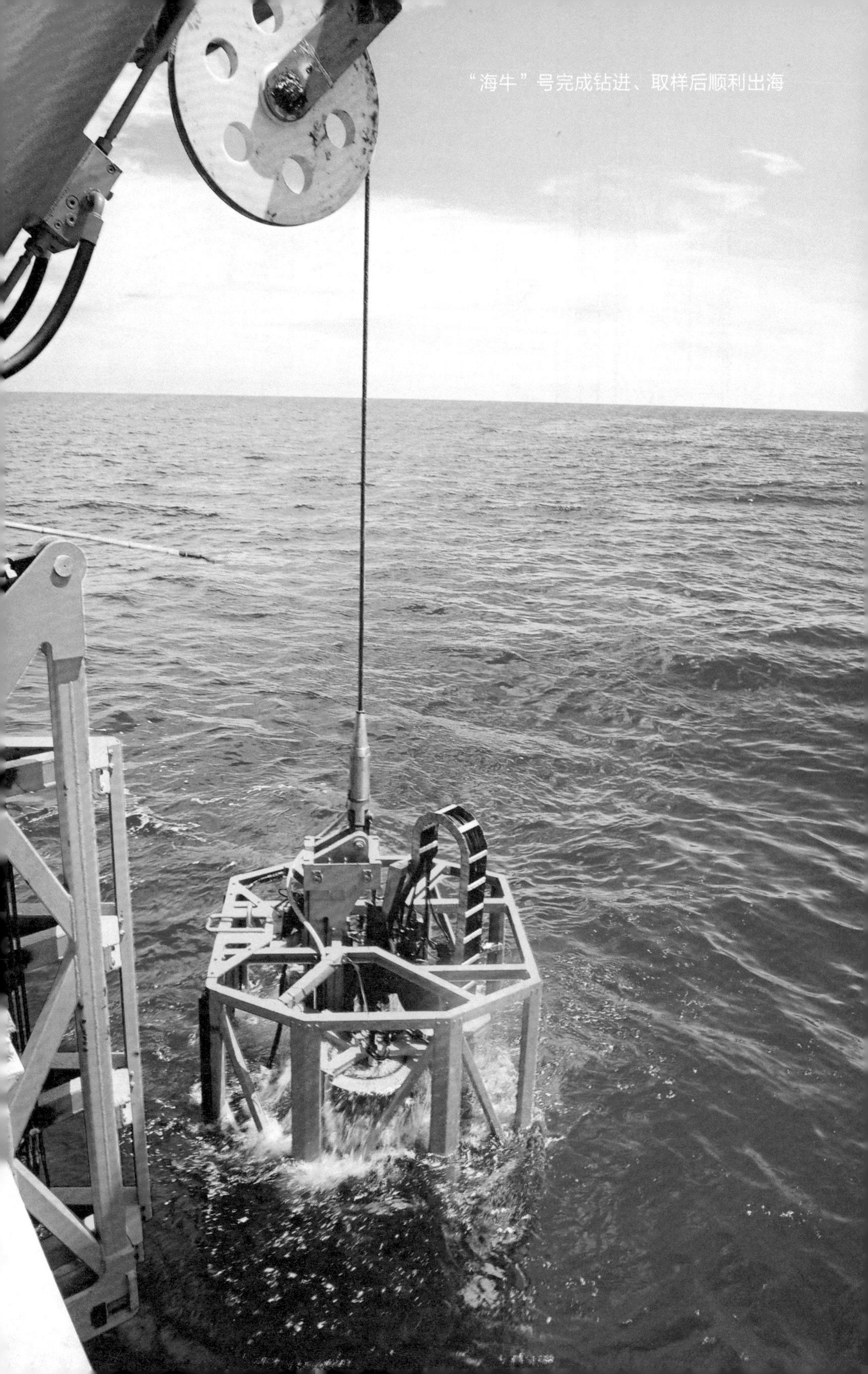

“海牛”号完成钻进、取样后顺利出海

“海牛Ⅱ号”搭载科考船驶向深海

“海牛”团队成员出海合影留念

万步炎(中)在给团队成员讲解技术难点

万步炎（中）在讲解“海牛Ⅱ号”钻机取芯钻具的设计

第三章

从湖到海

洞庭湖畔

时光回溯到1964年的早春，一个乍暖还寒的日子，人们在焦急、欣喜中等待着。突然，一个婴儿的啼哭声惊醒了树上的鸟雀，在一个普通的农家，万步炎出生了。

万步炎的家乡是湖南省华容县三封寺镇，在洞庭碧波之畔，北倚长江，南滨洞庭湖，是八百里洞庭之腹地，闻名遐迩的水乡泽国。这里有大湖的辽阔，大山的沧桑，大地的慈厚。这里有义薄云天、知恩图报的三国故事，赤壁风云，三江激荡，蹄声远去，信义犹存。

行走在三封寺镇的阡陌小道上，总让人想起《三国演义》中“诸葛亮智算华容，关云长义释曹操”的故事来。道旁整齐的玉兰树和香樟翠绿而悦目。这里旧时还是古驿道，又临近湖区，有河道通州府，历来商贾多会聚于此。放眼望去，天蓝水碧，清波荡漾，风景优美，环境宜人。

万步炎从小生活在农村，直至14岁考上大学才离开自己的家乡。他虽出生于内陆，但和水的渊源，注定是从出生就开始的。生活在湖区的他，从小就熟悉水，亲近水，还喜欢游泳。暑假里，他与小伙伴三五成群，结伴而行去水边。但母亲总不放心，怕有危险，不允许他下河。后来实在管不住，母亲干脆每次都在旁边看着他游泳。湖区孩子喜欢水，亲近水，这是不是冥冥之中的一种注定呢？但这一切，似乎都还与未来探索海洋没有什么关系。毕竟，洞庭湖距离大海，实在太远、太远。

天空下，大湖边，一个热爱读书的少年，不断天马行空地畅想，探询无数个谜团一样的“为什么”。渐渐长大的他，渴望去了解这个世界，幻想着自己某一天能去山的那一边，看看那一片向往的大海……

一

洞庭湖以它通江达海的远阔滋养着万步炎，他如一股细流，终将汇入大海。而家庭的滋养是细流的源泉，是往前奔腾的不竭动力。

谈及家庭，万步炎总是第一个讲起自己的外公。

万步炎没见过外公，外公的形象、外公的故事，全融在老家门楣上那一块“光荣烈属”的牌子里。牌子上虽然落满岁月的烟尘，但一直挂在那里，也嵌入万步炎的心里。

幼时的万步炎并不清楚这块牌子意味着什么。后来，他慢慢长大，渐渐才知道，原来外公叫彭明，很年轻就参加了红军，担任过湘鄂西苏维埃政府七县巡视员，1932 年，在洪湖一次作战中不幸牺牲，年仅 31 岁。

外公的形象是模糊的，但是外公的影响力是实实在在的。万步炎小时候，家里每年会领到 600 斤谷子的抚恤金。600 斤谷子，在当年闹饥荒的年月里，是多么珍贵啊！这些粮食不仅救济了他们一家，或多或少还救济了乡邻。这都归功于烈士外公，因他对国家的贡献，让后人得到恩惠。这在村里乡亲们的心中，是一件特别光荣、特别值得羡慕的事情。

在幼时的万步炎心中，外公绝对是个神秘的传奇人物。那时候的他并不知道外公究竟是干什么的，外公的故事，都是亲人讲述给他听的。他听叔外公讲过，外公因为闹革命被抓去坐牢，家里卖了田产，用箩筐装了钱去赎人，人赎回家又跑出去了，家里的田产都被他"败"光了。直到长大了，万步炎才明白外公的了不起。外公干革命不是为他自己，是为了一种坚不可摧的信念。

那是一种什么样的信念？什么是信念？什么是梦想？显然，那时他还不懂。那时候，乡下偶尔会放映露天电影，有许多是革命题材，他在这些露天电影中，知道了两个成语：碧血丹心、以身殉国。他渐渐明白，这或许就是外公坚不可摧的信念。

母亲小时候上过私塾，识得一些字，还会打算盘。在万步炎心中，母亲聪明、能干，是个很有主见的女子。她总是有一股不服输的劲头，无论做什么事情，总是想做得最好。只要是认定的事情，她就会坚持到底，任别人怎么劝都没有用。从小耳濡目染，母亲不服输的个性不知不觉间影响着万步炎。

万步炎是家中的独生子，母亲将所有的爱都倾注给了他，他就这样被父母当宝贝一样地宠着，父母尽最大的努力满足他的需要。然而农村的条件毕竟有限，懂事的万步炎也能体谅父母，很多他想要的玩具，他都自己制作。从小就是"学霸"的他，小小的脑袋里经常会冒出一些稀奇古怪的想法，做父母的都会给予支持，给他自由，让他尝试。

二

万步炎从小就好学，在学习上有一种禀赋。

他还不满6岁时，就坐在教室里当起了小学生。令人想不到的是，当忙碌的父母知道他进学校上学时，他已经在学校上学一两个月了。

小时候，万步炎是村里的“孩子王”。他聪明又大方，经常将自己的零食和玩具借给小伙伴们玩，小伙伴们都喜欢在他家里聚会。他跟着小伙伴们一起爬高树、掏鸟窝、玩游戏，顽皮得很。开学后，小伙伴们都去上学了，他年纪最小，还没到学龄，一个人在家孤零零的，没人玩。听说学校孩子可多了，很好玩，万步炎就很想去学校看看。

那天早上，他跟着邻居家的哥哥一起到了镇上的松木桥小学，村里大一些的小伙伴都在这里读书。他站在教室外面，透过窗户偷偷地往里面看，只见小伙伴们都坐得端端正正的，跟着老师在读什么。这是万步炎第一次来到学校，这里的一切让他感觉无比新鲜有趣。同学们琅琅的读书声，如春风吹醒了他心中向学的种子。更让他欢喜的是，下课后小伙伴们欢笑着冲出教室，他们又可以玩在一起了。

这天，万步炎又来到了学校，熟门熟路地趴在窗台上偷看小伙伴们上课。这是一堂语文课，黑板上写着拼音字母，老师正在一个一个地教大家。老师读一个拼音字母，学生们跟着读一个。万步炎也情不自禁地跟着大声读了起来。老师一转头，看到了趴在窗台上的他。

“小朋友，你怎么在这里？”老师走出教室，看着虎头虎脑的万步炎，温和地问道。

万步炎红着脸，低着头，有些不好意思地说：“我，我也想学拼音。”

老师本想赶他走，听他这么一说，脸上溢出笑容。老师打量着眼前这个瘦小的男孩，从心底里喜欢他的机灵劲儿。她把万步炎领进了教室，给他安排了座位，对他说：“你就坐在这里听吧。”

当时，老师以为万步炎只是一时兴趣，并不在意多一个听课的学生，她以为万步炎第二天就不会来了。可是，不仅第二天，此后天天他都和小伙伴一起准时来上课，没有书，他就和同桌共用一本。

父母原本以为万步炎每天都和小伙伴去玩了，没想到是去学校读书了。就这样，爱学习的万步炎被学校破格录取，正式入学启蒙了。

这段经历，一直是万步炎父母津津乐道的事。从小学到初中，到高中，到大学，万步炎一直沉浸在学习的快乐中。在学习上，他从未让父母操心。知识就如一盏明灯，引领着他前行。

万步炎很珍惜学习的机会。花香，草香，不如书本的墨香；游乐，玩乐，不如读书的快乐。老师教育他说，读书可以充实心灵，陶冶性情，开阔眼界，启迪人生。最是书香能致远。他爱看书，家里的书看完了，就到处借书看。借来的书往往缺了页码，但这有什么关系呢？他从不挑剔，总是看得如痴如醉。有时别人不愿意借，他就缠着，或者拿东西交换，有种“发奋识遍天下字，立志读尽人间书”的执着。到别人家做客，第一件事也是问主人家里有没有书。

古人云：“三日不读书，便觉言语无味，面目可憎。”万步炎对知识的渴望莫不如此。他沉浸在知识的海洋中，吃饭时看书，睡觉前看书，还曾经为躲避母亲的念叨，打着手电筒躲进被窝里看书。

当时，周围村民见他小小年纪如此爱看书，觉得不可思议，甚至有些隐隐的担心，就对他母亲讲，过去有小孩读书读傻了。母亲听后，信以为真，生怕儿子也变傻。在父母心里，儿子读书多少并不重要，身体强壮、心理健康才是最重要的。

其实，这些大人并不理解成为“书迷”的快乐，当时这个小书迷正徜徉在知识的海洋里，快乐茁壮地成长。

三

从走进学校的第一天起，万步炎就对书本尤为酷爱。与许多孩子一样，他对世界的认知是从书本开始的，书本为他探索这个世界打开了一扇窗户。书本里的东西，新奇而丰富，解答了很多他想要知晓的问题。

人这一辈子，究竟要读多少本书，大概是没有答案的。书籍是人类进步的阶梯，阅读是一座随身携带的避难所。一个人的一生，要是能从众多的书中清晰地记得几本的书名，背下书里的一些内容，这些书一定是能走进他生命的。

有几本书，万步炎记忆最深刻。一次，他从同学那里借了一本没有封皮，也没有封底，还卷了边角的课外书，里面都是知识问答，内容包罗万象。他当时并不知道书名是什么，还是很多年后看到内容相同带封皮的书，才明白自己当年最爱的书叫《十万个为什么》。这本书真是精彩，让少年万步炎大开眼界，爱不释手。也正是这本书为他揭开了科学的神秘面纱，他第一次认识到，原来神秘的科学王国是有途径到达的。

另一本是《小黑鳗游大海》，这本图画书对他进行了海洋知识的启蒙。他一遍一遍地读，甚至走路也在看，里面的内容他都可以背下来：

> 出生在湖里的小黑鳗想到大海里去见见世面，它咬着鲑鱼的鱼鳍到了大海，遇到了许多好朋友，也遇到了许多危险……最后，小黑鳗又借鲑鱼的帮助回到湖里，向伙伴们讲述自己的冒险故事……

万步炎将自己想象成了“小黑鳗”，湖边成长的他，要从湖里游到大海里去。在这本书里，他第一次认识了大海，海里有鳗鱼、鲑鱼、鲸、乌贼，还有珊瑚，等等。原来，大海是一个这么丰富的世界，一点也不逊色于陆地。

他的好奇心渐渐被点燃。从小喜欢探索、喜欢琢磨的他，又开始动起了脑袋瓜子。以前他天天琢磨天上的东西，现在开始天天琢磨海里的东西。从天上的读到地上的、海里的，只要有借书、买书的机会，他就不会放过。

天才还需后天的学习来浇灌。正是这样一本本书，让一个小小少年，从为了要弄懂地球表面那些事，而拓展到天空、大地、海洋，以及更广阔的世界。

还有一本是《新华字典》。在他的记忆里，一本《新华字典》陪伴他度过了好些个春秋冬夏，那是他非常珍惜的工具书。说到当初买这本字典，其中还有一段曲折的故事。

一个周末，母亲去镇上卖鸡蛋，带着万步炎，想让孩子见见世面。在那个年代，鸡蛋值钱，家里母鸡下的几个鸡蛋，大人都舍不得吃，用来卖钱补贴家用。母亲很快卖完了鸡蛋，当时得了一块多钱。母亲用一块手绢小心翼翼地把钱包起来。路过镇上的供销社时，万步炎看到了橱窗里的一本《新华字典》。他顿时眼前一亮，这是他一直想要的一本工具书，课外书里有许多不认识的汉字，需要用这本工具书来查找。可是，一问价格，要 7 毛 5 分钱，这在当时并不是一个小数目。

一开始，母亲不肯买。母亲有母亲的难处，这一块多钱，还有很多的用处，便说："这么小小的一本书，要这么多钱，太贵，划不来！"

见母亲要走，他在母亲面前撒起娇来："不，我就要。"一边说，一边扭动着身子。母亲催他快走，他干脆站在原地，不动了。

为了安抚他的情绪，让他放弃，母亲推托道："下次等妈卖鸡蛋得更多的钱，一定给你买。"

"我不。"他噘着嘴，泪水在眼眶里打转。

母亲有些生气，不理他，母子俩就这样僵持了起来。

可万步炎是一个很执着的孩子，他认定了要做的事，便一定要实现。见母亲还没有要给自己买的意思，他干脆一屁股坐到地上打起滚来，一边滚，一边哇哇大哭。

旁边的售货员看见了，就劝母亲说："你家孩子主动要买书，是好事呢！你莫舍不得，爱读书是好事，将来孩子有出息了，还在乎这点钱？要是别人，借钱都要给孩子买呢！"

母亲被售货员这么一说，顿时红了脸。想一想，也对，孩子喜欢书，的确是好事。干脆油盐先不买了，别耽误了孩子的学习。

她一把将哭闹的万步炎拖起来，告诫说："买了字典，就不能买别的了。"因为每次母亲来镇上，除了购置生活必需品，总要省点钱给万步炎买些好吃的。

小孩的脸，就是三月的天，要雨就是雨，说晴就天晴。万步炎马上止住了泪水，脸上顿时露出笑容，开心地说："好，不买别的，只买书。"

从此，一本属于自己的《新华字典》给了这个孩子满满的自信和底气，这本来之不易的字典，陪伴了他一段学生时光。

四

夏夜，天空繁星点点。

一张半旧的竹床，一个小小的少年，抬头仰望星空，如醉如痴。

突然，一颗星星忽闪，像一只飞鸟划过，在深蓝的天际拖出长长的尾巴，眨眼之间了无影踪。

小时候的万步炎，聪明伶俐，乖巧可爱，善于思考，对一切事物充满好奇，总爱打破砂锅问到底，总爱提出一些千奇百怪的问题。这些像谜团一样的问题，常常困扰小小少年的心。仰望星空时，他总会有一系列问题在大脑中翻江倒海。

天上到底有些什么稀奇古怪的东西呢？那么多的星星中，为什么那一颗突然一亮，拖出长长的尾巴，转眼又不见了？为什么白天看不到星星，到了晚上就全都出来了？为什么有的星星那么亮，而有的星星却那么暗？月亮和星星的距离到底有多远……

之后，少年又由天空想到了大地，由星星想到了人，由人想到了天地万物，想到了水为什么要流动，花朵为什么会在春天开放，月亮为什么时圆时缺，人为什么会老……太多的疑问、太多的玄奥，不断撞击少年那颗懵懂的心。少年在心里下着决心，总有一天，自己要将这些弄个明白。

别人家的父母生怕孩子不喜欢看书，天天催促孩子学习。可是，万步炎的父母却生怕瘦小的儿子因为看书太入迷成了书呆子，于是总是提醒他注意休息。

喜欢看书、喜欢动脑筋的万步炎，在很小的时候就显露出了他的天资与聪慧。每到过年，他都要随母亲去舅舅家拜年，一大家子围炉夜话时，是他这个“瘦皮猴”的高光时刻。

“舅舅，您知道飞机为什么会飞，人类为什么可以上天吗？”

舅舅一脸茫然，摇摇头说：“那你知道吗？你给大家说说。”

于是在众人羡慕的目光里，他大大方方地，为他们科普飞机飞上天的原理。

舅舅问他：“小小年纪，为什么知道这么多？都是从哪学来的？”

他告诉舅舅，因为自己看了一本叫作《飞机为什么会飞》的科普图书。

讲解了飞机的知识，似乎还不够，他又给大家讲解其他的知识。他告诉大家，卫星、火箭是由什么部件组成的，它们是依靠什么飞上天的，又是怎么上的天……他讲得眉飞色舞，头头是道。这个时候，不光小孩爱听，大人也都爱听，不知不觉，他的身边围了一堆人。瘦小的他，成了大家的科普员。

舅舅怎么也想不明白，这个平时看着调皮的小孩儿，脑袋里面居然装着这么多的科学知识。

舅舅欣慰地看着这个“瘦皮猴”，不断点头赞许。他似乎看到了希望，他知道这个孩子将来会有大出息。

几乎每一个小孩子小时候都被问到一个问题，那就是：你长大了想当什么？

万步炎毫不犹豫地回答：当飞行员。

之所以想当飞行员，是因为他经常坐在竹床上仰望星空。星空之上到底有些什么，他想去亲眼看一看。他痴痴地想：长大后一定要研究飞机。万步炎要通过自己的努力，把飞机的结构弄个明白。

仰望星空，敬畏天地。仰望星空，求索真理。

每一个孩子都仰望过星空，每一个孩子都有过星空般璀璨的梦想。

五

仰望星空的小小少年，除了喜欢看书，还喜欢看电影，搞小发明。

散学回来，如果村里放映露天电影，就算第二天要期中考试了，他也一定会跑去看。母亲担心他的成绩会受影响，结果，第二天考完试，待成绩出来，他居然考得还不错。

小时候，村里会来电影放映队，扯一块幕布，架一台机子，在操场等露天宽阔的地方就开始放电影了。全村老少总动员，呼朋引伴，里三层外三层，把操场围个水泄不通。万步炎和小伙伴们也不例外，搬个小板凳，守到放映结束。放映队常常在不同的村里放映，孩子们则经常追着他们跑，《英雄儿女》《闪闪的红星》《地道战》等这些电影，他都反复看了好几遍，但每次依然看得津津有味。

那个时候，并不像现在这样到处都有彩色电视机或投影仪，那个年代电视机是稀奇货。家族中有一个堂姐嫁到县城里面，小学五年级时，他到县城堂姐家做客，路过商店看到一台很小的黑白电视机，电视机里不停地播放着新闻、电视剧，好奇心让这个少年在电视机前面足足站了一上午。原来电视机这么好玩！其实，他感兴趣的不是那些新闻和电视剧，他的小脑袋瓜里琢磨的是：那么一个小小的盒子，里面怎么装了那么多东西？那些演员是不是早就藏在里面，不然又是从哪来的呢？

平时一看到新奇的东西，他总是想搞清楚到底是怎么一回事。那是他第一次看到电视机，立刻就被吸引住了。那时他根本不知道“电视信号”这回事。他一直琢磨这个电视机是怎么把这些画面弄出来的，直到后来在学校上了物理课，他才有些明白了。

一放学，从不闲着的他，就把自己关在房间，不是看书，就是动手制作他感兴趣的东西。他爱搞科技小发明，动手能力强。有一次，他用废电池和手电筒里的灯泡接上电线，点亮了房间。

他还亲手做开关，做幻灯片，而且还制作过“电影”。有一次，姨妈到家里来做客，他给她放“电影”看。所谓的放“电影”，就是在纸上画了许多图画，然后关了灯，他打开手电筒让光透过图片，对着墙上照，就有了投影画面。他一张张切换画面，通过光影声电，像模像样的“电影”就这样放映出来了。

“太好看了，你真是一个小小发明家！”姨妈惊喜地夸赞他。

村里头有一部电话机。那时每个村都有一部，是那种摇把式的。电话机旁边有两节大电池，就靠这两节电池给电话机供电。用了一段时间，电话机的电池不行了，需要更新，管电话的叔叔准备把淘汰的电池丢掉。读五年级的万步炎知道了，跑去说：“叔叔，您别丢掉，这个给我拿回去吧。”

“小孩子要这个干什么？”

“叔叔，我想拿去做实验，您就给我吧。”

“做实验？”

叔叔疑惑地看了他好一会儿，从他稚嫩的眼神里看到了坚定，于是就说：“好吧，你要就拿去吧。”

他如获至宝，把那两节电池装在口袋里，开心地拿回去。回家以后他就开始琢磨，怎样利用这两节旧电池设计一个“照明电路”。布线，找灯泡，做开关。没有电线，他就东捡一节、西找一节；没有灯泡，他就把手电筒的灯泡取下；没有开关，他就用橡皮自己做一个。忙了好几天，终于搞出了一个“照明电路”。那时，他和妈妈睡一张床，他睡这头，妈妈睡那头。那时，农村还没通电，基本上都是点煤油灯照明。喜欢躲在被窝里看书的万步炎觉得煤油灯不方便，便在床头也安装了一个灯泡，这样，晚上在被窝里看书，他想看多久都行。

其实，他那时候对电并不太懂，但是看过一些书，自学过有关电的一些知识。对于一个还不懂电的孩子来说，能做出这些小发明，简直太让人惊讶了。想象力的自由发挥，为一个孩子插上了梦理想的翅膀。

对于他的这些爱好，父母并没有过多反对、过多管束，有时还暗地里帮他，给他捡一些可用于创造发明的废旧材料回来。

有一次，父亲给他拿回来几个废弃的轮子，还有铁棍子、板子等材料。他在这些废弃材料的基础上，敲敲打打，拆拆装装，做成了一辆玩具小汽车。这辆小汽车不但可以玩，还可以坐人。当他“乘坐”自己制造的玩具小汽车从父亲面前“驶过”时，父亲一贯严肃的脸上，顿时堆满了赞许的笑容。

爱搞发明创造的他，已不能满足小发明，渐渐地，他研究起机械设备来。村里有一台柴油机，每次去村部，他都要观察一下这台柴油机，琢磨它是怎么工作，又是如何驱动的。后来村里添置了一台拖拉机，几个大轮子的那种，高大威猛。他对拖拉机也特别感兴趣，东看看，西摸摸，而且喜欢在拖拉机上爬上爬下。对机械设备，他潜意识里就有一种亲切感。那个时候，他还特别羡慕开拖拉机的司机，看着司机，就想象自己摆弄方向盘的样子。他甚至暗暗地想，自己长大了如果当不了飞行员，就一定要去开拖拉机。但不管是开拖拉机，还是当飞行员，都需要与机械打交道，需要了解机械原理。从那时候开始，他就对机械设备充满了浓厚的兴趣。

除了搞一些小发明外，他还喜欢扎纸飞机，做弹弓，做钓鱼竿，等等。在动手做这些东西的时候，他很认真，很专注——思考本身就是一个幸福的过程。

从仰望星空开始，从洞庭湖畔出发，从陆地到深海大洋，一步一步，万步炎向着他波澜壮阔的梦想出发。

远方的行囊

一

岁月悄然溜走，不知不觉间，少年长大了。从小爱阅读、爱动脑筋、爱搞小发明的“瘦皮猴”，在14岁时要离开家乡，到更远阔的天地去了。

万步炎的小学、中学都是在松木桥学校上的。正是这一段乡村生活经历，促成了他许多优秀品质的养成。正如农村的花草树木，自然、淳朴是万步炎的本色。

家庭教育和学校教育是相通的，这对一个孩子的影响是一辈子的。农村的很多父母虽然没能给孩子更多的帮助，但给予足够的自由和信任。放手，于从小独立的万步炎而言，就是最好的童年礼物。

上初中时，他喜欢做实验，特别是化学实验。他看到有人乘氢气球上过天，就天天想，如何才能搞到氢气，要是自己能做一个氢气球该多好，这样就能飞上天！他还真的去找化学老师请教。老师告诉他，可以通过实验制取氢气。万步炎做的第一个化学实验就是用盐酸加锌片制取氢气，结果失败了，没收集到。但他不气馁，憧憬着有一天能飞到天上看一看。化学老师最喜欢这个聪明的学生，他动手能力强，喜欢独立思考问题，看起来上课没有那么认真，每次考试成绩却最棒。他成了老师们心中最喜欢的学生。

小学的时候，父母和老师没有那么重视学习和成绩；到了初中，对成绩，父母和老师突然开始倍加重视，万步炎在学习上有了紧迫感。在学校一直品学兼优的他，自然成了老师重点关注的对象。那时，乡村教育条件落后，松木桥学校的老师中只有一人上过大学，一些数学或物理难题，老师也不一定解答得了，而有一些难题，却被万步炎这个学生解答出来了。就这样，他成了大家心中的“天才少年”。

初中毕业考试，他考了全乡第一名，每科分数都是97分以上。松木桥学校的校长为此还专门跑到他家，当着大伙儿的面表扬了他，说他给学校争光了。当时他们中学没什么名气，没名气的中学里却考出了个全乡第一，把校长高兴坏了。

初中毕业后，他随着父母来到镇上读高中，又是一个新的开始。环境变了，教育质量也有了提高，学校老师水平也高一些，眼界也相对开阔，万步炎对自己的未来之路有了更多期待。

入学后，老师们很快就发现了他的优秀。1978年高考，对他来说这是一个好机会。老师们准备让他也参加复习，备战高考，便问他：“你和高二的同学一起复习，参加高考，怎么样？”

他感到很意外，同时对自己的能力有些怀疑，就说：“我才读到高一，高二的课程都没学过，考也只怕是白考。”那时，高中学制两年，读完高二就高中毕业。

老师动员他说：“我们也并不一定要你考上，只是想让你去试一试，看看题型，了解一下高考到底是怎么考的，考好考差都无所谓，你不要有任何压力。”

他见老师这么说，坚定地点点头：“那我听老师的。”

于是，才读高一的他，被安排进高二毕业班里和其他同学一起搞复习。复习了几个月，他就走进了考场，很坦然地面对那一年的高考。

那一年，万步炎刚刚 14 岁。

考完后，他并不把参加这次考试的事放在心上，继续回到高一按部就班地学习。可是，令老师和他自己都想不到的是，他，竟一举高中，而且上了重点大学的分数线。而大部分高二的参考学子，却遗憾地落榜了。

幸福来得太突然。他看着自己的成绩，虽然没有特别激动，但还是十分惊喜。他将喜讯告诉父母，父母为之高兴，村子里的人也都为他高兴，都称他为“天才”“神童”，为学校、为村里争了光，纷纷对他和他父母表示祝贺。

是啊，一个 14 岁的少年，稚气未脱，才读高一，甚至连高二的课程都未正式学习过，竟然考上大学，而且还是重点大学。这在大家看来，就是创造了奇迹。

一切的确来得太突然，突然到许多事情都还没有来得及思考和准备。

特别是当他接到中南矿冶学院（现已并入中南大学）的录取通知书时，他迟疑地对母亲说：“我有点不想去。”其实，当时他内心很纠结，想放弃，毕竟年纪还小，可以重考一次，而且，他从小的梦想是当飞行员。

录取他的是中南矿冶学院地质系探矿工程专业。说实在话，他内心有过不小的挣扎，这并不是他理想中的学校和专业，他心目中理想的专业，在小时候仰望星空时就已经作出了规划，因此，当时他填的志愿都是名校的航空航天和天文学专业。然而，他却被意外地调剂到了中南矿冶学院地质系探矿工程专业，一下从“天上”掉到了“地下”。

“儿子，你能考上个中专，妈都心满意足了。现在你考了这么好的大学，不想去读，那怎么行呢？”母亲劝他道。在母亲心里，儿子是他们的骄傲，也是村里人的骄傲，考上了重点大学，就是鲤鱼跳龙门了。

老师们也给他做思想工作：“你是恢复高考后的大学生，机会要把握好。”

母亲反复地劝他：“我们在农村，条件有限，你早一点去读大学，家里就可以减轻一点负担。”

万步炎从小就是个懂事的孩子，更是个孝顺的孩子，听母亲这么一说，虽然有些犹豫，最后还是听从了母亲的话。

一转眼开学了，少年收拾行囊，背着母亲亲手为他准备的被子以及其他行李，带着亲人们的祝福，坐上了去省城的大巴。

踌躇满志的少年出发了，告别了生养他的家乡，告别了辽阔的洞庭湖，从此奔赴一条漫漫而来的湘江。他来到了省会长沙，来到文脉厚重的岳麓山下。在耳目一新的大学生活中，他开启了全新的奋斗之路。

二

既然选择了远方，便只顾风雨兼程。少年学会了接受现实，心里渐渐平静了，恢复了往日的乐观和自信。

从小就不服输的万步炎，执着而倔强，虽生来平凡，但仍注定成才。

很快，万步炎的求知心转移阵地，从天上的理想，到地下的现实，整装出发，在中国的“矿冶黄埔军校”开启了他人生新的求索之路。

在上大学之前，他从来没出过华容，去的最远的地方就是县城；也从来没见过火车，第一次见到火车，还是上大学时。

人们说，大学是知识的海洋。当时同学们都是从各地考过来的精英学子，有的还是县里的高考状元。他这个乡下来的佼佼者，在省会长沙，并没有迷失自己的方向，相反，视野开阔了，知识结构丰富了，对自己的未来目标也更明确了。

在大学里面，老师和同学们都很照顾他，因为他是班里年纪最小的学生。那时候中南矿冶学院还没有现在的规模，当时全校只有七八个系，4000 多名学生。学习探矿工程专业的他们，班里年龄最大的是 29 岁，最小的就是他，14 岁。在年长的同学面前，他很受宠，虽然个子最小，但是成绩却最好。而且他还利用课余时间学会了拉小提琴，同学们都不知道他是什么时候学会的。在班上搞文艺活动的时候，他会拉上一段小提琴，很活跃的他，成绩和才艺样样都能够拿得出手。

在学好本专业的同时，他还看了大量的天文、地理及哲学方面的书籍。大学的图书馆是他最爱去的地方。学习之余，体育锻炼也是他的日常必修课。每天他都要在学校的操场锻炼，还特别喜欢打排球。那个时候，有好多同学课余喜欢研究收音机这一类的半导体，把零件拆了，自己组装再弄一套。万步炎也很想研究，但从农村来的他，显然没有那个条件——玩那些电子产品是要花钱的。

万步炎处处都好强，样样都争先，做事情要做就做到最好，这一点很像母亲的性格。他的执着，表现在生活和学习中的方方面面。英语基础不好，他就每天早起读英语；文科方面落后，他就不断看书补齐短板。别人能做好的，他一样也能做好。他爱好广泛，在同学中虽然不是最勤奋的那一个，但是学习效率特别高。他不喜欢死记硬背东西，他喜欢推敲，喜欢挑战，喜欢动手实验，将知识灵活运用。

因为没有上过高二，数学基础不太牢固，他就花更多的时间来自学数学。有一次高等数学期末考试，不巧他发高烧了，老师关心地说："你发高烧，就不要考了，等着后面补考吧。"

他央求说："老师，我要考，我能坚持的。"

他不愿意补考，补考意味着他整个寒假都会过不好，心里有包袱，脑子里面会始终想着这个事。

结果，就是那天，他发着高烧在考场里面考试，当时考试就四道题，他坚持做了三道题，得了 75 分。很庆幸，不用补考了。

无数个周末，他都在自修室学习。他很享受这份孤独。很多时候他不想被别人打扰，喜欢一个人安静地干自己的事，看自己喜欢的书，享受这种独处的自由。当然，他也不抗拒热闹，人多的时候，他也放得开，可以大方地展示自己多才多艺的一面。他把自己的这个性格称为"双重性格"。

大学生活丰富多彩，但他总是把学习放在第一位，而且注重实践操作。实习的时候来到工厂的车间，所学的东西有了实操的机会，车、铣、刨、磨，电焊、操作钻机、装配机器……很多学生怕脏、怕累，而他却很喜欢待在车间。的确，除了书本上的理论，他还特别在意这种实践能力的培养，这养成了他以后干什么都喜欢自己动手的习惯。

"看别人操作，总是不习惯，心里着急，不如自己来做最放心。"他真是个急性子。

班里有一个同学是他老乡，同是华容县的，他对万步炎说："快毕业了，你这么小的年纪，到时候参加工作会不适应的，你去考研究生吧。”

“去考研究生？”他从来就没有想过考研究生，也不知道还有考研究生这回事。

老乡继续动员他：“凭你的成绩，一定考得上。”

在老乡的一再动员和鼓励下，他答应去考一考。

那时考研，很难，竞争也大，得下一番决心。所有准备考研的同学，基本上都在教室学习到晚上11点多钟，教室熄灯后，又回到宿舍继续学习。只有他很轻松，没有那种非得要考上的紧迫感，也没有想过一定要成功，或者说硬要出人头地。从小他就喜欢凭自己的兴趣做事，喜欢自由，有自己的想法和主见。

很幸运的是，研究生考试，他考上了。班里一共34个本科毕业生，报考研究生的人不少，结果只有4人被录取，他就是其中之一。

话说除了实力，也是运气好。当时他报考的那位导师，一年只有一个研究生招生名额，而报考的学生中有一个同学比他考得更好，总分多三四分。他们报考了同一个老师，怎么办？后来学校经过研究认为，他们都是学习成绩十分优秀的学生，于是专门给导师增加了一个名额，这样，他才有机会读上了这位导师的研究生。命运又一次垂青了这个上进的年轻人。

为什么要选择报考这位导师的研究生呢？万步炎坦然地说：“因为老师是研究机械和力学方面的专家。”从小喜爱摆弄机器设备的他，这一次按照自己的意愿做了选择。

研究生学习阶段和本科学习阶段有些不一样，研究生导师只是在大方向上给予指导，并没有给学生详细的指导，也不做干预，一切放手让他们自己去做。项目是自己设计，资料是自己查找，论文也是自己独立完成。当时一些机械设备国内根本没有，所以资料也很难查到。从设计到实验，到制造，再到最后全部完善，整个过程，他在三年之内全部做完。结果，他的研究生成果还获得了科技进步三等奖。

本科期间，万步炎一直想买一辆自行车，这一梦想，终于在读研究生期间实现了。他日积月累，攒下一百多元生活补贴费，将一辆崭新的自行车买了回来。

他记得小时候，镇上的堂哥有一辆破旧的自行车，他羡慕不已，天天想着怎么把堂哥那辆车弄过来。有一回，母亲卖一头猪得了几十块钱，答应给他 15 块钱买车。他高兴地跑到堂哥那里，结果，之前说好了 15 块钱卖的，这回堂哥不认账了。堂哥说："15 块钱，我哪能卖给你呢，至少也要 20 块钱。"原来，堂哥根本不想卖车，当时只是逗他。

现在，终于有了自己的自行车，他可以自由支配，四处骑行——在熟悉的校园里，在湘江边，在城市的街道上。有了自行车，这个追风少年，心如疾风，无畏前行，也就有了一系列浪漫故事的开始。

这样美好的校园生活，有了书的味道，有了爱的味道。这里成就了他一生的幸福，开启了他对美好的追求。

成长路上，那些曾经梦想的，逐渐成为正在践行的；那些曾经仰望的，正在一步步变为现实……

其实，一生最美的风景，都在奔赴远方的路上。

苍山入海

一

万步炎的家乡依山傍水。水，自然是闻名天下的洞庭湖；而山，则是附近的桃花山。或许正是如此，他有水的包容，有山的敦厚。山曼延，水悠长，在看不见的远方，会与什么相遇呢？在校学习的万步炎怎么也想不到，自己与海有如此深的缘分。

天空之下，一片蔚蓝，海鸥翩飞，轮船启航。第一次看海的万步炎还不知道未来的自己，会成为一个“耕”海的养“牛”人。

如果说，第一次看海对于这个年轻人来说是憧憬，是心愿，是一种浪漫，那么，未来的无数次出海，面对奔涌的波涛，无际的大洋，则是梦想，是热爱，是事业的担当。

1983 年暑假，还在读研究生的万步炎因为查找论文资料的需要，要出差去一趟大连。从学校出发，一路辗转，当时他心中有一个强烈的愿望，就是要去亲眼看一看大海。他记得当时票非常难买，排了整整一晚上的队，才买到一张火车票。

这是内陆的孩子第一次看到大海，也是第一次尝到海水的滋味。

一个人漫步海边，海风吹拂，海天相接，浑然一体，海水蓝得如梦似幻，蓝得令人心醉。这一切，就是他小时候看的那本关于海的连环画上呈现的情景，只是更真实，更广阔，更神秘莫测。书中那条可爱的小黑鳗，又一次在他眼前浮现。

面对心心念念的大海，万步炎抑制不住自己的激动，捧起海水便尝了一口。原来，海水真是又苦又涩的，但总要自己尝试一下，才能心服口服。他用水壶灌了一壶海水，他要把这来自大海的“礼物”带回去，送给自己心中最珍爱的那个她。

万步炎与许多第一次看到大海的人一样，因大海的浩瀚而惊叹。他爱大海的蓝，蓝是他喜欢的颜色，蓝也是他心中充满希望的颜色。这耀眼的蓝，这深邃的蓝，这无边无界的蓝，水晶石般的蓝，让他开始思考：大海到底是什么样的存在，海的那边是什么?

出生在大湖边的万步炎，知道出了洞庭可到长江，长江最终是汇入大海，可对中国海洋史他却知之甚少。

中华民族是世界上最早开发利用海洋资源的民族之一。早在远古时期，就有“乘桴浮于海”的记载，春秋时齐人得东海“渔盐之利”，后来又有以泉州为起点的海上丝绸之路。

中国在秦代就有远航之举，秦始皇曾派遣徐福率船队东渡，而最闻名的莫过于明代郑和七下西洋。中国的航海家和外交官郑和，从江苏太仓刘家湾的港口启航，带领他的中式帆船舰队，在大洋上探险远航，7 次航行，历时 28 年，到达 30 多个国家和地区，横穿了印度洋，最远抵达非洲，总计航程约 16 万海里，创造了航海壮举。

海洋，作为生命的摇篮，它是亘古千年亿年的时间，更是多维立体的空间，包括海面、海水水体、海底、海水上空等。作为一个巨大的咸水水体，它有特定的物理和化学特性，而它的广阔、多维、连通、通透、多变等自然地理环境特性，直接关系人类数千年文明的延续与发展。

数千年来，世界历史的进程因对海洋的探索而发生改变。航海是探索海洋最直接的途径和手段。不同种族、不同信仰、不同文化背景的探险家们踏上的未知的远航之路，交织着勇敢、智慧、财富、信仰、劫掠，以及战争和灾难。

郑和七下西洋，让我们曾立于世界海上强国之林，并将中华文明传播至遥远的异域。同时，郑和的远航也为中国认识世界打开了一扇窗户。有人推测，他带领的船队曾绕过非洲，到达了欧洲，虽然这只是无法证实的大胆推测，但郑和下西洋的故事，本身已经是一个传奇。

当欧洲的葡萄牙还在艰难地用小帆船一步步探索非洲未知海岸的时候，中国已经派遣当时世界上最庞大的船队出海远航了。

轮船一响，黄金万两。如果没有雄厚的财力支持，郑和是不可能启程远航的，更不可能七下西洋。

郑和的第一次航海行动，比迪亚士发现好望角早 83 年，比哥伦布发现新大陆早 87 年，比达·伽马发现新航路早 93 年，比麦哲伦到达菲律宾早 116 年：比世界上所有著名的航海家的航海活动都早。

在当时科学技术还很落后的情况下，郑和船队是如何完成远距离航行的呢？郑和随员巩珍在《西洋番国志》中概括了当时的航海技术：“惟观日月升坠，以辨东西，星斗高低，度量远近。皆斫木为盘，书刻干支之字，浮针于水，指向行舟。经月累旬，昼夜不止。”

可以这样理解，当时中国的航海技术发达，依靠观察天文星象以定位，以浮水罗盘指引航程方向，将海岸、陆地、岛屿、山川作为识别航路的标志，并能准确计算更数以知航行里程，达到了当时世界航海事业的顶峰。

郑和下西洋的故事证明，中国古代对海洋的认识，居世界领先地位，而且郑和的大船将中华大地的先进文化和丰富物产带到亚非多地，为不同民族、不同种族间的文明交流提供了现实条件，促进了世界文明的交融。

可是，曾经的海上辉煌并不持久，在很长一段时间内我们不再挑战海与远方，尤其是在西方工业革命后，面对滚滚而来的世界开发海洋的大潮，郑和之后再无郑和，中国逐渐失去海洋带来的无限机会。

纵观历史，可以看出，那些能够抓住历史机遇，在对人类发展有重大影响的领域率先实现跨越的国家，往往能够掌握巨大的战略优势。

“强大并不是外国人的专利。”在万步炎决心从事海洋事业的那一天起，他心底充满豪情，他相信中国将从追赶到实现超越。

漫长的海岸线，海水不断冲刷，不断翻涌。

那个在海边带回一壶海水的浪漫学子，在冥冥之中与海洋结缘，他的人生注定因海洋而改变，他也将成为改变中国海洋勘探历史进程的重要力量之一。

二

1985 年，正值初夏，万步炎研究生毕业。这一年 7 月，他来到长沙矿山研究院从事陆地探矿工作。这一切，似乎都还和海洋毫无关系。

都说偶然可能成就必然，必然有时候是因为偶然的机遇。那时的万步炎一定想不到，从“飞天”到“钻地”，最后是要“入海”，似乎“理想”一点一点在“下降”。然而他的人生经历，却因为大海而波澜壮阔。

当时长沙矿山研究院的一位资深专家高全，刚从日本留学归来，组建了新的海洋采矿研究室。他在日本学的海洋采矿，那个时候西方国家都在搞深海资源开发，已经取得令人瞩目的成绩，而我们国家几乎还没有相关研究。研究室急需人才，研究生毕业的万步炎如一颗闪亮的星星，进入高全的视野。

“年轻人，有没有兴趣做海洋研究？”高全向他发出邀请。

“好啊，我服从组织安排。”一听说单位组建了海洋采矿研究室，还说是到海底去采矿，喜欢探索的万步炎心想：“这是一个新的专业，自己是学探矿的，加入这个研究室，不仅能学到新的知识，还能一起去开辟一片新天地，多好。”他的脑海里马上浮现出一幅海底的画面，那是小时候看的那本连环画《小黑鳗游大海》的画面。

喜欢挑战的他，答应得很爽快，想象得很美好，却没料到接下来会遇到那么多的困难。是他的坚守，成就了他今天引以为豪的事业。

那个时期，各个国家正在公海区域积极开发资源，我国很多国营企业、研究单位也都着手海洋研究，只是限于当时的研究条件，起步较晚。当时，长沙矿山研究院海洋采矿研究室在海洋资源开发研究方面只能做一些基础性工作。从 1987 年开始到 1991 年这一段时间，万步炎基本上都在小铁山矿区做陆地采矿等项目。他真正开始海洋资源开发研究，还得等到几年以后。

那些年，在公海海底区域，当时很多比较富的矿区，都已经被西方国家圈占了，他们已经向联合国海底管理局申请了矿区。而我们国家那个时候还没人干这个事，所以，当时国内很多海洋方面的专家向国家呼吁，要尽快申请采矿区来进行勘探。

中国大洋协会的成立是我国海洋资源勘探事业的分水岭，此后，我国海洋资源勘探事业迅速腾飞。万步炎所在的长沙矿山研究院最初隶属于冶金工业部，后来冶金工业部分出了中国冶金科工集团，长沙矿山研究院就被划归中国冶金科工集团所属的中国有色工程有限公司了。该研究院是国内数一数二的采矿研究院，是中国大洋协会的创始理事单位。

海洋采矿研究室成立后，虽然一开始并没有开展海洋勘探，但一直在为此做准备。收集资料、采购研究设备，万步炎都参与其中。从资深专家高全的身上，他学到了不少东西。高全还向单位申请，送万步炎去东北工学院进修学习。年轻人也很争气，整个流体力学专业的所有研究生课程只用半年的时间就学完了，还到清华大学进修了两个月。

这一切的努力，只为一个机会。等到国家成立深海专项，他们的一切积累终于派上了用场。

三

1992 年 3 月 27 日，正是花开的时节，有着扎实外语功底的万步炎获邀去日本当客座研究员，研究海洋采矿扬矿技术。

在那里，这个来自洞庭湖畔的年轻人，第一次接触到了国外最先进的海洋技术，眼界大开。他如饥似渴，恨不得一头扎进蔚蓝深海探个明白，同时他又感到十分遗憾："自己为什么没有早一点学习西方国家先进的海洋技术呢？"

万步炎骨子里有着一股湖南人“吃得苦、霸得蛮、耐得烦”的精神，看到国外的先进技术，他心里不服气，那些日子，他夜以继日地学习研究。

面对世界各国正在进行的“蓝色圈地运动”，我们中国人不能当看客，形势紧迫，时不我待。沉睡了几百年的蓝色梦想开始觉醒，这是一个伟大的觉醒。历史上，中国曾迈出雄健的步伐走向海洋，曾经是海上强者，如今再度扬帆起航。中国人，有必要在前人的肩膀上再往前跨出一步，为人类探索深海的远大目标作出应有的贡献，这是时代的召唤。

那时是20世纪90年代初，我国的海洋研究和人才培养才刚刚起步。那个时候，一些日本人觉得中国来的学者水平一定不行，有些看不起万步炎。但当他们看到万步炎交出的成果还不错时，感到非常吃惊，说：“中国人怎么能做得这么好？”即便万步炎的成绩让他们暗暗佩服，但他们在谈话的时候，仍常常表现出自负和骄傲，总想表现他们的优越感。他们常说：“你们中国很落后，你只是一个特例，中国人整体水平还是不行。”

有一次，万步炎和日本学员打乒乓球，结果他总是赢，日本学员心里不舒服了，心想中国人怎么能比他们更厉害呢，于是玩了几次后就不愿意跟他玩了。后来，万步炎再找日本学员打乒乓球，就没有人敢和他打了。

一年后，研究结束时，因万步炎超强的自学能力和动手能力，日方极力挽留：“你是中国人中的佼佼者，中国的条件比日本差远了，技术整体上都是不行的，你还是留下来吧！”

日本专家试图用金钱打动这位优秀人才，给他开出每月2500美元的高薪。但日方代表一些话像针一样，深深扎进了万步炎的心底，有着傲骨的他当时就拒绝了。他对日本专家说："我不会留下来，我的国家还等着我回去。"

万步炎深知他此次出国的使命和任务，当时中国的海洋采矿技术几乎一片空白，国家等着他，国家需要他！

万步炎参加工作的时候工资是78元一个月，转正之后，到1986年是82元一个月，到1992年的时候，工资涨到了一百零几块钱一个月。当时，日本人给他开出的工资是2500美元一个月，也就是相当于人民币两万多元一个月，这是当时国内工资的200多倍。可以说，诱惑是相当大的。但是，他坚定地拒绝了。

日方的技术封锁和对中国人无处不在的歧视，使万步炎的一腔爱国情怀燃烧得更旺了。

回国后，万步炎废寝忘食，埋头苦干，带领课题组建起了国内第一个可开展扬矿管道循环运行实验的可变倾角扬矿实验装置，参与建设了国内第一套深海扬矿软管输送试验系统、第一套缩小比例深海采矿湖试系统……他心朝大海，期待春暖花开。

国外进修的这段经历，坚定了万步炎进行海洋研究的决心。"外国人能搞的，中国人一定能搞出来！"万步炎始终有着这样的信念。

然而，理想的丰满，现实的骨感，给了他更多的沉思与等待。

归国的万步炎想继续深入进行深海采矿的研究，但条件有限，一直难以有实际的进展。他只好将所学用到陆上采矿研究上。

时间是最好的容器，时间也是最好的发酵剂。漫长的蛰伏，都只为等待一个机会。

万步炎第一次接触我国的海洋勘探，还是因为受邀参加一次海上科考活动。

1998年，34岁的万步炎随国家科考船“大洋一号”进行海上科考。登上远洋科考船的他，满怀憧憬，心中有太多想要解答的疑惑，太多有待探索的奥秘。然而，细心的他发现，船上几乎所有钻探装备，小到样品管，大到取样器、绞车，全是洋品牌。

当时，船上租用了一台俄罗斯的钻机，用于勘探深海矿产资源——富钴结壳。那时候，国内不仅没有能勘探富钴结壳的钻机，连勘探所需的塑料管这种小配件都只能依赖进口。其他国家也不愿意把钻机卖给中国，只能从俄罗斯租借。由于操作人员对钻机接触少，技术不熟练，租借来的设备也比较老旧，他们在海上漂了两三个月以后，一点可用的样品都没有钻取到。

怎么办？中国大洋协会需要对海底的矿区进行更加细致的勘探，租借设备是远远不够的，研发海底钻机进行海底调查勘探亟须提上日程。这就有了研发第一台海底钻机的契机。这就有了前面的故事。

“只有人在他乡，才会更加想念故乡的美好；只有身在异国，才更懂得爱国的真切。一出国门，就更爱国。”万步炎若有所思地说。

当你无法阻止潮起潮落的时候，你可以学会乘风破浪。

采访手记

我一直好奇：万步炎教授是如何从仰望星空的湖畔农家少年成长为深海逐梦的先锋科学家的呢？

所有的事情并非偶然。这，当然还是得回到事情的原点，从他的小时候讲起。一个人生活的时代，塑造了一代人的价值观，也承载了一代人刻骨铭心的记忆。

隔着一张办公桌，坐在对面的万教授回忆，沉思，讲述。正说着小时候的事，电话铃响了，一听，是他夫人刘老师打来的。原来，不知不觉中，采访持续了几个小时，万教授似乎还沉浸在小时候的故事中。我不想耽误他太久的时间，他却说："没关系，我还可以讲上一个小时。"在感动之余，我不禁在想，不管现在的万教授有多少个头衔，他都是他自己，是小时候躺在竹床上仰望星空的那个"瘦皮猴"，是将自己想象成游到大海里的小黑鳗，是乐此不疲地发明他心爱玩具的那个湖区少年。

少年是一定要成长的，这一生的风景，都在通向未来的路上。

有的人生来平凡，却注定所向披靡。成长之途，曾经怀揣的梦想，成为正在践行的初心；曾经仰望的，正在一步一步变为现实……

阅读，如饥似渴的阅读，为少年打开了一扇又一扇知识的窗，为他敲开了一页又一页认知世界的门。书本，让他找到了一个全新的世界。书中丰富而广博的知识，使他意识到，家乡之外还有更广阔的世界，地球之外，还有更广阔的宇宙。宇宙之大，人类之渺小，小如沧海一粟，真是让人不可思议。

洞庭湖畔，华容道上，出走半生，归来，仍然是翩翩少年。

第四章

深海『钻』士

积于跬步

一

科学的进步，从来都是一步一个脚印的，唯有探索，才有答案。

当时我国的海洋勘探技术落后，但又需要进行海洋资源勘探，怎么办？最早，我国的海洋地质钻探工程，或是租赁其他国家的设备来做，或是承包给其他国家来做，但这样做都有弊端。

万步炎说："一是用国外设备进行钻探的同时，他们也获得了我国海域的地质资料，我国海洋权益和安全受到了一定程度的威胁。二是国外设备的价格，对我国来说也是非常高的。还有一点，特别是在国际海洋权益方面，关系到国际公海的优先开采权。"

这些年，中国的深海探索一直在努力，然而很多科学家和科学家背后的故事并不被人们所知晓。

在以前，人类可能认为深海和海底是空无一物的，是极其荒芜、没有任何生命迹象的，如沙漠地势，起伏不平，沉淀了厚厚的淤泥，可能有海沟和海山，甚至可能还有喷发的海底火山。有了海底潜水器，很多的谜底就揭开了。人们在深海发现了各种各样的生物和资源，甚至连海洋的最深处——马里亚纳海沟都存在大量的生物，而且种类数量很多。

海底是沉默的，同时，海底又是灵动的，是繁荣的，是均衡的，具有传奇性和神秘性。一些无声游动的生物，形态和常见的不一样，有些是白色的，有的甚至是透明的，有巨型的原生生物，也有细小、扁平的单细胞原生生物。

近距离感受深海的机会属于投身于海洋的科研人，只有他们才能感受到深海生物种类的丰富。

从事海洋科考，揭开海底的谜底，很有挑战性。那是一个妙不可言的深海世界，那也是一个人类逐渐要去探索的地方。

勘探过程中，要取到深海的矿物样品，得借助于机械设备，特别是一些珍贵的矿产资源，需要钻深能力更强的钻探设备。进行钻机研发的这些年，万步炎团队基本解决了国家大洋资源勘探钻探设备缺乏的问题。

一直以来，人类对于海底总有一种好奇心：这海底究竟有多少东西呢？到底有多少储量的资源可开发利用？由于人类的生产生活有巨大资源需求，这个时候我们把目光盯向了海洋，因为海洋里面特别是海底下蕴藏着非常丰富的矿产资源，包括镍、钴、可燃冰、石油等。如此多的宝藏，引得世界各国蜂拥而至。

如何探明，如何开发？最基础的工程是，去海底钻个孔，把海底的东西取出来，让科学家来分析研究。我们要了解海洋，了解海底下的矿藏，了解地球的演化历程，甚至我们建设海底的工程，都需要进行钻进取样。钻进取样，就是深海钻探的主要目的。

海洋如此辽阔，海底钻探是我们了解海洋、了解地球、开展海洋科学研究、开发海洋矿产资源以及开展各项工程、国防设施建设，最直接也是最有效的关键技术。只有采用海底钻机或者钻探技术提取海底岩芯，才能走向科学的论证。

二

1873年，英国海洋学家在北大西洋采集洋底沉积物时发现一种类似卵石的团块，经过化验，他们发现这种团块几乎全由纯净的氧化锰和氧化铁组成。此后，他们相继在太平洋、印度洋深海区都获取了这样的团块。这就是锰结核。

锰结核是一种深海海底自生的锰矿产。主要成分为锰和铁的氧化物和氢氧化物，含铜、镍、钴等多种金属元素，广泛分布于太平洋、大西洋和印度洋水深4—6千米的海底，一般呈球状或椭圆球状或块状，直径1—20厘米。全球洋底的锰结核总量约3万亿吨，其中太平洋底最多，约1.7万亿吨。按现在世界年消耗量计，这些矿产够人类消费数千甚至数万年。

海底深处的富钴结壳，形成于古海洋和古沉积环境中，记录了过去千万年海洋和气候的演化历史，是海洋和气候环境大量信息的重要载体。因此，富钴结壳的出现，也带动了古海洋环境变化和古生物地层学方面的研究。

什么是富钴结壳？富钴结壳又称钴结壳、铁锰结壳，是生长在海底岩石或岩屑表面的皮壳状铁锰氧化物和氢氧化物，因富含钴而名富钴结壳。其外观呈肾状或瘤状，平均厚度在2厘米左右，表面呈黑色或黑褐色，断面构造呈层纹状，有时也呈树枝状。除钴元素外，富钴结壳还含有锰、镍、铜、铂、钛、钼、铈、铊、锆、铋等金属元素与稀土元素，是一种重要的海洋矿产资源。我国对海洋资源的勘探、开发力度不断加大，富钴结壳作为其中一种，国家对其极为重视。

美国斯克里普斯海洋研究所于 20 世纪中叶在太平洋进行海底山脉地质调查时，在水深不到 1000 米的海底发现了大量的结核和铁猛氧化物壳，这个发现使富钴结壳首次进入人们的视野。但把富钴结壳作为一种资源投入系统调查研究则始于 20 世纪 80 年代。

1981 年，德国科学家利用“太阳”号科考船在太平洋中部的调查工作掀起对富钴结壳研究的热潮。随后，其他主要发达国家纷纷开展调查，美国、日本、俄罗斯、韩国和法国等国都投入大量人力、物力、财力进行富钴结壳资源调查研究。

目前通常认为富钴结壳为水成成因，即钴、铁、锰等金属元素来源于海水。此外，有研究表明微生物在富钴结壳的形成过程中也起着非常重要的作用。富钴结壳的分布及特征受地形、水深、基岩类型、海水水文化学特征、经纬度等多种因素的影响，其主要分布于碳酸盐补偿深度以上，最低含氧带以下，水深 800—2500 米的海山、岛屿斜坡和海底高地上。西、中太平洋海山区被认为是全球富钴结壳的最主要产出区。

据推算，海底的钴含量总量约有 10 亿吨。富钴结壳中含有多种金属元素与稀土元素，若能够规模化开采，不仅经济价值高，还可提高一个国家的稀土自给能力，具有重要战略意义。因此，富钴结壳是继多金属结核之后极受沿海各国关注的海洋矿产资源。

但富钴结壳的勘探、开采对一个国家的综合实力要求较高。在全球范围内，日本是最先实现富钴结壳试采的国家。2020 年 7 月，日本石油天然气和金属矿物资源机构（JOGMEC）宣布成功在日本专属经济区海底完成全球首次富钴结壳开采试验。目前，全球各国尚未实现富钴结壳规模化开采，但一旦技术成熟，其开采规模有望快速扩大。

全球水深 500 米和超过 500 米的深海油气勘探开发始于 20 世纪 70 年代。据美国地质调查局和国际能源机构估计，全球深海区最终潜在石油储量有可能超过 1000 亿桶。在国际石油和天然气需求总体上不断攀升的情况下，对石油和天然气资源的争夺已经不再局限于陆地和浅海，许多国家和大型油气公司都在向深海进军。

三

中国从 1997 年开始进行富钴结壳资源调查，至 2013 年已经在中太平洋海山区、西太平洋海山区广大海域进行了 19 个航次（40 个航段）的调查工作，调查范围主要包括麦哲伦海山区、马尔库斯—威克海山区、马绍尔海山区、中太平洋海山区、莱恩群岛海山链区，开展了拖网、抓斗、浅钻地质采样和海底照相、多波束测深、重力、磁力、浅地层剖面等海洋物探工作，在收集数据资料的同时积极开展资源评价工作。

2004 年 8 月 8 日，“大洋一号”远洋科学考察船从青岛起航，开赴太平洋国际海底区域，执行中国大洋科学考察任务，历时 113 天，航程 19143.2 海里，完成了以富钴结壳资源与环境调查为重点的科学考察任务，为富钴结壳矿区申请工作做好积极准备。

2013 年 7 月，中国向国际海底管理局提交的富钴结壳矿区申请获得核准通过，从而在国际海底区域获得了 3000 平方公里具有专属勘探权的富钴结壳矿区。

2014 年 4 月，中国大洋协会与国际海底管理局正式签订了国际海底富钴结壳矿区勘探合同。富钴结壳勘探合同的签订标志着中国富钴结壳资源调查工作重点将从探矿阶段转向一般勘探阶段，勘探对象从大范围的海山区转为局部区域的矿块。

那么，在海底，怎样进行富钴结壳的调查与取样？这是有一定方法的。到了一座预定的海山后，首先进行多波束测深，通过布设若干条平行测线测量出该海区的地形图。为节省成本，在进行这项作业时，一般还要同步进行其他走航式地球物理调查项目，比如浅地层剖面、磁力、重力、单道地震等；并同时开启声学多普勒流速剖面仪，再根据地形情况布设测线进行海底摄像和照相作业，取得第一手海底视像资料。目的是探明海底矿藏覆盖情况，然后根据获得的地质情况进行富钴结壳取样。

万步炎和团队成员研发的海底钻机，在一次又一次的任务中，取得富钴结壳的样品，全体队员是有成就感的。无疑，这对探明海底矿藏覆盖情况，有着重大的意义。

2003 年，万步炎和团队成员成功研发第一台钻机并在海底下钻 0.7 米之后，接着是 2 米，5 米，20 米，57.5 米，他们不断摸索，不断进步。从那时起，大部分钻探任务都可以用我们的国产设备来完成。

2005 年，万步炎团队成功研制出世界首台“一次下水多次取芯”的富钴结壳专用钻机。

2021 年，万步炎团队又成功研发出能取可燃冰的全程保压取芯的钻机系统。

要做就做最好的。这是万步炎的自信和底气。他在心里默默立志：只要努力干，我们并不差，不需要迷信外国的技术。

“别人能做到的，我们一定能做到；别人还没有做到的，中国人也有可能先一步做出来！”万步炎常常鼓励团队成员。

万步炎的夫人刘淑英很清楚地记得，“海牛”团队知名度还没有现在这样高的时候，要赢得第一单客户是很艰难的。当时，一位青岛海地所的教授，找到了万步炎。为了验证他的研究成果，这位教授希望能够采到一些海底样品，需要租用万步炎团队的设备。当时双方彼此都不认识，还没有建立起信任。那时候，租用设备是租用一天收一天的租金，出海有没有收获，出租设备都旱涝保收。而万步炎与这位教授谈的条件却是，打一米深就收一米的费用，打两米深就收两米的费用，如果采不出样品，前期投入的费用就都由设备出租方承担。做出这样甘冒风险又可能赔本的决定，万步炎是基于对自己技术的信心，当然，也是为了让客户相信他的诚恳。就这样，万步炎赢得了青岛这个大客户。同时，万步炎把科研成果应用到实践，解决了企业的难题。

2018 年 8 月到 9 月期间，“海牛”海底多用途钻机系统在为青岛海地所执行冲绳海槽科考航次钻探任务时，所钻获的冷泉碳酸盐岩样本，为海底冷泉活动触发因素研究作出特别的勘探贡献。这次研究使用冲绳海槽获取的冷泉碳酸盐岩样本开展分析，结果表明冲绳海槽时间滞后数值可能是最小的，冷泉碳酸盐岩年龄更接近于底层水变暖时期。因此，这次研究更好地支持了冰期—间冰期转换的环境变化能够影响陆架边缘水合物稳定性这一科学假说。研究表明，对冲绳海槽中北段过去 2 万年以来冷泉活动历史进行重建，对理解末次冰盛期以来全球气候改变对于陆架边缘天然气水合物稳定性的影响具有重要的意义。为此，他们专门为“海牛”海底钻机的助力点赞。

这正如万步炎经常所说的：“我们的科研，就是要解决实际问题。”

为了节约国家投入的科研经费，万步炎带领团队成员自己动手制作“海牛”号重要部件，能自己研发的，尽量不去进口，追求自主创新，这就省去了大量从国外进口零部件或是设备所需的费用。

四

一件事能不能干成，项目负责人很关键。因为其承受的压力最大，担子尤其重。

2005年4月，环球科考行动，“大洋一号”在临近墨西哥湾时遇到飓风。晚间，数十米高的巨浪嘶吼，如群山倾倒。

但风暴就在眼前，怕也没用，干脆体验一把。万步炎索性走上甲板，看巨浪翻腾，听大海咆哮。他想起高尔基笔下的海燕，那只坚强的海燕——“大洋一号”，临危愈勇，让暴风雨来得更猛烈些吧！

不怕挑战、敢于冒险是他和团队科研人员的重要品质。

在海上，有很多破釜沉舟的时候，万步炎印象特别深。海上出现的问题大多都是不可预见的，如果是可以预见的，他们出海前就会做预案，有备份，比如有的零件会准备两个或是多个，这样有备无患。当然，更多的是灵活运用，在突如其来的问题面前，如果没有苦心孤诣和破釜沉舟，没有远见卓识与勇气，往往就会失败。因为船如孤岛，在海上不比在岸上办法多，每想到一个解决问题的办法，不管搞不搞得成，总之先试一把再说，试成了就大功告成，试不成，就再去想另外的办法。每一次，都似踩着钢丝行走。

有时候压力太大，万步炎一个人默默承担。他牢记这份沉甸甸的责任，也默默扛着这份责任。

他从来不会这么想：算了，问题解决不了，放弃算了。他从不言放弃，因为放弃意味着损失大，国家投入那么多科研经费，不能浪费掉。

他总是对团队说："农民种一辈子田都换不回来这么多钱。只要有一线希望，穷尽所能想到的办法，要渡过这一难关。"

在海上基本就是这种，遇到问题，就必须穷尽所有能想到的办法，在海浪的颠簸中去解决问题，在海况的不确定中争分夺秒。

据万步炎回忆，液压系统在整个钻机的设计当中，是很核心的零部件，因为全液压钻机核心就是液压系统。液压系统在陆地上，很多钻机都使用，但是在海上，对深水液压系统他们当时完全没有经验。因为这么大功率的、在水下全液压完成复杂工程的液压系统，当时国内从来没有人设计过。在实验室，在空气中，在零压下，情况又会不一样。那么在海底几十个兆帕倍压的情况下，液压系统到底表现如何？如果是万米水深，就有一百个兆帕倍压。这是巨大的挑战，国内没有任何人有这种经验，他们只能靠自己潜心摸索。

没有任何经验，资料也查不到，液压油在深水下黏度是怎么变化的、热容量曲线是怎么变化的，当时他们全都不知道。液压油的浓度会随着水深渐渐变得浓稠，怎样解决这一系列问题？只能一步一步去做，做出来之后，再去摸索，去做试验；处理这些基础数据之后，再反馈回来做设计，再进行改进。

当时，万步炎和团队成员工作量非常大，没有基础数据、基础知识，所以花了很多时间、很多精力。这么一试不行，那么一试也不行，于是，只好想办法从另外的角度再来设计，再来解决问题。最后，还是把它做出来了。这是国内第一个深海大功率的液压装备，他们是第一个将其做出来的团队。

深海的液压系统，对液压油的清洁度要求特别高。因为没有经验，他们当时设计的过滤系统，可能过滤精度不够。到底用多高精度的过滤器他们并不清楚，因液压功率有限，过滤器如果过密的话，消耗在这个上面的能量就会比较大。当时，为了更充分地利用能量，选了一个不是很精密的过滤器。但是最后证明这个不行，略有些渣子，而液压阀的间隙非常小，精密度很高，可能会被卡住。他们在岸上发现了这个问题，在岸上也试验了很多次，没有出现问题。但是液压系统产生的渣子，在运行了一段时间之后，会慢慢地出来，所以必须不断地过滤。当时在海上，没办法找厂家帮着更换更精密的过滤系统，只能临时想办法。

万步炎因为懂机械设备，知道内部的一些构造，他想到一种临时解决问题的办法，要在海上把这一关过了，回来再研发更精密的过滤系统。在海上就只能利用现有的工具，锉刀、简单的车床等，他和王案生师傅把能找到的精密过滤网嵌到里头，没有间隙，密封好了，再把它装上去。就这样，又一个问题解决了。

第一台钻机研发的时候，要解决的主要问题之一是散热。有一次出海，烧坏了好几个逆变器，很多天都干不了活。在海底，岩石还比较软的时候没问题，钻孔成功了。如果负载大了，电流大了，逆变器就容易烧掉。当时前前后后烧掉了二十几个，再这样下去肯定不行，钻机下去以后，到底能不能把孔钻完再回收上来，都搞不清楚。

万步炎想：它为什么会烧坏？后面判断是因为过热。加了温度传感器进去，证明确确实实是过热了。那怎么去降温？降温又要用什么传热介质？后来他想到通过海水来进行降温。整个逆变器的结构和外壳的设计，全部都要重新考虑，内部结构做了很多修改：散热片延伸，把热量传导到外壳，外壳再通过散热片在海水里面把热散掉。当时他想到加液压油能产生好的效果，但是也面临着其他的风险。是不是油污染了这些电子元器件之后产生了其他的问题，当时他心里其实是没底的。

为了解决这个问题，还是要试一把。于是，就反复验证到底哪些是能够泡油的，哪些是不能泡油的。这样试验的结果，就是为了把能泡油的泡油，不能泡油的用其他的隔离物隔离出来。

欣喜的是，他总是那个被幸运眷顾的人。

万步炎说："当你真正这一辈子都在解决问题，就没有什么事能把你难倒了，然后，你可能就会更自信。这就是我为什么喜欢搞科研，因为这个挑战越大，我觉得我的信心越足，搞太简单的事反而觉得没意思。"

有一次维修绞车齿轮箱，如果按照常规老路去走，可能这个齿轮箱就报废了，没有新办法就得放弃。但万步炎不放弃，他的思维方式往往跟常人不一样，他的方法完全是一种创新，是从另外的角度用自己的方法去推动，去做时间上的规划，然后用很短的时间完成。船上很多人都是有经验的，都是老出海的，但没有一个人会有跟他一样的想法，更别提把它实现，这需要超群的智慧，也需要魄力。

在一些细节处理上面，万步炎的态度总是严谨、认真的。

在车间，他会教工人师傅一些看起来很基础的东西，比如拧螺丝的顺序。油箱的面板螺丝有很多，四周都是，师傅们刚开始来的时候是按照惯性思维，会一个个地拧下去，然后再把它重新紧一遍，但是万步炎如果在他身边，就会马上把这个问题指出来。

"你这个不对，要从对角开始拧。"

"当你拧这边的时候，那边会出现问题，到最后会出现漏油的情况，设备会出现问题，要注意。"

他对待一颗螺丝、一根油管都是如此细心，这都是他注重细节的体现。

这样的故事还有很多。因为要求严格，因为执着不放弃，大家对他很是敬畏。

30 多年来，从依赖进口钻机进行钻探到自主研发第一台海底钻机，然后是“世界第一”的能全程保压取芯的钻机，从技术跟跑到与国外并跑，再到领跑的历史性跨越，万步炎在一次又一次的破釜沉舟中，在团队的支持下，积于跬步，百炼成钢。

师泽如光

一

“在海底钻机的研发历程中，我清楚地意识到，海洋科技创新、自立自强，不仅技术要上去，人才培养更要跟上。”从研究所到高校，从科学家到教育专家，万步炎在不断丰富自己的人生内涵。

2010 年，万步炎受邀来到湖南科技大学工作，从此他多了一个身份：一名传道授业解惑者。十多年过去了，他不仅在科研上做出了享誉世界的成绩，教学上也颇有收获，真可谓是教学与科研齐头并进。在教学中，他把课堂搬到科考船上，将教学与科研紧密结合，打造了一支高水平的创新团队，培养了一大批青年科技人才。

学生们都知道，万步炎主要有两门课，出海是专业课，吃苦耐劳则是必修课。无论是硕士还是博士，到了海上，进了实验室，都得跟着他拿起锤子、扳手、焊枪，像工人师傅一样干活。

“搞工科的，那就是到现场去，实实在在的，你要动手，自己动手操作。”万步炎总是这样告诫他的学生。

万步炎招学生，首要是要求能吃苦耐劳，第一件事就是给他们打预防针，把海上会遇到的情况讲清楚。

“离家几个月，海上枯燥无味的生活可不可以适应？”

“海上晕船能不能克服？”

“到了海上，无论什么身份，都得拿起扳手像工人一样干活，能不能接受？”

学生如果觉得没问题，再来报考。

做深海钻探科学研究，首先得做一名合格的“海洋人”。做合格“海洋人”的第一步，万步炎认为一定是吃苦耐劳。

海上科考不分白天黑夜，故障出现不挑工作时间。在船上，万步炎的团队成员会分成几个小组连班倒，如果碰上紧急情况，大家就都难得有休息时间。

不管是在海上还是在实验室，大大小小很多事，万步炎都会自己去解决，他认为，这样效率更高。

很多次，需要加工一些小的零部件，有的厂子不愿意接单，为此，他找厂家，亲自去谈。一年里，为设备上的一些小的零部件加工，他来来回回得跑很多趟。

“您是负责人，团队有师傅，有实习的学生，为什么这么个小部件也亲自出马？”

“因为产品概念和标准都在我的脑袋里，其他人不一定有我这么清楚。”万步炎微微一笑。

在学生许靖伟的记忆中，有时候好晚了还能接到万步炎的电话。

有一次，晚上九点多钟了，万步炎给许靖伟打来电话，要他一起去解决一个零件误差的问题。

“这么大的雨，万老师，明天再去吧。”许靖伟不是很想出门。

“等不及了，今天的问题还没有解决，明天又要耽误一天。”

万步炎坚持着，直到把问题解决了。等他俩返回时，已经是凌晨了。

许靖伟说，跟随导师这么多年，这样的事情太多了。学生们都觉得万步炎教授是一个没有私心、淡泊名利的人，他能拒绝浮躁，享受科研的过程。

“万老师到了那种无我的境界，就是可以通宵达旦不知疲倦地工作。”说到导师的工作状态，许靖伟心生敬意。

要指导别人，首先自己得精通。如果遇到科研问题解决不了，那是不是自己还不够努力？这是万步炎平时思考得最多的问题。

如果真的遇到研发上的坎了，万步炎会考虑各种各样的方法，从不同的角度去探索解决问题的方式方法，有时候灵机一动很快就解决了，大多数时候要想好多天，才能想到解决办法。

“确确实实，解决问题就看你是不是聚精会神，是不是所有的精力都投入到这方面来了，如果你功夫真正做到了，应该是没有解决不了的问题。”万步炎说。

世界上的路，都是人走出来的，没有完全走不通的，无非就是从这里绕过去还是从那里绕过去，圈绕大一点还是圈绕小一点的问题，不可能说完全解决不了。到目前为止全世界这么多科研难题不都是人家一步一步解决的吗？关键看你花多少时间，花多少成本，花多少精力。

中国人如果下定决心要解决什么问题，就没有什么是完全解决不了的，特别是外国人已经解决了的，那更应该追赶，甚至是超越。

“‘海牛Ⅱ号’做出来已经证明了，外国人做不到的，我们中国人也可以做到。我们现在要做的是别人还没做过的，我们下一步要走的路是别人没走过的。”万步炎总是充满自信。

“别人做得来的，我们一定能做到；别人还没有做到的，我们也可能先别人一步做到。”万步炎是这么说的，也是这样做的。

积累了几十年工作经验的他，是越来越自信了。遇到的困难越多，解决的问题越多，越增强自信心，确确实实是这样。有很多人觉得事情难，不好解决，正是因为前面遇到的困难还太少了，解决问题的经验还不足。

二

“在船上，万老师经常给我们开讲座，他学识渊博，什么都懂，天文的、地理的、乐理的、相对论和量子力学等。”学生金永平说。

大海上的事业是寂寞的，但不枯燥，会很有成就感。除了开讲座，万步炎每天就是和工人师傅一起干活，工人师傅干啥，他绝对不会在旁边看着，而是会加入其中，工人师傅们拿扳手装卸，他也会跟着一起装卸。并且，在这个过程中他还会留意是否有可以改进完善的地方。很多次，就是在干活的过程中，他突然想到了先前苦苦冥思而不得的研发解决方案。

万步炎说：“很多时候，我就想把我的这一套心得体会传授给我的学生，希望我的学生也能这样做。我在海上给他们开各种各样的讲座，是希望培养他们的兴趣爱好。我觉得我的兴趣还是很广泛的，是天文爱好者、军事爱好者、航空航天爱好者。在海上的时候，各种各样的知识我都给他们讲，反正我所知道的，我都尽我所能给他们讲，然后我也希望他们像我一样能做到热爱生命。”万步炎觉得，人活在这个世界上，就应该对这个世界有求知欲，有探索欲，这样才会过得充实，才会觉得没白来一趟。

万步炎充满激情的一番话语，让我受益匪浅。“我对很多东西感兴趣，最主要就是因为对生活、生命的热爱。”我想，这就是他每天忙碌着却仍然充满激情的原因。

他常常告诫年轻人，既要仰望星空，也要脚踏实地。

“一个博士生，出来要真正能有用。到车间，你能够扳得了扳手，你能够做得了设计，在办公室，能写得了论文。”在万步炎的团队里，人人都是多面手，能干活，能做科研。

在教学中，万步炎十分在乎学生的理论基础是否扎实。学生们的论文他会逐字逐句修改，连英文摘要、参考文献、注释都会认真修改；他也注重培养学生的动手能力，手把手地教他们操作，希望他们个个能独当一面，成为我国海洋事业发展中的一个个金刚钻、一颗颗螺丝钉……

金永平真切地说：“万老师与其他博士生导师不一样。”

如何不一样？

“记得一开始，刚见到万老师，他就告诉我，你不要总是在办公室写论文，你要去车间干活，在实践当中去练本事。”

投入万步炎的门下之后，金永平发现自己在车间的时间比在实验室的时间多，比在办公室的时间多得多。

在金永平的印象里，有的博导会先看学生已经发表的论文，或者是考查他们对整个课题组的了解程度，然后帮助他们选一个方向，再让他们去往前突破，这样就可以快速发论文，出成果。

但是万步炎不是这样，他总是要求先实操，他的学生，人人都要通过实践来完成任务。在学生们看来，这比写论文难度更大，也更有挑战性。

一些学生觉得，博士生就应该是在办公室写论文、查资料，偶尔去现场采集一些数据来分析，然后导师再指导做一些优化就差不多了。然而万步炎要求他的每一个学生都要撸起袖子去车间干活。一开始，学生们不理解，甚至不满，待到毕业后，他们在实践岗位中上手很快，这时他们就领会了导师的良苦用心，都从心底感激自己的导师。

金永平已经习惯通过实操来提升自己的能力，在实操过程中发现问题后再去查资料。这样，他就能有针对性地查资料，自己初步理解后，再请万教授指导，找到答案。

“万老师的方法总是很有用。”金永平跟随导师的脚步，迅速成长起来，博士毕业后，他留校任教并成为万步炎的得力助手。

注重实践，培养动手能力，这大概和万步炎本身就是一名科研人员有关。到了湖南科技大学，万步炎一边做科研，一边上课。他上课的场地，更多的是在车间，在实验室，在海上。当然，学生来他的办公室请教，他都会一一指导。

科研人员总归是要申报专利的，专利方案的写作技巧是必须掌握的。

金永平以前没写过专利文案，万步炎对他说：“‘海牛’钻机有很多专利文案要写，小金，你能不能来试着做一做？”

“没问题，谢谢万老师关心。”金永平心怀感激。

“作为一个科研工作者，专利文案的写作，以后肯定是要接触到的，对你的发展有帮助。”万步炎语重心长。

金永平把万步炎的科研专利文案全部下载了下来，好好地研究了一段时间，还借了很多相关图书来学习。

写专利文案，要求非常严格，用词得非常严谨，边界定位尤其要精准：权益放大了，有可能会牵涉到别人的权益，权益界定小了，自己的权益又可能受损。专利的边界怎么去界定，是需要细致考虑的，这里面有太多的学问。

金永平深入其中，颇有心得。他说，这当中，要收集很多的现有的专利来分析，然后判断，这和做科研是一样的，就是要有自己的判断力，有自己的想法，有自己主导的思维。

能有如此收获，离不开导师的指导。一开始，金永平想着只要把文案做出来，权益差不多就可以了，但是这样达不到万步炎的要求。

“小金，你写这个专利方案要能保护自己的知识产权，而且要有用，不是那种垃圾专利，要有用的专利，才去申请，没有用的不要去申请，浪费时间。”很少生气的万步炎，这次有些生气了。

“要做就把它做好，要么就不做。”这是万步炎一直跟学生们说的，也是要他们一直铭记于心的。

如今，“海牛”团队经过不断积累，不断攻克难关，将有关关键核心技术牢牢掌握在了我们中国人自己手里。目前，他们已经拥有198件授权专利（美国、欧盟等国际发明16件），其中，很多的专利文案都是助手金永平在万步炎的指导下完成的。他们申报专利，很好地保护了自己的科研成果。

万步炎一直强调要实用。“当然，论文的写作也是一样的，要写出有用的论文来。”他说，“论文至少要给科研人员提供有用的信息，指导他们的设计，指导他们的试验，指导他们的应用，就是要有用。”

万步炎强调做的事情一定要有用，不是去简单地重复，不是去重复前面的经验，重复其他人已经做过的事情，然后做出一点点的改变，那样只会浪费时间和经费。他们要做能够实实在在解决问题的事情，哪怕这个问题很小。不一定每个人都能解决了一个大问题，但是你能解决一个小问题，那也是解决了一个问题，而不是去空谈，去做无用功。浪费时间，就是浪费生命，没意义。

“我们的设备要能够真正地投入到使用当中，一定要用起来，不是做完了摆在车间，摆给别人看的。要用起来，用起来你才有成就感。而且，做出来的东西，最后能不能用，与预期的效果有多大差距，只有在用的过程中才能知道。你做的这个工程或产品，最后是拿到现场去检验的，拿到生产、生活当中去检验的，客户觉得你这个好，那才是真的好，而不是你放在实验室里面做个试验，你自己觉得好，那不是这样的。”万步炎说。

最终只有客户才有资格评判到底什么样的产品是好产品。要从市场的需求来考虑研发，来真正解决科研难题。

这些年，“海牛”团队积累了很好的口碑，行业内都知道万步炎做的设备非常不错。而且，学生们也一致认可，在万教授的团队里，可以锻炼各方面的能力，能够学到东西，能够做成事，能够把科研真正做好。

建设教育强国，正需要万步炎这样的教育筑梦人，培养出一批批堪当民族复兴大任的时代新人。

三

金永平读博的时候，一开始，总觉得导师万步炎的要求很高，如今已成长为湖南科技大学海洋实验室副主任，他能独当一面了，也早已深深体会到导师的良苦用心，深深感激导师对他的影响。

金永平说，在高标准严要求的教学和科研氛围当中，他学到了很多，历练了很多。万教授给他的，是一辈子的恩情，也是一生的财富。

刚到“海牛”团队时，万教授安排他跟着黄筱军教授一起做液压系统，后面又根据设备需要改做数控装置。以前的钻机是没有收放装置的，钻机下放与回收，都是依靠人去扯缆绳，钻机在海上风浪的影响之下，随着船舶摇摆、晃动，下放、回收非常不安全。而且，钻机直立在甲板上，在甲板上维修、维护、保养钻机，工作人员要攀爬登高。如果是在车间维修还好，因为车间是平地，但是在海上，船舶是摇晃的，登高作业危险系数非常高。

怎样实现海底钻机安全地下放与回收作业？金永平说：“海底钻机在收放过程中由于受到复杂海洋环境的影响，入水过程中与回收到作业母船的过程中会发生碰撞与坐底位置偏移的情况，其碰撞可能会导致海底钻机无法正常回收，甚至会威胁到海底钻机与作业母船的安全。因此我想到研发这个收放装置系统。”

怎样设计？怎样改进？当时他思考很久，最后想到了一个办法，就是让钻机躺下来，此为前提来设计收放系统。当时钻机的高度有五六米，如果躺下来，它的高度就降了一半，这样不仅有利于拆卸钻杆钻具，还有利于工作人员对钻机进行维护保养，登高作业的风险也大幅度降低，甲板作业的安全性更是有了极大的提高。

那时压力确实很大。金永平考虑了很多种方案，现在想想，当时的设计灵感也是天马行空的，没有一个清晰的头绪。

“不要紧张，只要你努力，肯定能够把它拿下来。”就在金永平怀疑自己到底能不能行、困惑不定的时候，万教授的鼓励又来了。

在最初的结构框架设计讨论稿里，他们设计的是一个六边形的框架，考虑六边形的结构对于收放是不太有利的，后来经万步炎建议，把它变成八边形，做出八边形的框架，对应的这个收放结构就可以做成一个喇叭口，回收对准等方面的问题就迎刃而解了。

“在海底钻机收放装置的创新设计和收放工艺的完善上，团队有效解决了因母船摇荡导致海底钻机与收放装置靠拢与对齐困难、易发生冲击碰撞的问题，实现了海底钻机水中自动校正收放方位、垂直翻转过程自动抱紧海底钻机的功能，提高了海底钻机收放效率和收放过程的安全性与可靠性。”金永平说起这个装置，依然激动不已。

终于，从无到有，他把自己的想法变成了实际能应用的设备，他把万教授传授给他的知识，很好地运用上了，这是他人生路上一个新的开始。

无论海试在哪里，不管有多忙，万步炎总是挤出时间指导学生。他说：“只要是大家想学的，我都会毫无保留地教给你们。”

多年来，万步炎甘为人梯、潜心治学、静心施教、悉心育人，他和团队培养了多名博士和硕士研究生。一些年轻的工人师傅在他的指导下，也成长得很快。

学高为范，师泽如光。万步炎把为学、为人统一起来，坚守师者匠心，用深深的育人情怀培育所带的学生，用自己的事迹感染全校甚至全国的学子。

四

“志之所趋，无远弗届，穷山距海，不能限也。”

真理的海洋总是浩瀚无边，如果说科学上的探索与发现有什么偶然的机遇的话，那么这种“偶然的机遇”只有那些素养深厚的人，那些善于独立思考的人，那些具有锲而不舍的精神的人才能抓住。

在“海牛”楼里，一个声音常常响起在大家心底：“国家落后于人的地方，就是我们努力的方向。”这是写在实验楼里的标语，是万步炎和团队成员的精神指引。

“我们并不比外国人差。科技的进步、国家的强大要靠我们自己。”这是万步炎的自信，这也是我们每一个中华儿女的决心。

小的时候，我们可能都梦想过自己长大后要当科学家，梦想着科学家受人敬仰的样子。

当我们称呼万步炎为科学家时，他却显得有些不自在。他说：“我就是一个平凡人，像‘海牛’一样，是干活的，还称不上是科学家。”

“您说您不是科学家，那么您心目当中的科学家，应该是什么样子的？”我好奇地问。

万步炎想了想：“我想象中的科学家，应该是从事基础科学的，从事天文地理研究的，而我们从事的是应用科学，是和机械设备打交道，我们研发的设备，能够为国家深海勘探作点贡献，我们很幸运。所以，科学家还算不上，我就是一个干活的。”

突然，我被深深感动。这实在是一种非常难得的品质，谦虚而谨慎，朴实而低调。

“中国海牛之父”万步炎都说他不是科学家，那谁又是真正的科学家呢？！

朴实谦虚，淡泊名利，这正是科学家可贵的精神之一！

我们中国有无数这样的科学家，他们为了中国的科研事业，舍身为国，立志科研，隐姓埋名，甘于寂寞，让人敬仰！

无论是“两弹一星元勋”钱学森、“中国原子弹之父”钱三强、“中国核潜艇之父”黄旭华，还是“杂交水稻之父”袁隆平，等等，新中国从一穷二白到今天的繁荣强大，离不开无数科学家的无私奉献。在和平年代，他们是民族崛起的英雄，受到全国人民的尊敬与爱戴。

当然，还有一些科学家，在自己的科研领域里成绩卓著，却并不为大家所知，默默无闻。他们当然也是我们尊敬的科学家。

科学家，对很多人而言。这是一个神圣的称呼。用团队成员左喜林师傅的话说，万步炎是一个有无穷能量与智慧的人，可以说是一个超级科学家。

然而万步炎却说，科学家也是平凡人，是和大家一样的普通人，也需要接地气的生活，没有必要将科学家神秘化，或者说有意拔高。而且，科研成果是团队合作的结果，所有的成功与成果，都是集体的智慧。

言谈中，无形之间闪现着万步炎抱朴守拙的慧心，而这似乎更为难得。

心里有一片海，就有了一种使命，深蓝给了他挑战，也给了他快乐。

我问万教授：“什么是快乐？什么是成功？”

“沉浸在自己的研究项目里面，就是一种快乐。看到自己做的科研产品能够为国家所用，就是一种成功。”这是他朴实的心声。

“人的一生，就是星星眨个眼的时间。我们在有限的生命里，如果能够为国家的深海勘探事业作出贡献，哪怕遇到再多困难与挫折，都是值得的。”这是他的执着。

繁霜尽是心头血，洒向千峰秋叶丹。在很多人都在追求名利的时代，我们还能拥有这样专注、执着、热爱，为祖国的科研事业愿意奉献自己一生的科研人，实在是一种骄傲！

都说搞科研的人纯粹、本真，这也许是科研工作者的必然选择。本真是自我界限的消亡，这个自我是由过去丰富的经验和知识搭建起来的，有了许多的知识和经验的支撑，人就会变得本真。而科学与科研的可贵之处就在于，本真状态下，“明知不可为而为之”，“朝闻道，夕死可矣”。

对身处消费主义、物质主义生活洪流的现代人而言，显得尤为重要的问题是：人生的意义是什么？每个人的答案都不一样。或许根本没有标准答案，人生的意义，需要我们每一个人自己去寻找，去定位，去思考，去领悟。更多情况下，人生和科学一样，是一种态度，更是一种选择，它时刻提醒我们认清并克服认知中的诸多偏差，秉承谦虚、严谨、开放的学习精神，这样可以让我们离真理更近一点。

在别人的眼里，“海牛”号这么高精尖的国家科研设备，众多的零部件、繁复的控制系统、最前沿的设计理念，其设计和研发都是一件不可思议的事情。然而在万步炎的眼里，它只是相当熟悉的一个老朋友。沉浸在工作状态中的他，仿佛回到了少年，在摆弄自己喜爱的、自己发明的玩具，他熟悉它每一个细小的部件、细小的结构、细小的脾气、细小的声音，甚至能通过声音辨别它工作状态的好坏。

王阳明曾说：“心即理也。心外无理，心外无物，心外无事。”

在“海牛”实验室里，我望着万步炎和“海牛”团队成员忙碌的身影，不禁被深深感动。正如有的专家评说的那样：他们所做的，是真正有尊严的科研，有价值、有意义、有水平的科研！

习近平总书记曾十分明确地指出：“现在我们正经历百年未有之大变局，难免遇到竞争和种种挑战压力，这种情况下我们更要走更高水平的自力更生之路。”

如果每一座城市、每一家科技企业、每一位科研工作者都能像万步炎和“海牛”团队成员一样，承担起光荣的使命任务，满怀信心与力量，踔厉奋发，那么我们的既定目标肯定能够如期实现。

他，脚踏实地，仰望星空。他，无疑是真正的科学家！

沧海明月

一

海天东望，辽阔复长。远远望去，灯火万家城四畔，星河一道水中央。

跟随科考船海试期间，万步炎和团队成员远离父母妻儿，一出海就是两三个月。海上有梦想，也有寂寞。火烧般的阳光晒黑了脸庞，强劲的海风吹裂了皮肤，在海上的岁月练就了“海牛”团队成员一颗颗越来越强大的心。

那是1998年，“大洋一号”赴太平洋科考，万步炎作为技术保障人员第一次登船出海。晕船，浑身乏力，反胃恶心，呕吐不止，不习惯坐船远航的万步炎后来躺在床上动弹不得。

“要干活，不能这样一直躺着。”万步炎支撑着爬起来，站一会儿，坐一会儿，摇晃着来到甲板上来回走，逼着自己吃东西，这样过了两三天，他终于适应了海上生活。

那些出海的磨砺，他从不和家人诉说，总是报喜不报忧。如今，万步炎每年都要在海上工作几个月，他适应了大海，成了真正的水手。

科研人若没有异于常人的坚韧，很难熬过科研之路上茕茕孑立的孤独。

他们内心一定要有自己的标杆，或者说强烈的使命感和责任心。在海上做科研，需要学会调剂生活，要学会在寂寞而孤独的大海打捞一些生活的乐趣，并学会享受生活。

海洋如此辽阔，生活多么美好。比如，在甲板上看星星，打一场球赛，或者酣畅淋漓地唱一次卡拉 OK。

人生充满无数的不可预料。有时候，遇到恶劣的海况，大雾弥漫，波涛汹涌，前行的船是冒风顶浪，半点也出不得差错。每个人都悬着一颗心。

有一次海试，一位验收专家担心了："海况不好，改日再试验吧，以免发生意外。"

"还是按原计划执行，我们都准备好了，"万步炎耐心地说服专家们，"我懂的，放心，大家都是有妻儿的人，我不会冒险的。"说完，他深深吸了一口气，像是给自己打气，之后一头钻进了控制室。

已经是凌晨 3 点了，放眼望去，星空近在眼前，四周一片安静，只有浪花拍打着船体的声响。万步炎和控制室里的团队成员，一夜未眠，却一脸平静，看不出疲惫。

在这平静的背后，他满心挂念的是仍在深海海底像牛一样工作的设备。虽然听不到它在海底工作的响声，可是他能想象到它的工作状态。

一切如期，一切顺利，历经失败依然不放弃的"海牛"团队，终于顺利完成了钻机的海试。当黑夜抹去最后一缕晚霞，天空暗了下来，海的尽头，大地万籁俱寂。天空中几颗星星一眨一眨的，好像望着你，也望着他。

成功收回钻机的那一刻，有人问他：“你现在最想干什么？”

他冷静地回答：“回家！”

当海上的明月升起来，光会越来越亮，逐渐盖住星星的光亮，月光洒在大海的波浪上，仿佛千万朵浪花也在发光，让人无限地陶醉其中。慢慢地，光越来越多，远处也越来越亮了，整个世界都笼上了一层薄薄的光辉。

此时此刻，靠港了。家，也就越来越近了。

回家，那是发自内心的渴望，家也是再一次出发的原动力。

二

大地上，成千上万种春天，用一场场风的姿态、雨的方式从惊蛰起身，越过春分、清明、谷雨，这是时间的模样。

这个春天，当我见到万步炎的夫人刘淑英老师的时候，情不自禁地想起宋代诗人范成大的一句诗:“愿我如星君如月,夜夜流光相皎洁。”

这些年，他们相偕同行，美好而温馨，既有“一日不思量，也攒眉千度”的相思，又有“愿有岁月可回首，且以深情共白头”的一往情深。

出海的生活，如同大海一样，并非一眼可以看到尽头。海上那轮明月，是最好的慰藉。在海上，无数个孤独的夜晚，万步炎一抬头，总有一轮明月，或万千星辰，朗照心头。

在万步炎心中，这星月，是妻子的脸，是妻子的眼。星月在天，如同妻子含笑看着他，陪伴着他。

在妻子刘淑英的眼里，丈夫一直是她崇拜的人。这些年，她看到了他的坚持，也看到了他的不容易。没有一个人能随随便便成功，成功的背后，是怀揣梦想并持之以恒的坚持，也是无数个家人思念与担忧的白昼与黑夜。

在妻子心里，万步炎学识渊博，责任心强，不仅科研工作做得出色，而且热爱生活，有着别的理工男所不具备的艺术天分，无论是拉小提琴还是高歌一曲，都是那么优美动听，而且爱好运动，乒乓球打得好，还上知天文，下知地理，几乎是全才。

刘淑英像她的名字一样，既有温柔贤淑的一面，又有女中豪杰的一面。知性、优雅、美丽的刘淑英，曾在学校科技处工作。她也曾是“海牛”团队成员，她为团队的付出和做出的努力都是默默无闻的。

万步炎经常说：“妻子的鼓励和支持，让我在事业上没有后顾之忧，这是我奋勇向前的动力源泉。”

都说相知相爱的两个人，相互欣赏的眼神是藏不住的。从刘淑英的眼里，我读到了这样一种欣赏，一种幸福。

第一次见到刘淑英，是在电视里，她穿着白色套裙，端坐前排，知性温婉。

2023年5月22日晚，央视《时代楷模发布厅》栏目播出“时代楷模”万步炎的先进事迹，45分钟的节目中，几次出现刘淑英的镜头。每一次，刘淑英都笑容满面，眼神温柔。

目前退休在家的刘淑英，有了更充裕的时间。一个午后，她把这些年的故事向我娓娓道来。她谦虚地说：“我们都是普通人家，也没有什么要宣传的，结婚30多年来，生活平淡但很甜蜜，要说婚姻的秘诀可能就是彼此热爱吧。”

“他热爱他的事业，而我也热爱着他的热爱。”多么温暖的话语。

交谈时，刘淑英笑容满面，眉眼温柔，让我如沐春风。好的婚姻，一定是志同道合、情趣相投、相濡以沫的，当然，还有就是彼此热爱、相互欣赏。万步炎所做的事业，也是刘淑英所热爱的。这是他们之间相互尊敬、彼此懂得、彼此理解、和谐美满的原因。

平时，万步炎沉浸于对课题的苦思冥想、对科研的废寝忘食之中。然而在严谨、理性的科研之外，在难得的空闲时间，他的生活又是丰富多彩的。他总觉得亏欠家人太多，只要一有空闲时间，他就会陪伴家人，假期还会陪妻子去旅游。

万步炎会拉小提琴给妻子听，他唱歌很好听，还会武术。熟悉他的同事说："万教授原来还是一个'金庸迷'，他曾经练过铁砂掌，手上一些粗糙的茧印子，都是当时留下的。"

原来，他的生活并不是我想象中的单调刻板。这和我通常所以为的科学家的生活似乎有些不一样。

这些年，刘淑英无怨无悔的支持与理解，都缘于一个"懂"字。好的婚姻，不是互相凝视对方的眼睛，而是互相凝视共同的目标，共同前进。

我们每一个人，不能延长生命的长度，但可以决定生命的宽度；不能左右天气，但可以改变自己的心情；不能选择容貌，但可以展现笑容。内心怀着爱的人，生活总是予以加倍回馈。

大海是事业，港湾永远是家的方向。

三

草在结它的种子，风在摇它的叶子，他和她，彼此站着不说话，都十分美好。

说起他们的相识相知，一把小提琴引来了美好的故事，成就了一段令人羡慕的佳话。

刘淑英和万步炎是校友，都毕业于中南矿冶学院。在男孩扎堆的矿冶学院，刘淑英是当时典型的“理工女”，一个女孩，又是一个佼佼者，自然是备受关注与宠爱的。

1962年出生的刘淑英，比万步炎大两岁，却是他的师妹。问其原因，刘淑英含着笑意，眼里满是崇拜：“他脑瓜子灵活，14 岁就考上大学，我 18 岁才来的。”

1978 年，14 岁的万步炎从洞庭湖畔来到省城长沙，成为中南矿冶学院的一名大学生。1980 年，家在新疆喀什的女孩刘淑英，跨越 4000 多公里，长途跋涉，舟车劳顿 12 天，终于来到中南矿冶学院，开启求学生活。

两人同在学院的地质系，但分在不同专业。在当时，他们学院只有三个系——地球物理系、地质探矿工程系、地质系，学生加起来才 100 多人，能够考进这个学院的都是全国各地学校的佼佼者。在这个被称为“中国矿冶黄埔军校”的高等学院求学，他们未来所从事的行业，未来的职业路线，仿佛是没有什么悬念的。

学生时代的他们，每天两点一线，读书、实验，没有什么交集的机会。但命运总是那么巧合，让两个优秀的年轻人相遇。他们第一次打交道，已是在万步炎本科毕业之后。

万步炎所在的班级，一个女生也没有。刘淑英班上也只有为数不多的几个女同学。能歌善舞的她，算是系里的“名人”“系花”。

“我想，这大概是‘物以稀为贵’吧！”刘淑英谦虚地笑了笑。那时，刘淑英担任学生会女生部部长，经常组织一些文艺活动。万步炎热爱音乐，还在大学学会了拉小提琴。当时，这个美丽又有着高雅气质的女生，深深吸引了万步炎的目光。不过，他从未主动搭讪。用现在的话说，是因为当时“社恐”。

那是1983年5月，读大三的刘淑英在筹备一个节目，她要上台跳舞，需要找一个男生伴奏。凑巧的是，万步炎刚好会拉小提琴。经同学介绍，刘淑英找到正在学校读研究生的万步炎，两人一起合作表演。

排练几天后，两人上台表演，刘淑英独舞，万步炎演奏《我爱米兰》：

> 老师窗前有一盆米兰，小小的黄花藏在绿叶间，它不是为了争春才开花，默默地把芳香洒满人心田。

曼妙的舞姿，悠扬的琴声，博得台下阵阵雷鸣般的掌声。

一位小伙子，拉响他那把心爱的小提琴；一个姑娘，在舞台上翩翩起舞，展示了属于她那个时代最美丽的青春。一切的美好与惊喜，让年轻人心潮起伏、辗转反侧，仿佛是冥冥之中的注定，从陌生到熟悉，再到相知相爱，这一切都是那么自然。

从那以后，万步炎与刘淑英成了朋友。刘淑英常去找万步炎，或坐在操场聊天，或一起爬岳麓山，或交流学习心得……

那个时候的他，戴着眼镜，斯斯文文，见人总是一脸笑。在刘淑英看来，他来自农村，诚恳、淳朴、实在，又聪明好学，不花言巧语和浮躁，而且特别能吃苦，是一个靠得住的人。

“我发现他像一本百科全书，知识面很广，什么都懂。”刘淑英说。“他还十分幽默，音乐细胞也丰富，这与我心中理工男的形象很不一样。”她补充说道。对他的崇拜，大概从那个时候就开始了。

“当然，还是因为那一把小提琴，如果不是因为他会拉小提琴，估计我们也不会认识。”刘淑英说完之后又笑了。

万步炎怎么会拉小提琴的呢？家住农村的万步炎，小时候家庭并不富有，并没有条件学习小提琴这样的乐器，这还得从大学开始说起。有一个同班同学喜欢拉小提琴，万步炎听到这美妙的琴声，就被深深地吸引了，他沉浸在小提琴优美的旋律之中。每次同学拉琴的时候，万步炎就在一旁欣赏，如痴如醉。那段时间里，他几乎梦里都能听到美妙的小提琴声。这让他想起小时候曾经看过的一部电影，电影音乐里的小提琴声，也是如此悠扬美妙。他第一次听到时就惊讶道：“世上怎么会有如此美妙的音乐！”

大学期间，一向节俭的万步炎从牙缝里省下一些生活费，又在父母的支持下，共花了30块钱，从乐器行买下一把小提琴。30块钱，这在当时是一笔不小的花销。终于，有了自己的一把小提琴，这个有着文艺情结的年轻人，爱不释手。之后他又买了书，学习五线谱等乐理知识。上课之余，他就打开乐理书，琢磨五线谱，练习小提琴。兴趣是最好的老师，拉着拉着，琴声从最开始的生涩，渐渐变得悠扬了。聪明的万步炎，没过多久就能够拉出优美的旋律，最后还能代表班上参加学校的文艺演出了。

其实，除了会拉小提琴以外，万步炎还一直是一个勤奋上进的学生。那个时候，因为万步炎是从农村学校出来的，又是在高一考上大学的，英语几乎没好好学过。为了把基础补上，他每天早上很早就起来背英语单词，抄写英语句子。只要是认定的事情，他就一定要做好，哪怕花比别人更多的时间。每天，他必须背诵一定数量的单词才肯睡觉。在大学里，他十分珍惜时间，表现出了很强的自学能力。功夫不负有心人，不久，他的英语成绩居然排到了班上的第4名，是班上少有的几个考研成功的，他以排名前十的优异成绩被录取。

1983 年暑假，万步炎去大连，有机会见到了他梦想中的大海。19 岁的他，第一次看到大海，海水蓝得令人心醉，海天相接，浑然一体。他激动不已。因为第一次看海，他一定要尝一下海水的味道，殊不知，这苦涩的味道，就是他未来在海洋科研上一路风雨兼程的味道，只是，当时踌躇满志的年轻人哪里知道呢！

万步炎一边看海，一边想起了那个在校文艺晚会上独舞的美丽姑娘。于是他买了一个粉色水壶，装了一壶海水带回来。他想让她也尝尝大海的味道，分享他的喜悦。

就是这一瓶“海的味道”，一颗年轻人真诚的心，打动了另一颗心。在一次次相处中，湘江之畔，岳麓山下，两颗年轻的心越贴越近。

一个做着飞行梦的少年，结果，理想一点一点“下降”，学了探矿工程专业；一个想当舞蹈演员的文艺女孩，结果学的是地球核物理勘探专业，成了一名地地道道的“理工女”。

谁说命运之手不是无处不在呢？然而，一切的安排又都是最好的。

四

静静地坐在客厅喝茶，听着刘淑英的讲述，窗外的阳光，透过白色的窗帘照进来，园子里的玫瑰开得娇艳，花木扶疏，时光静好。

客厅墙角花瓶里有一束梅花，在柔和灯光的映照下，静静地绽放。正在讲故事的她，和身边那一束梅花，是那样和谐。一时之间，让人觉得刘淑英就是那一束梅花，娇艳中有着自己独特的风姿，柔弱中带着几分坚强，既多才多艺，又娴淑静雅。

花月朦胧，春秋冷暖。回忆这些年的婚姻，日子渐渐归于平淡，因为繁忙，因为执着，一些美好在渐渐远去。但因为一颗浪漫淑雅的心，现在每天的生活依然精彩纷呈。

1984年，刘淑英毕业后赴湖北工作。次年，硕士研究生毕业的万步炎被分配至长沙矿山研究院。虽是异地恋，两人的感情只增不减。1986年，他们喜结连理。

“结婚的时候，连婚纱照也没有，简朴得很。”刘淑英回忆，“这也许就是嫁给爱情的模样吧！”

当年还缺着一张结婚照，如今几十年过去了，心里会不会有一点遗憾呢？“后来去补照了一张没有？”我问。

刘淑英含笑说：“没有照，这些年都过去了，更没有必要了，再说了，万老师也不喜欢拍照。”

成家以后，万步炎开启了自己的科研之路。这些年，从陆地探矿转到研制海洋勘探装备，是一个契机，更是一个挑战。

刘淑英也被派到外地做项目，短暂的两地分居，让两个以事业为重的年轻人思念拉得很长。

牵手一路走来，彼此支持与理解，有稳定的感情基石，有共同的事业理想。幸福的婚姻不仅要有感情交流，也要有思想交流，重要的不是物理距离的远近，而是心灵的距离。他们，无疑是让人羡慕的。

经过一段时间的异地恋，刘淑英来到了长沙工作，与丈夫团聚。在他需要她的时候，她回到他的身边陪伴。彼此在生活中无微不至地关心，在工作上竭尽全力地互助。

1992年，万步炎到日本学习，月工资2500美元。第二年，他依然决定回国，虽然对方提高待遇，极力挽留，而当时国内工资才200多元每月。万步炎和刘淑英都出生在普通家庭，当时，他们的儿子刚出生，需要用钱的地方很多，高出国内工资如此之多，这份诱惑确实不小。

不过，万步炎没有丝毫犹豫，他坚定地选择放弃高薪回到祖国的怀抱。对于这个决定，刘淑英充分理解和支持。他们的理由就是“国家落后于人的地方，就是我们努力的方向”。

回国后，万步炎一心扑在深海勘探事业上，每天忙得不可开交。当时，刘淑英的事业也处在上升期，同样非常忙碌。有一次，夫妻俩同时出差，年幼的孩子无人照看，只能寄住在同事家，这让刘淑英心疼不已。从此，她减少工作量，将重心更多放在家庭。

2010 年，万步炎来到了湖南科技大学工作。学校地处湘潭郊区，离家有点远，当时刘淑英还在长沙上班。因为家在长沙，为了有更多时间陪伴妻子，他每天往返于长沙与湘潭之间。每天来回跑，风里来雨里去的，耽误时间不说，还特别不安全。有好几次，万步炎加班回家时，外面下着大雨。

“他那时候一个人开车走长潭西高速，路上黑，地上滑，我真担心他的安全。”刘淑英回忆说。三年后，刘淑英毅然放弃长沙的工作，来到湘潭。这是她又一次为了他而放弃自己喜欢的城市。

刘淑英调来湖南科技大学，这样万步炎就不用每天跑了，有更多的时间做他的研究。刘淑英来到学校的科技处工作，也能在政策上给予万步炎许多指导。当时刘淑英有点舍不得长沙，毕竟湘潭和省会长沙比，还是偏远了一些。这些年，毕竟生活习惯了，朋友和亲戚都在长沙，来到一个新的环境，一切又得从头开始习惯。

“妻子的付出，我感激又感动。”万步炎由衷地说。

夫妻之间，信任为先。在研制第一台钻机的时候，万步炎每天加班到深夜，没有哪一天不是凌晨一两点钟回来。刘淑英总是默默支持，并相信他一定能成功，而且在生活上给予他更多的体贴与照顾，端茶、倒水、加衣……有人问她："万步炎总是忙到半夜才回家，你难道不担心吗？"刘淑英回答说："我知道他在做什么，所以我对他是百分百放心。"

在万步炎遇到技术难题、思维卡住的时候，她开导他，帮他一起想，实在想不出来，就要他放一放，说不定第二天就有灵感了。有时候睡到半夜，万步炎突然灵机一动，想到了解决技术难题的方案，他会马上起来，为了不吵醒妻子，他轻手轻脚，尽量不发出一点声音。

刘淑英觉得，生活中彼此的尊重与理解，也是一种幸福。

万步炎做起工作来，那个认真劲儿，真可以说得上是心无旁骛。只要是真心想做的事情，他就要付出200%的努力，一定要做成功，达到目标。这么多年，刘淑英已经习惯了他的执着，甚至是固执，而且总是无条件地默默支持。

在刘淑英的记忆里，万步炎一心钻研技术，而且，他专注于某一件事情的时候，别人跟他说什么，他似乎都听不见。

"很多次，明明就在面前，你说什么他都听不见，不知道他脑袋里在琢磨些什么。"刘淑英回忆起这些往事，又笑了起来。

有一次，刘淑英出门的时候交代他："外面晒了衣服，如果下雨了，记得收一下。"

下午，刘淑英回到家的时候，看见衣服依然原封不动地挂在外面，一件一件打湿了的衣服，在风中扭动着袖子，似乎在抱怨。刘淑英看到依然沉浸在钻研之中的万步炎，笑着摇摇头，默默地把衣服收了回来，又洗一遍。

这样的事情还有很多。喜欢思考琢磨的万步炎，似乎时时刻刻都在想问题，散步的时候，脑袋突然冒出的灵感，他都要马上记下来。

家里的家电坏了，他也喜欢琢磨，自己动手拆了修理。刘淑英记得，很多年前家里买了一台冰箱，不知怎么回事坏了。于是他自己拆开修理，把损坏的元器件一个个都换了，居然就弄好了。后来搬了新家，买了一个蒸汽浴房，没用多久也坏了，开始修了几次都没有修好。到底是哪儿出了问题呢？他又反复琢磨，最后找到问题的关键，原来是孔小了，蒸汽排不出来，后来他把孔径改大，终于弄好了。

学理科的刘淑英也喜欢修理东西。有一回，录音机坏了，他们两人抢着修，一起研究，一起琢磨。想起年轻时的那段往事，刘淑英脸上流淌着温柔的光，沉浸在回忆之中。

万步炎做任何事，总是有担当，有结果。对于一些用得着的技术，他总是想自己能够学会。他的自学能力特别强，大学学的是地质探矿工程，通过自学，对电学、工学等样样精通。他还自学编程，花了半年时间，学会了那些常人看来很难的计算机语言。

刘淑英记得，当时她找出了大学时代的一本《电子技术》的书，还从网上为他买了一大堆书。就是靠着这些书，加上锲而不舍的自学精神，万步炎居然学会了很多年轻人都望而却步的编程。“海牛”操作系统的程序，就是他自己写的，因为只有他最懂自己研制的钻机的操作原理，所以他的编程总是又快又实用。

“无论工作多忙，他都要抽出时间读书。如果不读书，就难以有思想的火花，也难以了解更多的知识。”刘淑英说。家里有一本天文知识的书，是他以前总喜欢翻的，这本书后来又到了刘淑英的手上，翻来翻去，最后翻得都没有了封皮。在丈夫的影响下，刘淑英也成了一个天文爱好者。后来她又把这本书给了儿子，儿子小时候对天文知识也特别感兴趣。

“很可惜，搬家后，这本书再也找不到了。”刘淑英惋惜地说。

刘淑英眼里的丈夫，实在、纯粹，有探索精神，甚至还有些天真。他们是曾经的校友，又是同事，也是朋友，是可以平等对话的知己。他们除了在生活上互相照顾，在工作上也有共识，能开心畅谈。刘淑英总是在一些关键点上，启发他的思路，给予他更多的信心与鼓励。

万步炎热衷科研，对申报一些奖项不上心，刘淑英总是鼓励他申报国家和省里的一些技术奖。她说，拿到这些奖项，能帮助他更好地做好科研。万步炎申报科研奖项、科研项目或做前期答辩时，她便是万步炎的助手。她会帮着做演示的 PPT，会作为第一个听众，聆听万步炎的答辩练习，帮忙调整语言表达或语速。

一个人精力总是有限的，万步炎一心放在科研上，对自己的技术，他有绝对的信心，但是一些项目申报程序和科技政策却会让他头疼，幸亏有刘淑英这样的贤内助。他们是亲密爱人，又如此志同道合，一个懂技术，一个懂理论，简直是完美的组合。

谈到这里，万步炎愧疚地说：“我爱人很优秀，很有才华，如果不是为了我，她的事业一定会更出色。”

2005 年，万步炎跟随“大洋一号”去环球科考，这一去，就是 150 多天。家里大大小小的事他都顾不上。临行前，刘淑英生病，要做手术，得有人照顾。万步炎陪不了。出发前，他用小提琴给妻子深情拉了一曲《阳光照耀着塔什库尔干》表达歉意。刘淑英对丈夫的依恋，却只能深深地藏在心里。做手术没有人照顾，她把年迈的父亲从新疆请过来照顾自己。

那时候，万步炎住在乡下的父母年纪大了。因为不能经常在身边照顾老人，他请来表弟和表弟媳帮着照顾。有时间的话，他和妻子也会回到老家去看望父母。他经常出海，父母又年事已高，很多事情怕来不及交代，平时该交代的事情，他都交代好了，父母也给他做了交代。

那次出海前，万步炎特意回家看了生病的父亲，他知道父亲的状况不是很好，但是海试不等人，他只能在心里祈祷，希望父亲能好起来，能等到他回来。然而，父亲还是在万步炎出海期间走了。当时海上没有信号，电话也打不通。仿佛冥冥之中有预见，那些天，万步炎总感觉到有些不安，而且海上的试验总有些不顺利。他心里隐隐有些担心，而作为项目负责人，他依然要坚强乐观地面对，坚持到最后。一个多月后，当他返航，才得知这个噩耗。妻子刘淑英和他的表弟、表弟媳，还有他的同学一起操办好了父亲的后事。

那个晚上，万步炎失眠了，他默默发呆，心里五味杂陈。作为唯一的儿子，没能在父亲离世前尽孝，怎么能不愧疚呢？他想起父亲平时说过的话："你爹妈祖祖辈辈都是挖地球的农民，你学个挖地球的专业，现在又去海底下挖地球，海底还是有些危险的，你要安心工作，不要担心我们。自古忠孝不能两全，忠于国家，忠于人民，好好工作，像你外公一样，我们全家就感到光荣。"

"怎么这人说没就没了？！"万步炎自言自语。那些日子，他把悲伤和遗憾放在心里。妻子刘淑英默默陪伴，默默关心，帮助他从失去亲人的悲伤中走了出来。

五

刘淑英的父母都在新疆，她最渴望的是丈夫能陪自己回趟娘家。

远离家乡，难免生思乡之情，这是人之常情。

新疆喀什到湖南长沙，有4000多公里。结婚几十年，万步炎只陪妻子回过三次娘家。好不容易有一次，两人兴高采烈订了机票。谁知道，刚到乌鲁木齐，万步炎的电话就响了，为了“海牛”出海，他只能半路返回学校。

“见我一个人回来，父母大吃一惊，还以为我们在路上吵架了呢！我给老人家解释了好一阵子。”刘淑英说。别人的丈夫，都要在一年中的春节、端午、中秋三大节日与妻子回娘家。“别说一年回3次，他3年也难得回一次，30多年他只陪我回过3次。”说完，刘淑英笑了笑。

支持丈夫的海洋事业，刘淑英从不埋怨，无怨无悔。

万步炎也深知妻子的付出，心里内疚，平时也把对她的爱，一点一滴都藏在行动里。

家里装修新房，万步炎知道妻子爱跳舞，特意在一面墙上装上大镜子，又在地上铺好地毯，细心呵护她的兴趣爱好。

夫妻俩厨艺都很棒，他们约定，每周轮流下厨。但是，万步炎工作越来越忙，刘淑英便一人把家务揽下来。然而，无论上班多累，万步炎一定会主动洗碗。刘淑英说，只要有空，万步炎就会下厨，让她能休息一会儿。

夫妻间的感情也同友情一样，因知根知底，所以能和谐相处。不过说到儿子的教育，刘淑英一开始似乎有点遗憾。不过现在回头想一想，她也能够欣然接受了。她说：“每一个人理解的成功都不一样，目前，儿子想要的，也许就是简单快乐的生活。”

因为常常出差，万步炎对儿子的陪伴多少是欠缺的，刘淑英说到这一点，似乎情绪有些低沉，但很快，她又开心起来：“儿子现在很幸福，有了自己的生活，就是我们最大的幸福。”

那个时候，儿子还小，每次父亲出海时，儿子就通过卫星电话或是电子邮件联系。知道父亲所在的海域，儿子就在地图上标记出来。家里有一张世界地图，上面标满了儿子用红色笔涂上的五角星。儿子对于大海的向往，就是那个时候产生的。父亲每到一个地方，儿子就在那一片海域标上一个五角星——这是父子俩一种特殊的情感交流。小时候，儿子就是用这样的方式来思念父亲。

后来，儿子标注的那张地图，因为搬家再也找不到了。说到这里，刘淑英流露出遗憾的神情。

“一次深夜，儿子醒来看到书房的灯亮着，知道是他爸爸出海回来了，儿子一下子没认出是爸爸：几个月没见，爸爸瘦了，头发白了，变了个样子。”刘淑英说到儿子，脸上满是温柔。

“年轻人，要吃苦，要对自己狠一点。”万步炎常常对渐渐长大的儿子说，他还将自己大学时挑灯苦读的一些故事讲给儿子听。儿子像父亲一样很聪明。有一回，儿子做错了一道题，万步炎指了出来，虽然儿子知道错了，却不愿承认自己的错误，于是父子之间有了一次争吵。两代人之间，有着不可避免的代沟。因为万步炎经常加班或出海，与孩子的沟通少，孩子有一段时间比较叛逆，又是刘淑英从中调和，一边安抚孩子，一边又安慰丈夫。

有一段与儿子的对话令刘淑英印象深刻。刘淑英问儿子：“一块糖，在今天拿，只能得到一块，如果等到明天拿，能够得到三块，请问你会选择今天拿，还是明天？”儿子当时毫不犹豫地选择了今天：“人不就应该活在当下吗？今天能得到的，为什么不在今天拿呢？”这是儿子这一代人的世界观。

如今，他们的儿子已成家立业，作为父母也就放心了。平常只有刘淑英、万步炎夫妻二人在家，她特别享受和丈夫在一起的温馨时光。晚饭后，他们一起散步，万步炎会指着天上的星星，讲一些天文知识。她也耳濡目染成了天文迷。她爱泡茶，万步炎爱喝茶，两人常常围炉煮茶，一边喝一边聊着开心事。只是这样的时光太少，一直忙于研发工作的万步炎，内心对妻子有着深深的亏欠。

生活中，万步炎一向节俭，他不讲究吃什么，也不追求高消费。湖南的辣椒炒肉，是他走到哪里都心心念念的，永远吃不厌。有一年夏天，刘淑英发现他脚上的袜子都破洞了还在穿，于是给他悄悄换了，他发现后，觉得有些可惜，认为袜子破洞不影响穿，仍舍不得扔掉。

“他对自己的穿着一点也不在意，男同志也不喜欢逛街消费，需要买什么，基本上都是我给他买来。”有一次，刘淑英给他买了一条一千多块钱的新裤子，可是他第一次穿去实验室，就搞了一身机油回家来。刘淑英让他换掉，他说一会儿还要去实验室，懒得换了。

同时，万步炎的这份节省劲也用在工作上，平时为国家节约了不少科研经费。

刘淑英爱好广泛，多才多艺，喜欢唱歌、跳舞、养花、种菜，还经常和一帮好姐妹一起练瑜伽，一起旅游，一起看看山山水水。2022年底，刘淑英退休，就有了更多的时间照顾家庭，过自己想过的生活。现在的她，每天生活丰富多彩，看庭前花开花落，望天外云卷云舒，一腔情怀，皆化为檐下的晴雨风霜，在自己的一方院落，心灵自成宇宙，追求生活的本真和品质。

万步炎拿手演唱曲目是《月亮代表我的心》，每次唱完，刘淑英都会热情地为他鼓掌。最能俘获刘淑英芳心的，是万步炎的那声“刘妹陀”，这是他多年来对妻子的爱称。刘淑英也称呼丈夫为“老万”。老万每次回家，刚进门就冲妻子喊一声：“刘妹陀，我回来啦！”刘淑英幸福地回应，这声亲切的呼唤，能褪去她一天的疲惫。夫妻之间这一辈子，相互欣赏，彼此敬爱。

刘淑英说：“我们家的老万，真的是赶上了好时代。像他这样一心只顾钻研学问的人，是万万没想到会有今天的成绩的。新时代以来，国家尊重科学，尊重人才，可以说，新时代是科研工作者的春天。”

刘淑英一直强调说：“我们就是普通人家，没有什么好写的，要写就写团队吧。”和普通家庭一样，她和万步炎风风雨雨这么多年过来，有一些小摩擦也是必然的，但事后总是清风化雨，云开雾散。夫妻之间相处，不过多地约束对方，要给对方自由和宽松、尊重与理解。而这一切，都需要“爱”当基础。

“这些年，妻子给了我很大的支持，因为我工作忙，家里都委托给了她，而在我的事业上，她也给了我很多帮助。2015 年，‘海牛’出海的相关手续，就是我妻子帮我办下来的，如果不是她，我们的试验哪能成功，所以我们是互相扶持、缺一不可的。”万步炎心怀感念地说。

“在今后的生活中，当好丈夫的‘贤内助’，继续在家为他营造一个温馨的港湾，让他心无旁骛朝着梦想前进，为建设海洋强国贡献力量。”刘淑英是这样说，也是这样做的。这一坚持，就是一辈子。

“他做的每一份工作，也是我热爱的。”简单的一句话，是对相濡以沫的他们这些年最好的诠释，也是爱情最美好的样子。

“这是哪个仙女？”万步炎指着刘淑英年轻时的一些照片笑着说，

眼里满是温柔。看着年轻时的照片，仿佛时光没有溜走，还停留在美好的岁月，那个多才多艺的少女又回来了。

刘淑英的心里，她的“老万”永远还是那个第一次看到海后给她带回一瓶海水做礼物的上进、实在，又不乏浪漫的年轻人。

海水的味道是咸的，有甜有咸，这才是真正的生活。

刘淑英的心里，也一直有一个海一样蓝的梦想，就是和她的“老万”合力撑起一片天，扛起海洋科研人的使命与担当。

采访手记

为了完成下一个国家重点研发计划项目“海牛Ⅲ号”，万步炎教授带着团队成员正在全力以赴。一群不断攀登的中国科研人，永远在路上。

大量的媒体采访，需要占用一定的时间，惜时如金的他，尽量拒绝一些采访，专心于科研。怎样不占用他们太多的时间，又能了解到更多的故事呢？在一开始，我对本书是否能完成充满了担忧。我的创作不是歌功颂德，不是热点追踪，我希望这本书真正的意义与价值，是向更多的人传递中国科研人的精神，让更多的年轻人懂得科研精神、创新精神和爱国精神。这是简单的初心。幸运的是能得到万教授家人和团队成员以及学校的支持。

在“海牛”楼实验室，目睹伫立着的钢筋铁骨，我想象着“海牛”号在大海中的无数次入海钻探，腥湿的海风卷着浪涛，那一次又一次汹涌而至的惊涛骇浪，使他们没有时间凝眸“海上明月共潮生”的壮阔，也没有空闲赞叹遇上的海鸥与落霞，更多的时候，他们念兹在兹的是海试成功。翻卷沧海天作岸，中流击水星为伴。“海牛”团队在万教授的带领下破浪深耕，成绩斐然。

回顾万教授和团队成员这30多年的坚持和坚守，钻下海底2000多个“中国孔”的背后，究竟是什么样的一种精神在支撑？

万教授只是淡淡地说：“现在我对着大海就是一种敬畏的心情。在深海钻探这一领域，做这样探索的事，我从来没有畏惧。人生就是几十年的时间，平平淡淡，那就太划不来了。我觉得只有去拼搏，才能对得起这一生、这一辈子。”

淡淡的一席话，却深深地打动了我。

“国家落后于人的地方，就是我们努力的方向。”这是深海“钻”士万步炎教授和团队成员的科研目标，更是一种精神力量。

虽千万人，吾往矣。

第五章

赶海养『牛』

“享受”大海

一

在一望无际的海上，海水疯狂地翻滚汹涌着，四五米高的浪花恣意地撞击着船舷与甲板。

“大洋一号”科考船上，一群来自内陆的赶海养“牛”人，早已习惯船上的颠簸，他们专注于手头的工作，仿佛自己不是在海上，是在实验室里。前行中，只见船头高傲地昂起，冲向浪涛，一下子击碎了大海的鳞甲，使之片片跳跃、飞散，如雪，如光。

在科考船的不远处，一群海豚忽地跃出海面，矫健的身姿划出优美的弧线。白色的海鸥在蔚蓝的海天一色中展翅翱翔，忽上忽下。落日余晖下，海浪开始温柔地舔舐船头，掀起片片晶莹的水花，如凭空炸开的积雪，瞬间呈现出耀眼的碎金。

这是万步炎和团队成员科考出海最为日常与普通的一天。然而，这看似普通与平常的海上每一天，对于出生在内陆地区的他们来说，曾经是那么遥远，那么令人神往。

他们一定没有想到，自己将来会与海能如此亲密接触，会成为赶海养“牛”人。而且，他们养的“牛”，是被誉为深海神兽的“海牛”号系列钻机。

原来，在深袤的海洋，在梦幻一般的大海里，有他们一生追求的事业，他们可以为之奉献自己的青春和热情，可以做出辉煌的成就。

万步炎和团队成员三十年如一日，研制出中国原创的“海牛”号系列钻机，于深海海底打下了2000多个“中国孔”，在南海成功下钻231米，刷新世界深海海底钻机钻探深度纪录，并继续向着更深、更广阔的海洋挺进。中国科技界为之欢呼，为之骄傲。

听出过海的人说，一个人在海上待久了，常常会产生这样的错觉：地球是一个大大的玻璃球，里面一半装着海水，一半装着天空。如果把这只玻璃球倒过来，那里面的海就成了天，天则变成了海。也许正因为如此，就有了保罗·策兰说的，谁倒立着，谁就能看到脚下深渊般的天空。

团队中的每个人，都有许多令人感动、感触的事情，它们就像海边的贝壳，一串串地在记忆里闪光。

这些天，我有幸走近这样一群赶海养“牛”人。在这个充实的春天，在美丽的校园，在“海牛”楼里，看到青春朝气、热爱生活、“享受”大海的他们，我不由得在心中默默为他们点赞。

感叹、钦佩之余，我在想：大海上的他们和生活中的他们，又各是怎样的一种状态呢？每一次成功的背后，那都是一次又一次的坚守、一次又一次的不容易、一次又一次在浪尖上的舞蹈。

我记得“海牛”团队中的一位成员如是说：“我很享受在海上的那一段日子，那是一段很简单的日子，忙碌之余，看着一望无垠的大海，心中很纯粹。”说完他很坚毅地点了点头，沉浸在他描述的那一片海中。我相信，这是他的心里话，也是大家的心里所想。我很欣喜，他用到了“享受”这个词。

海上的生活，其实是寂寞和枯燥的。工作之余，“海牛”团队的成员偶尔会走上甲板散散步，看看夜晚的星星，在室内打打乒乓球，有时也会唱唱歌、喝喝茶。当然，在海上主要的事就是工作——检修设备、搬运、取样、回收等。他们每天都和时间赛跑，很充实，也很累。最重要的是，有那么一群志同道合的人，也不孤单。

夜晚看星星的时候，万步炎总是给他的队员们讲：“在海上，你能看到最美丽的星空。当你看到星星眨眼的时候，其实你看到的不是天体，而是亿万年前天体发出的光芒，因为那些天体距离我们太遥远，它们发出的光要经过亿万年才能到达地球。当我们看到这些光的时候，说不定那些天体已经消亡了。相比浩瀚的宇宙，我们人类实在是太渺小，星光闪烁之间，我们作为个体的生命也许就已经消逝了，但只要我们努力发光，就一定会被看到、被记住。”

伴随着万步炎的讲述，置身在大海上的队员们似乎在浩瀚的星辰之中遨游，和瑰丽明亮的星辰对话，也和未来的自己对话。

“机器以外的事情已经不太能激发起我的兴趣。有时候，走路、吃饭都在想问题，总感觉一天时间不够用。”万步炎的执着，也同样影响着他的团队和学生们。

一直以来，他和团队成员不是出海，就是在实验室，两点一线，简单而纯粹，心无旁骛地做好一件事，然后把它做到极致。海上的情况复杂而多变，任何微小的问题，都有可能被无限放大，都有可能带来超乎想象的问题与麻烦。一名科研人员，如果没有坚定的信念，面对困难轻言放弃，不坚持到最后，多年的研究心血就可能毁于一旦。

这样一群在海上“漂泊”的人，其实他们很“享受”在海上的那一段日子，那是忙碌与挑战，那是团结与协作，凝聚着友谊与真情，培育着事业的果实、友情的花朵。在他们的团队里，团结协作的意识、精神和氛围，总是很浓、很厚。

一年有两三个月工作在海洋上，万步炎和团队成员的精力几乎都投入到了科研上，可以说是舍小家为大家。他们背后的故事各有不同，但家人的支持是相同的，家庭是他们最大的精神支撑。

“团队里的每一个人，无论是博士，还是工人，地位都是平等的，价值都是一样的，我充其量就是那个把大家招呼起来的角色。”万步炎总是这样谦逊而低调。

“不要把利益看得太重，如果急功近利，就脱离了科研人的本质。”这是万步炎给学生上课时常讲的话。

“海牛”人的每一步成功，都是海洋逐梦之旅中的美好相遇，也是团队智慧、团队力量的结晶。

二

夜幕时分，满天星斗之下，孤独被海水包裹着，年轻的队员们忍不住会听上一段歌曲《海上日记》：

晚风轻抚过船帆，

不合时宜的浪漫。

应该不需要陪伴，

海鸥停留在桅杆，

而我还不能靠岸。

…………

在海上，忙碌之后，回到自己的宿舍，有的队员也会抽空写下属于自己的海上日记。忙了一天，睡前写下哪怕几句简单的总结，才安心。

许靖伟博士有一本日记，记录着万教授给他上课和带他实践时的语录。对于恩师，他心里充满感激。万步炎是这个 90 后年轻人心里最敬佩的人，是他的偶像。

出海前，许靖伟买了一个日记本，想专门用来写海上日记。他那时还是实习阶段，没有实践操作经验，希望自己能快速地成长起来。万步炎平时在生活中的一些教导，他都奉为名言警句。万步炎的话，像一颗颗种子埋在了他的心里。

任何事都要静下心，沉下心去做。做设计时，他要求我们在数值分析和物理理论都通过的前提下才能进行实验，而不是去“碰”运气。

海洋就是我们的教室和课堂，走进海洋是我们的专业课，吃苦耐劳则是必修课。不要把利益看得太重，急功近利就脱离了科研人的本质。做一个简单而纯粹的人，心无旁骛地做好一件事，然后做到极致。

写论文时，他会逐字逐句地给我们修改，连一句英文也不放过。他要求我们做工人型的学者，经常指导操作，手把手教我们安装、测量。

…………

许靖伟记下的是万步炎的经验之谈，在实际的操作中，又考验着他们的应变能力。把理论和实践完美结合，这是他们不断探究科学原理并乐在其中的一个重要原因。

罗济绪师傅的一个黑皮日记本里记录着一些日常工作的管理要点。翻开这个厚厚的日记本，里面是细细密密的记录。让我们看一看团队2022年的一次出海日程：

8月

8月19日，阴天，装车，车辆超重，返回重装。

8月26日，调试，绞车出现问题，检查线路，接头处短路。

8月27日，调试，发现机械手上摄像头接头线断裂，可能是运输过程中被帆布压断。

8月28日，调试，对中器油缸变形，对中器变形。

8月30日，钻杆连接处的止动螺钉断裂……

9月

9月4日，天晴，钻机下海试钻，钻到20米的时候，探头断裂，油缸变形，旋转卡盘夹不紧，机械手爪变形。

9月13日，出航临水。

9月15日，钻机下水，到底，转盘推动油缸动作变慢，机械手爪伸缩动作变慢，是水深原因造成的。更换摄像头……

9月30日，出港。

10 月

10 月 2 日，下放钻机电机油泵箱短路烧坏，造成油箱挤压变形。

10 月 3 日，换电机油泵箱。

10 月 4 日，上午，桅杆上的翻板油缸漏油，换油缸。下午，下放，钻到 27 米，漏油，回收。原因是阀箱后面的接头松动。因为钻机在运行时，震动很大，接头处必须紧死。

10 月 5 日，阳光，钻机下放，80 米取样成功。

…………

从这些详细的出海日常记录，我们不难发现海上科研工作的艰难和不易。似乎每一天的工作都是一样的，但每一天又那么的不同：反复调试，不断出新的故障，反复维修，注意工作要点，汲取经验，不断精进。

罗济绪师傅说："对于一线技术人员来说，抓质量是一种态度。我们每一个基层员工第一要务要做好自己的本职工作，不断积累经验，只有这样才能推动产品质量全面提升。"

朱伟亚博士以前也喜欢写海上日记，那时候，他在本子里记下了万教授很多金句。后来这几年，渐渐忙于事务，就没有记了。

我问他："为什么不记了？"

他却说："记了，都记在心里了！"

一群热爱生活的人，生活也热爱他们。一群努力前行的人，总不会输给生活。

他们在海上总是在发现，就像帆船发现帆船，海鸥发现海鸥，波浪发现波浪一样，在一样的大海航线上，写满了不一样的奋斗故事。

平凡的他们，青春向上的他们，胸怀祖国的他们，每天都在思考和探索与大海有关的一切。他们和大海相处久了，他们每个人的心中都有了一片大海。

“享受”大海的那些日子，时光就这样悄悄地过去了。工作之余，日子也简单，看一看星星，看一看海上日出，记一记海上日记，每一次回眸的地方——家，就在彼岸深处。

三

探照灯下的 2000 米的深海，海底地势起伏，有平地，也有山地和沟壑，清晰可见各种鱼类和藻类植物。橙色的“海牛Ⅱ号”钻机，静静地落向一块稍平坦的海底，在目标工区，打开支架，固定，旋转，调平，开钻。金属钻头有节奏地工作着，哐当——哐当——，不断开掘，不断深入。

通过控制室的电脑屏，金永平博士能清晰地看到海底钻机作业的场景，2000 米深的海底，仿佛触手可及。甚至，他似乎能听到设备工作时发出的响声，哐当——哐当——。时间已经是凌晨两点，他和万步炎教授依然不知疲惫。周围实在太安静了。海上的夜是寂静的，海底更是幽深寂静，只有在钻机作业时，才有短暂的声响。那些被惊走的鱼群，远远地、好奇地，打量着这个不速之客。

上天，入地，探海……人类拥有对未知领域的求知和探索精神，从古到今，从没有改变过。

在控制室里操控海底钻机，是辛苦活儿。别看只是坐在那里，盯着电脑显示屏，动动手，按按开关按钮，这其实很考验一个人的专注力，需要调动操控者所有的知识储备。他必须对钻机的构造和工作原理相当熟悉，才能判断钻机是否出现问题。海底的岩层不同，熟悉了钻机作业的情况，通过钻头发出的声音就能判断岩层的性质，以及钻机钻进力度的大小。

十几吨重的设备，放入茫茫大海，渺小得如同砂砾。价值几千万元的设备，凝聚了团队几年的心血，万一操控失误，机器出现故障，维修起来会就很麻烦；万一遭遇恶劣天气，设备难以回收，后果将难以想象。因此，操控钻机，责任重大。

当自动控制失灵时，要启动手动控制。手动控制时，操控者除了需要有相当深厚的专业知识，也需要很大的勇气。对于金永平来说，操控钻机是职责所在，也是一件让人快乐的事情。在控制室，十几个小时，不知不觉就过去了。天是什么时候黑的，海上又是什么时候日出的，他根本没有注意，甚至工作了一天一夜，依然毫无睡意。

他身上有一股子拼劲，沉着、稳重，还很执着，肯学习、勤钻研，这和导师万步炎很像。难怪团队里的人觉得万步炎和金永平，是师徒情深，更情同父子！

金永平是万步炎来到湖南科技大学之后培养的第一个博士生，也是他的得力助手。那个时候，万步炎从长沙矿山研究院调来学校还不到一年，实验室需要青年人才，科研需要培养新人，恰好，研究生刚毕业的金永平申请加入他的团队。

1984 年，金永平出生在贵州大山深处的一户侗族人家，通过自己的努力，考学来到了莲城湘潭，在湖南科技大学学习机械专业。2011 年，早就慕名学校海洋实验室的他，没有选择高薪的沿海企业，而是加入了万步炎的团队。

2012年，“海牛Ⅰ号”才刚刚立项，金永平跟着万步炎搞科研、跑项目、申请专利、撰写学术报告等，辛苦的同时，也得到了锻炼。毕竟，这样的机会对他来说太难得了，而机会总是留给不断努力奔跑的人。这个来自大山的农家孩子总想着要付出比别人更多的努力。

2013年，团队在研发、组装、调试“海牛Ⅰ号”的时候，每一个日夜都是忙碌而充实的。团队成员在一起讨论技术难题，一起加班，一起吃盒饭，设计、修改、维修，一天24小时，大部分时间都泡在加工车间和实验室。

在之前第一代钻机的基础上，他们又自主研发并掌握了绳索取芯和保压取芯等核心关键技术。金永平协助万步炎申请专利，撰写学术报告。目前，“海牛”团队已经拿到了一百多个专利。这些年，金永平撰写的专利申请材料应该不下一百份，对申报专利他早已经得心应手，只要万步炎有保护知识产权的想法，他就能马上做好专利申请方案。

在万步炎的鼓励下，金永平又继续读博士。那时的他，住在学校宿舍里，一边完成学业任务，一边做科研助理。十多年来，读书、结婚、生子，从一名青涩的学生成长为团队的核心成员。这些年，万步炎对他的工作与生活，都给予了无微不至的关心：读书期间，万步炎资助他生活费；工作上，为他买资料，买实验器材，提供科研平台和机会。这些，金永平都铭记在心，感恩在怀。

金永平的博士论文是阐述自主研发的一套收放装备。在万步炎的指导下，他的科研顺利完成，毕业论文也顺利过关，这也是他心底一个小小的骄傲。他研发的这套装备，成为“海牛”号的重要辅助设备，这些年一直在“海牛”号的作业中发挥重要的作用。

每一次海试，万步炎一定会到现场，且亲手操控，而金永平就在旁边协助。这些年来，他们已经完美配合过不知多少次了。

每一次出海，在海上要待两三个月。那些共同经历风雨形成的默契，使他们结下了深厚的师生情谊。

海上的生活单一枯燥，除了工作，没有什么娱乐项目。空闲时，他们会研讨技术，或是在甲板上看星星。船在大海上漂着，他们的思绪也在大海上放飞。

然而这样的空闲时间毕竟太少了。金永平给人的感觉，就是很忙。正是大好年华，忙一些是可以理解的。目前实验室大大小小的工作，金永平都在协助着万教授。作为实验室的副主任，对外的联络，对内的管理，还有科研，金永平忙得几乎没有属于自己的时间，家里的事情全得交给妻子一人打理。在大家看来，金永平是幸运的，他是万步炎手把手培养出来的学生，是团队的骨干。担当大任，他所做的都是必然要经受的磨砺。

金永平也带研究生和博士生，他目前带有 4 个博士生，今年还准备新招 2 个。去年毕业的刘广平博士，已经留在了他们的团队。金永平用万步炎教给他的方法去教学生，万步炎是如何对待学生的，怎么做的，他就怎么做。他学习万步炎教育学生的经验，产教融合，重视实践，让学生多历练，始终相信只有在生产一线不断地历练，才能不与社会脱节，才能培养当下社会需要的人才。

培养学生，万步炎有自己的心得。他认为人才的培养不仅仅需要良好的环境，还需要公正、公平和鼓励创新的科技体制，着重能力培养的教育体制，以及正气、理性的学术和科研氛围。他认为人才是能在社会实践中显现出创新能力的。这些年来，万步炎培养的博士研究生，能实实在在干事，且能把事情干好、干出色，很多都成了技术骨干。

金永平说："万教授是我的恩师，也是我的行为示范者。他对人、对事、对学校都怀有很深厚的情怀，支持与配合学校的各项工作，也关爱队员。他爱家，爱校，更爱国。"

"万教授做任何事情都讲究完美，项目要么不接，一接就必须做到最好，不能砸了学校的招牌。而且万教授淡泊名利，很多讲课、赚钱的机会他都放弃了， 一心钻研科学，且处处想着为国家节约科研经费。"

榜样的力量是无穷的。让金永平庆幸的是，万教授就是身边的榜样。万教授是让人敬仰的科学家，是"最美教师"，也是"时代楷模"。金永平立志进取，学习万教授不怕苦累不怕困难的科研精神，紧紧跟随团队，逐梦深海。这是年轻的他的理想，也是他们未来努力的方向。

现在，团队成员正全力以赴，研制已经启动的国家重点研发计划项目"海牛Ⅲ号"。未来他们所做的，所取得的任何一点成就，都是世界性的，他们将是先行者，也是领航者。

诸多媒体记者来采访时，金永平都热心接待。他信心满满地说："我们现在要做的便是突破一万米的水深，这是全人类到目前为止都没有实现的。"

我再次去采访金永平的那天，团队成员都在向他祝贺。原来，金永平和团队成员侯井宝博士、刘广平博士等研制的万米深渊海底宏生物保真采样系统在第二届全国博士后创新创业大赛中荣获银奖，这是湖南科技大学在此项赛事中的历史最佳成绩。他们团队重点突破万米深渊海底宏生物保真采样系统整体设计、低损伤泵吸采样、超高压承载与密封、压力与温度保持、超高压下无压降转移、模拟深海极端环境宏生物培养等关键技术，研制集采样、保真、转移、培养于一体的万米深渊海底宏生物保真采样系统，助力深渊科学研究。这也是研究万米深渊的又一创新成果。

“研发的过程肯定是有困难的，但只要我们肯努力，这些‘卡脖子’问题都会被我们一一攻克。”金永平自信地说。

最后我问他：“什么才是成功？”

他想了想说：“成功不一定是移山跨海、轰天钻地，成功也不是个人的名和利、鲜花和掌声。成功，就像万教授说的那样，‘国家落后于人的地方，就是我们努力的方向’；成功，就是‘了却家国天下事，一头白发终不悔’。”

这位80后的新时代科研人，为梦想，不以山海为远，只争朝夕，心系家国，向海图强。

忙碌并“享受”工作，这是“海牛”人的日常，更是这一群奋斗着的年轻人的诗和远方。

养“牛”博士

一

“海牛”团队中，不乏学历高、理论扎实、有实操经验的养“牛”博士，其中能担当“海上诗人”这个雅称的，非全伟才博士莫属。

一个理工科的博士后，掌握着“海牛”号领先世界的核心技术的骨干成员，居然能写一手好诗，堪称文武全才，且谦和、儒雅，实在是让人惊喜。

我去采访时，正是初春，天气尚寒冷，人们似乎还没有从寒冬里走出来，校园里粉粉的梅花，开了一树又一树，这让我想起全伟才博士发来的一首诗《梅开有感》：

冲天香阵透湖科，原是此地寒梅开。

昔日凋零空自赏，今朝齐放万人来。

加入“海牛”团队后，全伟才一直在做钻机控制系统方面的研究。那年，他带着妻儿从江苏回到家乡湖南来创业，是“海牛”这个温暖的团队让他找到了家一样的归宿。

一转眼，全伟才加入团队近八年了。这八年光阴，用他的话说是，快得似弹指一挥，慢得如昨日重现。

“国家落后于人的地方，就是我们努力的方向。”这是每一位“海牛”人的精神坐标。他深深懂得，要解决“卡脖子”问题，将核心技术掌握在中国人自己手里是关键。

全伟才来到团队的时候，正是“海牛Ⅰ号”取得成功的时候，但大家并没有停留在喜悦之中，又开始齐心协力研发“海牛Ⅱ号”。在之前的基础上，他们又研发了国内首款“原位探测器”。一点一滴的成功，都是他们这群科研人默默付出、攀登高峰的结果。他们就像是“海牛”楼旁边的梅树，一棵一棵，遒劲而坚韧，长成自己想要的样子。

从中学“学霸”到理工男，全伟才一直都在学习，本科、研究生、博士、博士后，一路下来，他走得顺利而又艰难。

也许从小心中就有一片大海，于是他热爱海洋，最终选择了与海有关的职业。这些年，全伟才有过三次出海的经历。设备海试必须得出海，出海，心中必然满是对亲人的牵挂。三次出海经历都被全伟才写在日记中。现在回忆起来，都是满满的历练、满满的人生感悟。

2021 年，由于疫情等原因，原本打算农历正月十六开始的南海科考的行程，又往后延了。春暖花开，是个为梦想而出发的时节，出发时间最终定在 3 月 8 日。

那天是星期一，下着小雨。全伟才起了个大早，行李早就收拾好了，接他的车子已在楼下。等孩子去上幼儿园后，他提起妻子替他收拾好的行李箱，拎上母亲准备好的几个红苹果和几张煎饼，开门下楼，又回望了几次，带着万分的不舍上了车。这一别，至少是两个月。在路上，车依次接上了习毅、邓仁春、罗济绪、左喜林等几位同事，随后一路向株洲西站疾驰而去。

车窗外的雨下得更大了，他的心情似乎和这雨一样，湿漉漉的，离愁别绪一时涌上心头。每次离家远行的那一刻，感觉家已隔千山万水。

平时，团队里的这位大才子重情重义，踏实勤勉，不喜欢多说什么。他总喜欢把自己的感悟写下来，用文字记录生活与写诗，是他的业余爱好。

我很惊讶，那一双用来连接精密而复杂线路的手，居然还能写出如此美妙的诗句；平时埋头于实验室的一大堆零部件之中，却悄悄藏下了一颗感性而细腻的心。这样一个有着文艺气质的理工男，真是让人深深佩服。

驱车大约 40 分钟后，他们一行人便到了株洲西站。下车后戴上口罩，先取了纸质票，而后过安检，进入车站候车室。到点后上车坐定，列车经过两个小时的高速行驶，于中午 12 点左右到达了广州南站。他们与团队同事王佳亮博士、田勇师傅等会合后，在出站口买了些面包权当午饭。后又转乘地铁，下午 4 点左右到达码头。此时，他们所要乘坐的科考船“地质二号”正在码头掉头，他们便在岸边等候片刻。

上船后，他们一行人放下行李，来不及休息，便开始紧张地接线和调试。他们要把钻机收放架的电控箱接上电源，将钻机的位置挪一挪。在翻转电控箱时，他们发现箱里面有积水，应该是连日下雨、密封不严造成的。电控箱通电后一直报警。他们先拆了电源线，后发现箱里电源模块和变压器都被水泡过，便全部取出。田勇师傅用吹风机将其吹干，接上电源测试，这下正常了。他们又将电源模块装上并接上电源，再测试，一切正常。后面便是连接各条强弱电路。

连续准备了几天，各项设备都已测试完毕，可还不能出海，因为升沉补偿器还没装好，于是又等了几天。

船是3月15日中午出海的，出发前，全伟才登上船上的直升机平台，遥望伶仃洋，想起文天祥，感叹风景这边独好！

晚上，船到了桂山镇，此处水深只有几十米，将钻机下放后操作了一把，放了几根钻杆后，打孔，回收，然后继续南行。3月17日晚，科考船到达南海某处，深度约千米，下放后只打了几钻，发现打捞器张力异常，便起拔回收。可能因用力过猛，绞车的排缆机构损坏，之后绞车无法正常收缆。察觉到异常后，团队尝试各种办法维修。一连几天，万步炎带着他们，几乎没睡过觉，一直在甲板上现场指挥安装。他的头发又白了不少。终于把钻机收回来后，船便开足马力返回码头，至3月20日下午终于停靠港口。

某天，全伟才正在海上忙得不亦乐乎，突然妻子打来电话，语气很急切。原来，妻子早上倒车时意外撞到楼下一棵歪脖子樟树，还好，只是车子出了点小问题，右后视镜根部断裂，人没事。幸好此时他还没有出远海，手机还有信号，他安慰妻子："不要慌，开车慢点。"

每次出海，望着茫茫大海，他都在思念着家人：孩子上学了没有？老妈的身体还好吗？妻子开车是否安全？在岸边和近海，尚有信号，可以联络，一旦到了远海，有时就没有任何信号，家里大大小小的事他都管不着，家人更是指望不上他。他想，这或许是海洋人的宿命。

3月27日，科考船到达广州番禺的海鸥岛。这天，变速箱前要加装一块钢板，而钢板并未准备好，于是编码器、线路安装工作等都得停下来。趁此时机，全伟才将接线盒处几根线的接线序号做了一次摸底，将各线的接线端做了记录，为下一步准确有效地接线做好准备。

过了两天，绞车修复工作接近尾声，在调试排缆机构时，由于之前的液压缸没有卸下，绞车导向滑轮在往右行走时被挡住，带动丝杠往相反方向窜动，导致变速箱左侧箱盖裂开漏油。众人齐声惊呼，心往下沉，难道第二次严重事故要发生？！

此时，万步炎于众人当中挺身而出，快速登上云梯，察看现场。他吩咐大家快速止住漏油。于是，大家齐心协力，晚上加班，终于将漏油止住。

3 月 30 日，天破晓，东方微白。立于绞车之上，全伟才再次旋转编码器，使实际值等于计算值，即以计算值为参考标准，安装上绝对编码器，而后通电调试。只见朱伟亚开动绞车，使之先放 2 米，后收 2 米，以此循环，测试远程控制盒的功效，又切换至本地控制盒，观其功效。均可后，继续接应急调试台的线路。全伟才先定义好线路颜色及其编号，再以常开触点并联、常闭触点串联。当全伟才与许靖伟陆续接好所有的线路，早就已经过了饭点。

出海前，队员们都要进行“弃船演习”。船上 7 短 1 长的信号发出后，大家迅速穿好红色救生服，头戴安全帽，有序撤到各自救生艇边。负责人大声点名，被点到者则大声回应。而后检查口哨、海水灯的功能，是否安放到位等。全部通过后，大家再回到住舱。

每次海试前，都得先在浅海做试验——在浅海打几钻，测试是否一切正常，然后回收设备，为之后的正式作业做好准备。

4 月 7 日那天晚上，“海牛Ⅱ号”成功下钻到 231 米，创造世界纪录。当时，全伟才全程参与并见证。操作室外浪高风急，船舶起伏摇摆不止，控制室内静寂无声，众人的目光全都聚焦于操控屏上。每隔几个小时，专家组便来控制室查看，至刷新世界纪录时，万步炎已不间断地主操钻机达 32 小时之久，一直没有合过眼。

在这激动的时刻，专家组与团队成员合影留念。团队成员手拿国旗，群情激动，欢呼雀跃，意气风发。弹指一挥间，漂泊沧海数十年，历经千磨万击，终创世界纪录。

万千感慨，无以言表，激动不已的全伟才又赋诗一首。《海牛·创世记》，纪念此时此刻：

海阔落日圆，牛气腾星瀚。
钻探劲头足，机器鏖正酣。
世间山河壮，界上风云卷。
第令行路难，一朝驰瀛寰。

美好时光总是很短暂的，这一天，经历过刷新世界纪录的喜悦后，接踵而来的就是连续在海上不断摇晃、晕船的五天至暗时刻！

返程的时候，海况开始变差，台风“舒力基”以“黄河之水天上来”的磅礴之势横扫南海。此时他们的船舶并未靠岸，而是选择在避浪区等待海况转好，但海况不会一下子变好。

远望海面，白浪滔天，台风不断掀起阵阵巨浪，以排山倒海之势滚滚而来。避浪区的浪也不小，大浪不断拍击船身，砰砰作响。船在海上猛烈地左摇右晃，平常放在桌上的碗筷由于船身倾斜，噼里啪啦纷纷坠地，船舶好像顷刻便会栽进汹涌波涛。

经历短暂的喜悦之后，迎面而来的是现实的考验。

4 月 8 日这天，这位大才子因为晕船，卧床不起，粒米未进。后面几天依靠意志支撑，能勉强下床进食，不过仍旧头晕头疼不止。还好，许靖伟不怎么晕，时不时给他拿点吃的，万步炎也经常过来看望他。而隔壁田勇师傅，则连续四天四夜未进食，去看他时，蜷缩一团，已是脸色惨黑，至第五天，海况变好后，他才勉强进食一袋葡萄糖液。

晕船是出海最痛苦的经历，没有比这更厉害的。有的海员晕得苦胆水都吐出来了。全船的人，能幸免的可不多，王案生师傅、邓仁春师傅，因为出海多年，早已练成“百船不晕”的境界。罗济绪师傅晕船的程度似乎还要强烈一些，船上其他人，也都是晕趴了。师傅们都快撑不下去了，还好到第五天，海况终于变好了。

全伟才现在回想起来，仍然心有余悸。

还好，他们终于带着荣誉，满载而归。风雨之后的彩虹，格外美丽。

5 月 25 日下午，湖南科技大学“立德”楼五楼报告厅，学校师生代表都来参加他们的宣讲会，“海牛”团队集体压轴出场。平常大家埋头干活，这一刻，是他们难得的高光时刻。

拍集体照时，团队成员紧握拳头，喊出“海牛团队，勇攀高峰，世界第一”的豪言。

刚从海上回来，他们就回到了实验室，回到一堆零件的中间，回到一堆细密的线路之中，开始更加忙碌地工作。为了下一个项目，他们没有停下脚步享受成功的喜悦，而是时刻在准备着。

闲下来的时间，全伟才依然会偶尔写写诗。不久之后的一次党员活动，团队前往郴州市汝城县沙洲村，他有感而发写下《观沙洲·半条被子》：

烽火连天鼓相闻，战士着甲赴远征。

半条被子走相送，一生唯盼娣妹归。

君问归期未有期，寂寞沙洲思念谁。

何当共卧西厢房，却话汝城夜雨时。

好久没有陪陪老妈和妻儿了，待到周末，他得好好陪陪家人。他要陪母亲拉拉家常，给妻子和孩子好好讲一讲大海的故事，读一读那些关于大海的诗。

大海，本身就是一首诗，一首无边无际、磅礴大气的诗。

二

阳光，直率，快人快语，这是养“牛”博士王佳亮给人的第一感觉。专门研究海底岩芯钻探碎岩机具的他，目前是团队副教授级的博士。

2015年，王佳亮刚刚进入这个团队的时候，“海牛Ⅰ号”快要结项，“海牛Ⅱ号”刚刚开始立项，团队正需要人才，需要新鲜血液的注入。根基已经打好，他们要做的就是继续创新和突破。

从中南大学博士毕业的王佳亮，机缘巧合，加入了湖南科技大学这个备受瞩目的团队。论学校，论专业，万步炎是他的学长。

人生有无数个可能，只要心里有梦，眼前就有方向。说到团队的凝聚力，王佳亮认为首先应该得有一个有能力的领头人，其次得有一帮性格相投的队员。这些年，团队来了一些人，也走了一些人，来来往往的，最终留下来的，大概除了有一个共同的目标以外，就是因为性格相投吧。说着，他又一笑。

对于王佳亮研究的海底岩芯钻探碎岩机具，对于这么专业的术语，我这个文科生一时难以理解，他又不厌其烦地给我解释。说得简单一点，他就是研究“海牛Ⅱ号”是如何保压取芯的。当时“海牛Ⅰ号”还没有用到保压取芯的技术，保压取芯是“海牛Ⅱ号”攻克的核心技术。

我还是不好意思地问到了工资待遇的问题。平时他们拿的是学校的职称工资，出海补贴每天是500多元，但这都是在海上吃苦，风吹日晒的辛苦钱，算是对辛勤劳动的一种慰劳。有时候出海两三个月，梦寐以求的就是看到陆地。几个月，太漫长，一天熬着一天，而且出海作业基本上是最热的天气，在海上炙烤着，靠岸是最激动人心的时刻。

“在团队里，每个人都有不同的分工，一个萝卜一个坑，遇到问题的时候，都是大家一起面对；或者是一个萝卜多个坑，你得什么都会。”王佳亮熟练地用起这些俗语来，他绝对是语言的天才。

他这样一个博士，在海上的日常工作主要就是拆卸、清洗、取样、搬运、安装、再取样等，不断重复这样的事情。用他的话说，他本身就是个搬运工，而不是说像个搬运工。不只是他，连首席科学家万步炎也都是这样的搬运工。在海上，大家没有什么明显的职级之分，亲如一家人。大家吃的住的都差不多，遇到问题共同解决，团队的力量这个时候就凸显出来了。

一个人可能走得快，一群人才能走得更远。

在科研上精益求精，是“海牛”团队的一致追求。

有一次，他们为了调试一个保压控制的开启方式，前前后后试了二十多次。光是与厂家联系就有很多次，最终还是考虑到应用前景，决定自己研发。研发过程中，常常为了一个设备开关的灵活运用，不断地尝试，不断地试验。其实，如果仅从验收来看，一个设备只测试一两次，是很容易验收过关的，但是，他们做事情，都是从长远考虑，想把这个东西做好，以后也能用得上——考虑到后续工作中的可用性，高标准去做。当然，这也是为以后的科研节约经费，为以后的科研做出一个样板。

“说得明白一点就是，我们喜欢自己给自己找麻烦。”王佳亮又一笑。

“当然，一个科研人，得学会不断给自己找麻烦，才能不断精进，不断创新和发展。”

王佳亮在搞科研的同时也教学，还带研究生。有时候在实验室忙到很晚了，还得抽时间和研究生在微信群里交流，指导他们做设计，给他们一些建议。

王佳亮希望像万步炎一样，能影响他的学生，希望学生学到一些真本事，走入社会能用得上；希望学生在学校锻炼一些实践能力，而不仅仅只是拥有理论知识。

科研人的职业素养在王佳亮身上表现得很明显。做事利索、果断的他，思维活跃，追求精准，严谨而不失幽默。八年时间，在团队里，他的成长和收获是有目共睹的。

王佳亮每天下班后都按时回家，在家里做些力所能及的家务。出海的时候，家里他就完全顾不上了。他有两个孩子，大的快上小学了，小的上幼儿园小班，是最调皮、最黏人的时候。

有人问起爸爸，孩子们总是说：“爸爸在大海上。”说到这里，王佳亮表情是无奈的，他摆摆手，做了一个无解的表情：“这没办法，就像护士一定要上晚班、士兵一定要站岗一样，职业需要而已。”没事的时候，他喜欢待在家里，尽量多陪陪家人。看着孩子慢慢成长，仿佛是见证幸福花开的过程。

他的老学长，也是他的领导，万步炎是他一直尊敬的人。他眼里的万步炎，很纯粹，是全才全能型的，而且是一个不会自我设限的人。

万步炎一旦想干什么事情，就会立即行动，感觉什么时候开始都不晚，有活到老学到老的劲头。他50岁时还自学编程。万步炎还善于接纳意见，别人提的意见他都能听得进去，只要有用他就会采用，其执行力就像他平时走路的步伐一样坚定而果断。这是让王佳亮深深佩服的地方。

他说自己不是万老师的学生，他没有那么幸运，能得到万老师手把手的指导，他甚至有点羡慕那一群学生。但作为“海牛”团队的成员，他又何尝不是幸运的？

在这个温暖的团队，他和其他队员内心都有着某种程度的自豪。看着自己研发的取样机具从千米的海底取到样品，看着一些稀有的样品，比如可燃冰、富钴结壳等重要的深海矿物资源，就挺让人激动的。能为中国的科研作一些贡献，甚至做的是全人类还没有做过的一些科研探索，说不自豪也是假的。

在团队里，每个人都很重要，每个人又从来都不认为自己很重要。这一点，很难得。你看，他们在海上、在实验室，因为工作的需要，什么都得会；他们得不断给自己提出更多、更高的要求。

在生活中，每一个团队成员都扮演着很多个不同的角色，但他们在团队里的每一个瞬间，都是最美的绽放。

赶海养“牛”的他们，青春如斯，不负韶华。

三

许靖伟是90后博士，如今他在团队六年了，算是资深队员。熟悉他的人都说，这个年轻人不错，天生适合干海洋事业。

在许靖伟心中，大海是宝贵的，想到大海，他会想到沙滩、椰林、岛屿、落日、海鸥、微微轻拂的海风，出海于他而言，是治愈，是梦想，是诗与远方。大海是一个人的遐想，也是两个人漫步的浪漫，大海更是一群人的事业。

许靖伟回忆起自己的第一次出海，心情依然紧张而激动。出生在内陆省份的孩子，见多了高山湖泊，却还从来没有见过大海。有一次，同学约他暑期到海边去玩，他想了想，还是放弃了，旅游与考研之间，他觉得学习更迫切一些——只能把去看海这个梦想默默放在心里。他始终相信，这辈子一定会有机会去看大海。也许，冥冥之中注定他会以一种特别的方式来到海边。

机会总是青睐有准备的人，幸运的底色从来都是努力堆叠的。

这个来自湘乡农村的年轻人，勤奋、朴实，话不多，给人很踏实的感觉。个子瘦瘦高高的，心里却装着不小的梦想。他在湖南科技大学顺利读完了本科，又读了研究生，还嫌不够，又考上了万步炎的博士生。

2018 年夏天，正是酷暑时节，放了暑假的许靖伟在老家，那天他正在稻田里和父亲劳作，这个时候，手机响了，是万步炎打来的。万步炎告诉他，他通过了博士考试，被录取了，并通知他一个星期之后跟随“海牛”团队出海。

“太好了，终于可以看到大海了。”许靖伟激动不已，然而这一切似乎来得太突然，他还没有心理准备。

父母也很高兴，儿子能考上博士，对一个农村家庭来说，是很大的荣耀。但父母又有点不放心，儿子学的是机械，学校又在内地，为什么要出海远航？他们不明白。况且，儿子从来没有出过海，瘦弱的身体，不知道能不能适应得了。父母在高兴的同时又忐忑不安起来。

马上要收拾东西去学校报到了，虽然学校还没有开学，虽然他还没有做好足够的准备，但是对这个从来没有见过大海的年轻人来说，这是一次机会，也是一种考验。

来不及和父母解释太多，来不及多准备什么，他就出发了。出发的那天，他买了一大堆防晕车晕船药，脑海里浮现无数个海上的壮阔与恢宏场景。也许，只有亲身经历一次，才是最难忘的记忆。

那一年的8月中旬，许靖伟跟随“海牛”团队从学校实验室出发了。团队由万步炎带队，队员有60后、70后、80后、90后，大多是有一定出海经验的“海洋人”。队伍一路辗转，终于来到宁波舟山港。他们将从舟山港乘坐科考船“海大号”出海，这次出海的目的地是东海——为了配合完成青岛海地所的一个科考地勘任务。

一路穿山渡水，奔波劳累，浩浩荡荡的几辆大卡车，几天后到达港口。大家还没来得及好好休息一下，没来得及欣赏沿海城市的美景，就要忙着上码头搬运、安装、接线、调试设备。出海的设备都必须在码头上先安装调试好，待出了港，在茫茫大海上，缺少任何一个小零件都是天大的困难。

设备在船上做好了一系列安装、调试，科考船终于出发。

“呜——”，随着一声长长的汽笛鸣响，“海大号”渐渐驶离了舟山码头，几只海鸥飞过来，好像在和他们打招呼。科考船在海上一路劈波前行，船尾拖出洁白的浪花。飞溅的浪花，不断延伸，直到远处，海面又恢复了平静。

站在甲板上，曾经遥远的大海，向往已久的蓝色，就在眼前。看到大海向他徐徐走来，从浅蓝，到翠蓝，到深蓝，甚至墨蓝，年轻的许靖伟张开双臂，深呼吸，迎着翻涌的浪花，听海水从深处传来的声音，心情从平静到汹涌，之后又渐渐回归平静。偌大的海上世界，只剩下一片茫茫的蓝色背景。

这个时候，他的脑海浮现学生时代朗诵过的描写大海的句子：“在苍茫的大海上，狂风卷集着乌云。在乌云和大海之间，海燕像黑色的闪电，在高傲地飞翔。一会儿翅膀碰着波浪，一会儿箭一般地直冲向乌云……”

海水的幽蓝，深深映在他的黑框眼镜上，也映在他的心底。没有外来污染源，大洋中的空气十分洁净，所以呼吸都变得那么清新。此刻，他不由地发出“寄蜉蝣于天地，渺沧海之一粟”的感叹。这个年轻人，第一次感觉到人的渺小。一些之前不太清晰的方向，在心里渐渐清晰了。并且，最难得的是，在大海的不确定之上，他在确定着自己未来的方向。

花 100 多块钱买的一大包防晕船药，最终也没有派上用场。用大家调侃他的话说是：“第一次出海都不晕船，你天生适合干海洋事业！”

每次出海，团队队员晕船是必然的插曲，有的甚至晕几天几夜，吃不进任何东西，靠输液维持体能，直到过了适应期，才渐渐恢复。几天过去了，许靖伟依然没有什么不适，他自己也觉得很奇怪：以前连坐车都晕车，怎么坐船却不晕船呢？

能这么快适应海上这么辛苦的工作，是他自己也没有想到的。机会和挑战，磨砺着这个年轻人，渐渐让他拥有海一样的眼界和胸怀。

每当船遇到风浪有些颠簸的时候，他的身体随着船的摇晃而摇晃，或上下摇晃，或左右摇晃。奇怪的是，他感觉像是回到儿时的摇篮，有一种久违的感觉，一种舒适的感觉。

船似乎航行了很久，除了海水，还是海水，看久了海，有些视觉疲劳，他想象着海中出现海岛，或是港口码头，心里想法万千。

站在海边看海，和在大海上工作，许靖伟终于明白了这完全不是一回事。

科考船不久就到了东海，快要靠近公海了，为了抓紧取样，他们每一天的工作都很繁忙。在海上不比在陆地，检查和维修设备，搬运和卸取样品这些日常工作看似简单，却很考验人，是对队员专业技能、敬业精神和工作态度的考验。这个90后博士，一会儿是搬运工，一会儿是拆卸师，洗干净白天沾满机油的双手，晚上又变成啃书本、写论文的学生。在海上，最能锻炼一个人的综合能力：要学会观测气象，要进行海底的地形、地质勘测，要学习设备的机械原理、控制系统等，最好对这些都了如指掌，工作上才有可能做到万无一失。

在海上待久了，生活非常枯燥，这都是意料之中的。闲暇的时候，待在船舱里休息，或是站在甲板上看海，最想念的就是家人：家中父母的身体好吗？现在他们在干什么？有没有思念海上的孩儿？海上打电话不太方便，很多时候在海上没有信号，只能把对家人的牵挂默默地藏在心里。

大海看似平静，设备运转一切正常。不久，天开始下起小雨，风力达到了4级，浪高1—2米，船身一直在摇晃，浪花一朵接着一朵打在船身上。到了晚上，差不多11点的时候，作业信号中断，但任务才完成了一半。万步炎让大家把设备收回，冒雨检修，可是查来查去，就是找不出问题。只能用排除法，他们一一排除了可能存在的问题，直到凌晨三四点钟才得到答案。原来，问题出在控制系统上，一颗很小的螺钉掉了，引起短路，中断了作业。大家忙着检修设备，又是几个小时过去了。控制系统终于恢复正常，大家才松了一口气。一抬头，天就快亮了。

船上的年轻人眼皮子都在打架，倒在床上就睡着了。可是万步炎却特别有精神，只眯了一小会儿，天一亮，他又开始忙碌起来。许靖伟记得，很多时候，万教授在控制室一坐就是一个通宵。只要钻进了控制室，就是10多个小时坐着，几乎不喝水，不走动，不上厕所，也不睡觉，他和水下如牛一样的钻机一样，不知疲惫。许靖伟和船上很多年轻人都佩服万教授这种吃苦耐劳的精神，在他们的眼里，万教授就是一个神奇的人。

一个人是如何做到这样的？为何有着这么强大的定力？大概，还是因为热爱吧。许靖伟说，现在的他，也渐渐爱上了大海这份事业。

别以为在大海上，海鲜就能吃个够，其实根本就不是那么一回事。因为海鲜的保质期比较短，船上一般不会储备太多，储备的大部分是一些能久放的食品。开始一两周，还能吃到新鲜的食物，时间久了，就不新鲜了。海上的淡水也很有限，节约用水是必须强调的。不过到了中秋节，大家还是能热热闹闹过个节，有鱼有肉有饺子吃。

第一次在船上过中秋，许靖伟记忆深刻。那天，大家难得休息一天，团队中有人提议说，每人做一个菜，团聚一下。于是，每个人都做了一道拿手菜。欢快的聚会之后，杯盘狼藉时，海上一轮明月朗照人间，海风轻轻地吹拂，海浪轻柔地涌动，这样的时刻，最是思念远在家乡的父母亲人。这份思念，没有亲身经历过是永远难以体会的。那个晚上，虽然远离家人，但渐渐融入团队生活，第一次出海的年轻人，心底升起了一缕缕温暖。

海上的夜一片茫茫，偶尔看看星空，似乎能看到某种希望所在。空闲时间，队员们也会开展一些娱乐活动，但这样的时间很少。海上作业是不分黑夜和白天的，因为适合作业的好天气并不多。台风来的时候是最危险的，有时候为了躲台风，科考船要在港口停靠很久。时间就是效率，遇着好的天气，就要通宵达旦抓紧作业。

没想到第一次出海，就遇到了台风。和许靖伟脑海里所想象的不一样，原来海并不只有温柔和浪漫。

之前，他只是在电视新闻报道中见过台风的威力，没想到自己亲历了一回。他清楚地记得，那次台风有一个美丽的名字叫“潭美”。台风即将来袭，所有的船只必须靠港，但科考船不能按照原定计划返回舟山，只能去青岛靠港。在风浪中前行的船，不知怎么了，突然失去了一个动力，所有人的心都提到了嗓子眼儿。这个时候，经验丰富的船长也没有任何办法。船不能减速，只能硬着头皮，冒风顶浪，差一点被台风给追上。

直到现在想起那次经历，许靖伟都心有余悸，感到有些后怕。

然而这样的突发事件，在海上时不时地就会发生，考验着每一个团队成员的毅力。

许靖伟没想到的是，第一次出海，就在海上待了整整 59 天。

闲暇的时候，万步炎教给了他观星知识，他也认识了一些星座——狮子座、猎户座等。夜晚仰头看着星空，很多时候不仅仅是看星星，这也是一种思念的方式。

在经历了台风前返航、进口绞车出问题等惊心动魄的事件之后，这个 90 后博士成长得特别快。

“干海洋事业太不容易了！”这个年轻人说。

在海上工作，如同在浪尖上跳舞，这样形容一点也不为过。在海上，每出现一个问题，都可能是新问题，都可能是以前没有见过的。之前出现过的任何问题，都有了解决预案，而新出现的问题往往让人猝不及防。

这种永不言败的精神，这种抗压能力、解决问题的能力，也许就是“海牛”人，或者说是中国科研人的精神追求所在吧。

这次出海，更坚定了年轻人跟随万步炎投身科研，自主创新的决心。这条海洋之路，他来了，就不想回头。他期待有更多自主创新的设备应用在我们国家的科考船上。自主创新之路，还需要继续跋涉而行。

目前，许靖伟从事海洋静力触探的研究，他记住了万步炎说的话：“只专心做一件事情，并且要把它做到极致。”

有一次，他在做激振试验的时候，发现试验结果与预期的相差很大。于是他反复检查流程是不是出现了错误，找来找去，还是找不到头绪。这时候，万步炎走过来看了看，拿着游标卡尺量了量，说：“你这个偏差有几毫米，怎么会有好的结果？再来一次。”许靖伟马上调整，原来是在安装过程中出现了误差。

从这以后，许靖伟在工作中总是努力做到精准无误差。

许靖伟跟随万步炎的脚步，踏实前行。万步炎很信任他，有时候，凌晨1点多，他还能接到万步炎的电话。在研发、攻关、试验、操作、调试，以及修改论文等环节，他都能得到万步炎的精心指导。

在团队这些年，万步炎给他最深刻的感觉就是八个字：脚踏实地，持之以恒。简单的八个字，这其中蕴含的故事和人生道理，太多，太多。

前浪托举，后浪奔涌。不服输、不放弃，有着牛的精神的赶海养“牛”人，在大海上收获了希望，向着更深更远的海洋前进。

海，不断刷新着许靖伟原有的认知。从初识大海，到“享受”大海，每一天，都是新的一天。年轻人心里装下了一片海，海将伴随他走向未来。

四

相比其他队员，70 后的朱伟亚显然更能聊，且喜欢思辨，他的想法很独特，他说他最喜欢和有思想深度的人交流。

“环球旅行者”是他的微信名，我以为这只是他的一个梦想，没想到，他真的参加过环球科考活动，而且去过大洋，游历了十几个国家。有的年份，他有三个月，甚至是大半年时间都在大洋上。

因为经常出海，他已经很适应海上的生活。说起在海上的经历，他特别兴奋，也很热情，娓娓道来。

早些年，朱伟亚跟随万步炎参加了中国大洋协会的环球科考活动，后来他参与了第一台深海钻机的改造和海试工作。在 2003 年的海试中，他们成功在西太平洋的海底打下 0.7 米的第一个“中国孔”，获得了富钴结壳矿石样本。一份来自中国海洋勘探科研人的荣光和自信，展现在他的笑容里。

2005 年到 2010 年的那几年时间，朱伟亚几乎每年有大半年时间待在科考船上执行勘探任务，仅在 DY115—18 航次和 DY18—22 航次中，他们就在大洋钻下几十个孔。那些年，他和王案生师傅等一起跟随万步炎，在大洋海底钻下了近千个孔。

年轻的他有着诸多的梦想，环球科考就是他的梦想之一。他踏踏实实地完成每一次的出海任务。那时候，在科考船上，看到很多设备，甚至抓斗、拖网等简单的勘探设备，都是国外的产品，他和万步炎一样，心里特别难受。他在心里暗想：什么时候能用上中国人自己研发的勘探设备就好了。这，成了他的又一个梦想。

那时候，他刚加入长沙矿山研究院的海洋采矿研究所团队。当时国家海洋勘探装备技术几乎是一片空白。进口设备的一个零件坏了，都要请外国人来修，而且收费不低，每天人力工资都要花费200美元左右，修完一台设备要花人民币二三十万元。当时万步炎就想，这些关键的零部件，比如液压泵，一定要实现国产化，关键技术要掌握在自己的手里。

机会总会留给心怀梦想的人。后来，在万步炎的指导下，团队尝试做自己的海底钻机，不断探索，相继研发了一些部件，诸如逆变器、动力光纤缆、箱式取样器、重力取样器等。他们是国内第一个利用动力光纤缆来工作的团队，这是一个巨大的进步。这些年，他们的设备不断改进，不仅实现自主研发，而且比国外的更先进，比国外的更好用，维护起来更便捷。

说起这一路的科研历程，朱伟亚能讲三天三夜。他的讲述并不总是平平淡淡，有时也令人感到惊心动魄。其实，一台设备从无到有，单是上千种零部件的设计和加工，就不是一件简单的事。这些年，团队付出的努力，短短的三天时间，又如何能讲述完呢？

在团队中，每一个人都有着自己的职责，朱伟亚目前管理着后勤事务。“海牛”号出海要联系运输车辆，设备坏了要维修，出海需要的物资要准备，等等，都需要他操心。海上的工作非常繁杂，很考验人、锻炼人，要求什么技能都会一些。

2010年底，他跟随万步炎团队来到湖南科技大学。当时，学校还没有专门的海洋实验车间，于是他们协助学校基建等部门按相关要求建设了“海工”楼，并配置了必要的实验设施。随后，他负责实验室大量设备的采购和维护工作，因此也曾获得“优秀专管员”称号。

在团队，什么技术都要懂一些，这样才能应对突如其来的问题。朱伟亚之前主要操作绞车，每次出海，在海上的100多天，他大部分时间就是和这个设备打交道，相处久了，似乎有了某种默契。绞车是深海钻机重要的辅助设备，下放与回收，这是取样工作必然的步骤。然而就是这个熟悉的设备，差一点造成不可挽回的损失，现在想一想都心有余悸。

记得在一次海试快结束的时候，在回收过程中绞车出现问题。他万万没有想到这台从丹麦进口的绞车会出问题，因为这台绞车才用了几年时间，以前从没有出过任何毛病，而且在出海前也做了全面的保养。虽然经过一番波折，最后还是修好了，但那惊心动魄的48小时，让人永远难忘。就是在那个时候，他们更加坚定了自主研发国产设备的信念。

别看绞车只是配套设备，却是钻机相当重要的部分，有着非常关键的作用。甲板上，橙色的绞车高约5米，缆绳根据不同的承重，有粗有细。这台进口绞车，承重是没有问题的。海底钻机12吨左右，加上缆绳本身也有重量，约6吨，总重量是18吨左右，考虑浮力等因素，总重量应该是15吨左右。一切都在正常范围值之内，为什么会出现绞车丝杆滑落、齿轮箱开裂等现象呢？朱伟亚左思右想，一开始想不明白，想来想去，渐渐悟出一些道理来。绞车在下放设备时都好好的，取样工作结束之后，待要回收时，怎么会出现故障呢？这其中一定是有原因的。喜欢思考和琢磨的他，这股子较真劲儿又犯了。

经过琢磨，他得出了结论：钻机在海底作业完成之后，从海底回收的那一瞬间，操作中一定要细心、再细心，回收时的动作一定要慢。我问他为什么。他说，因为海底钻机在坐底后，落在沉积物上，水中会有压力，钻机钻入海底地层，也会形成一定的吸附力，会无形中增加其重量，所以绞车缆绳提起钻机的那一瞬间，一定要比平时更慢，更小心。这个时候，操作动作一定要慢，待钻机离开海底之后，才可以正常操作。一旦动作快了，就会形成冲击力，加重绞车缆绳负荷，很容易毁坏设备，或造成其他更严重的破坏，最终可能导致无法收回海底的钻机。

明白了这个原理之后，在之后的操作中，他更加细心，更加专业了。海上无数次的突发事件，无数次的惊心动魄，考验着团队成员的承受力，也培养了他们严谨务实的工作习惯。

一旦出了海，什么突发事件都可能会发生，得提前准备好一切可能出现的问题的预案。渐渐地，他性格中多了一份处变不惊的稳重，硬生生把之前的急性子，磨成了现在的慢性子。

慢性子也好，稳重，不容易出错。而且，生活慢下来，才能看到其中的美好。

这些年，万步炎带着他们一起努力，见证并带动了中国海洋钻探设备的从无到有、不断改进和飞速发展。之前，万步炎放弃日本的高薪，选择从日本回国，在海底钻机各项相关设备都落后的情况下，立志要推进设备国产化。朱伟亚看到了团队的核心动力和力量所在。

坐在我面前的朱伟亚，很有耐心，为我解释一些高深的与机械设备相关的专业术语。见我一头雾水的样子，他又用一些简单的比方，来让我这个文科生理解。他不愧是一位好老师，解说通俗易懂，又不失专业水准。从他的严谨与专注之中，我渐渐看出了他的友好，或者说是科研人纯粹的一面。

我突然感受到，“海牛”团队中的每一个人都有着某种可贵的精神，这种精神从他们身上无形地流露出来，具体说不出是一种什么感觉，反正在当下这个浮躁的时代，挺难得、挺珍贵。

我想让他找找之前的资料，发我一些，他很爽快地发来一大堆，其中就有第一代海底钻机的照片。有一张照片是他在海上的留影，青涩的他，身后是深蓝色的大海，眼里有海风吹过的苦楚，也有畅想海洋梦的甜蜜。还有一些“海牛”团队在海上工作的场景照片。看到这些被岁月洗礼的照片，让人有一种时光一去不复回的感叹。

在海上一待就是两三个月，除了工作，就是在船上宿舍休息，偶尔在甲板上吹吹风，但得小心翼翼，因为后甲板上到处是机油，很滑，还有一些粗细不一的缆绳堆放着，在没有灯的情况下，偶尔也会被绊倒。工作时是充实而忙碌的。最怕遇到风浪天气，躲台风，等待窗口期是最难熬的。夜色里，茫茫的海水无边无际，包裹着这一群孤独的人。

但他们总能找到属于自己的快乐，比如聚在一起聊天、打球、健身。运动不仅能帮助人强身健体，也是治愈孤独的一味良药，人在运动中治愈和修复自己。运动能净化人内心的负能量，在排出汗水的同时，让身心得到释放。一个爱运动的人，会更有精力去探索人生，发现世界，享受生活。

渐渐地，他喜欢出海，觉得出海让他开阔了眼界，而且认识了不同的朋友。他说，环球大洋科考的那几年，是他人生当中最美好的一段时光。和船上天南地北的人打交道，孤独的时候一起唱歌，喝酒，聊天，还一起观星，这是很快乐的事。他认识海洋二所一个叫王奎的研究生朋友，在他的指导下下载了看图软件，从而认识了更多的星座，比如在南半球和赤道附近才能看到的南十字星座。

这些年，万步炎在闲暇时也会给他们讲天文地理知识，比如怎么测量星星与地球的距离，宇宙的边界是什么。他们总是听得津津有味。

朱伟亚眼里的万步炎，做任何事情都会提前做规划，一个项目完结了，又开始思考下一个。万步炎会考虑设备后续的实用性，他要求从一开始就要做最好的方案。就这样，他们为国家节约了科研经费，而且很多时候，甚至用自己做项目的收入来购买科研设备等。

这些年在团队，朱伟亚最佩服万步炎处变不惊的勇气和敢于担当的人格魅力，这深深影响着他，激励着他。

在茫茫大海面前，“环球旅行者”朱伟亚第一次觉得人类渺小。然而他现在已经很久都不去想“人为什么而活着”这样的问题了。他说，再渺小的人类，也能干出一些惊天动地的大事。

更加务实的他，每天都着眼于解决好当下的一些问题。闲暇时光，他喜欢读书，科普类的书他很喜欢，也喜欢哲学、文学和经济学的书。现在，虽然有了家庭，但他仍将更多的心思放在学术研究和实验上。他一心想着自己的博士论文，他的研究方向是全海深液压系统，他一直在努力追赶。他说，作为一名普普通通的技术人员，能参与到“海牛”团队当中，为祖国的海洋事业作贡献，这是一份珍贵的“人间值得”。

2023 年 5 月 22 日那天，万步炎荣获“时代楷模”荣誉称号，这是国家对他的高度褒奖。这让“海牛”团队成员倍感振奋，也为科技工作者增添了信心。

朱伟亚受邀参加了《时代楷模发布厅》节目的现场录制，面对镜头，他充满热情，侃侃而谈。这一路的研发和其中的艰苦，作为万步炎的同事和学生，他是参与者，也是见证者。

现在，朱伟亚正在参与团队的国家重点研发计划项目“海牛Ⅲ号”，他在其中负责高压供变电和变频调速系统设计以及液压动力系统的研究。他说，未来，团队要进军全海深的海底深渊。未来，他们将继续努力，筑梦远航。

看着陷入思考的他，我突然想到一句话："人生，不必四处张望，向前就是答案。"也许，这也是说给我自己听的。人生，思考着，并前行着。为者常成，行者常至！

精于工，匠于心

一

第一次见到王案生师傅的时候，他正站在实验室车间的工作台边，进行油缸的密闭试验，聚精会神，表情专注。环顾四周，几个师傅都在低头各忙各的事。

只见他的工作台面上，有扳手、台虎钳、内卡尺、外卡尺、锉刀、斜口钳，多套大大小小的油缸、动打压泵等，还放着焊机、焊机面套等。车床在一边轰隆隆转动着。宽敞的车间里，似乎因为这些声响和堆满的机械设备，变得充实多了，反而不显得怎么冷清了。

人勤春来早。早春二月，人们都忙了起来。这个忙碌的午后，我守在师傅们的工作现场，观察、聆听、记录，空闲时找他们聊天，从聊天中，了解他们的一些人生故事。这大概就是我深入生活的方式吧。

这个依然很冷的早春，我的采访显然不容易，但是，相比于师傅们长年累月的辛苦工作，这又算得了什么？写作就得深入生活，到生产一线去。一次又一次，我来到车间，来到实验室，在师傅们的工作岗位上，聆听他们的故事。

打量着王案生师傅，只见穿深蓝色工作服的他，鬓角有些花白，老花眼镜架在鼻梁，他用绣花一样的功夫，沉醉于一堆零件中，装了又拆，拆了又装，反复好几次。小小的零件在他手里，如同有了魔力，几下就摆弄好了。过了不久，他从工作台面的一堆零件中抬起头来，打量着我，得知我是来采访的，点点头，一开始并不愿意与我多说些什么。

我静静地站在一边观察，或许王案生师傅是被我的认真感动了吧，他开始一边工作，一边和我聊起一些日常研发和出海往事。

我能感觉出来，他是受大家尊敬的师傅。在团队中，真还没有他不会修的设备。早在 20 世纪 90 年代，他就跟随着万步炎一起研究海底钻机，他们是长沙矿山研究院的同事。之前王师傅在单位的汽车队做修理工，对于电工、钳工、焊工的事儿，样样精通。人生处处充满机遇和挑战，在我们国家海洋勘探装备还是一片空白的时候，也正是需要人才的时候，他被万步炎说服了，加入其海洋团队。万步炎调到湖南科技大学之后，王案生也跟随万步炎而来，他们共事已有 30 年。

谈及调进湖南科技大学的往事，王案生说还经历了一番曲折。“当时我只有高中文凭和技工职称，团队被引进到湖南科技大学的时候，我的学历并不符合高校的人才引进要求，但万教授考虑到我在这个团队的作用，没有放弃我，一次一次地为我争取，最后被学校破格录用了。”

在团队里，并不是唯学历论，不论学历高低、能力大小，大家都是平等的。说到万步炎，王案生满心满眼都是佩服、感激。

这些年，他跟随万步炎，在实验室、在海上，一起破解技术难题，一起经历风雨人生，一起面对生死考验，如同亲人、兄弟。回忆起那些劈波斩浪的日子，如同昨天，特别是他们研制第一台海底钻机的那些日日夜夜，历历在目。

一切从无到有，面对空白毫无头绪。但，路是人走出来的，外国人能研发的东西，我们中国人一样行，而且要更好用，甚至先他们一步做出来。这是他们的理想，也是团队的精神力量。研发早期钻机时，如何解决动力问题，如何解决水深问题，如何解决传输问题……要解决的难题是一个又一个，就像眼前车间堆满了的零部件。

摸着石头过河，功夫不负有心人。早期的钻机是用锂电池工作的，电池储电有限，设备下水后，得加紧工作，争分夺秒。那个时候，研发的钻机经常出毛病，入海后，漏油，漏电，甚至还会爆炸。在海上，时间紧，任务重，加班加点是不可避免的，有时还会有生命危险。

“出海时，每天都是重复的，就是做这些琐碎的事情，加班加点是经常的事。在海上，并没有严格的上下班时间，一旦出了什么紧急的事情，往往是通宵达旦，不休不眠，需要我们解决任何一个没有遇见过的问题，这时候，平时学的东西就派上用场了。”

王案生师傅耐心地讲解，让我明白了海上工作的不易。他还教我认识了钻机的一些零部件，比如主电机、动力头、推进油缸、抽吸油缸、油泵箱、冷却器、打捞系统等。我对这个神秘的大设备，终于有了一些基本的认知。

海里有外压，会让零件的压力抵消一些。任何零件，下水前都需要精心检查一遍，尽量做到万无一失。看看密封圈是否密封，油缸是否正常工作，接头是否紧好，等等。每一项细小的工作，都需要耐心。接个接头，换个零件，一定要细心。

2007 年的一次出海，钻机开机的时候，管子突然爆了，油都冲到了海里。大家都不知道是什么原因，所有人都蒙了。他们只好停下来，检修设备，反反复复找原因，最后一个一个妥妥地把困难解决了。

有一次，连接钻机的动力头不知什么原因居然断了。在海上，一切小问题都是大问题，何况这次出的问题还不小。如果修不好，就会面临丢弃设备的风险。

万步炎和队员们当时非常着急，他们一起想办法，把接头拆卸下来，试着进行焊接。用了所有能用的工具，想了一切能想的办法。他们也想休息，然而根本没有时间休息。经过两天两夜的努力，终于，连接的动力头修好了，可以从海里回收设备了。如果回收不了，意味着他们这些年的努力都白费了。只要有百分之一的希望，他们就要做百分之百的努力，他们不想丢弃设备，不允许国家财产白白损失。

这样的险情，不是一次两次。在风暴来袭前的很多次，他们争分夺秒，与大海斗智斗勇，如同在浪尖上跳舞，最后一次又一次化险为夷。

渐渐地，我觉得王案生师傅没有初见时严肃了，甚至还有些和蔼可亲起来。他笑着说："这些都是好久以前的事了，这些年，我们在不断改进设备，目前的技术更先进了。"

王案生也快要退休了，这辈子最让他服气的人，当然就是万步炎。这些年，他们之间建立起来的友谊，不是一两句话可以说得清的。当年他们一起赴太平洋参加环球科考，他和万步炎就住同一个房间。

王案生说，万教授的刻苦钻研精神让人佩服，科研上遇到的问题如果不解决，他就不休息，头脑里一整天想着这件事情。万教授记忆力好，学习能力也很强，自己不会的，一定要搞懂才行。他把别人的设备买回来，拆了，看别人是怎样做的，又装上，就这样不断地试验，在失败中汲取经验，最后不断取得进步，取得技术突破。

他说，万教授生活简单，不太喜欢热闹，平时他们也很少聚会。万教授喜欢散散步，偶尔还喜欢唱歌，会拉小提琴，就是没有太多时间忙于家事，一心放在工作中，走路都在想问题。

出海在外，他们最担心的就是家中年老的父母。父母身体不好，需要人照顾不说，还生怕他们有三病两痛的，怕见不了最后一面。

每年都有任务要出海，最长的时候得待三个月以上。2002 年元月，那是他第一次出海，记忆深刻。从此，几乎每年他都会在海上待几个月。出海的时候，妻子生病，儿子考学，大大小小的事，他都关心不到了。就算不出海，一些工作上的事情，也是忙得不亦乐乎，也不一定能够顾得上家里。家里的水龙头坏了，还要在外面找人修。家里的事情全部交给爱人去处理。一旦出海，手机不通，只有到了港口码头，打电话回家问一下家里的情况，一颗悬着的心才能安定下来。

2014 年 11 月，王案生的母亲去世，周末万步炎带领一些同事赴衡阳老家去慰问，让他很是感动。所幸王案生在母亲最后的时光能守在床前尽孝，这也算是为人子女对父母最大的孝顺和安慰。他一直害怕出海期间电话不通，家人联系不上，尽不了最后的孝心，那会成为心里永远的遗憾。而说起万步炎在父亲去世时还在海上海试，因为电话不通，回来已经是一个多月之后时，人到中年的无奈和遗憾，让他深深地沉默了。

2005 年，那一年出海时间特别长，他一共在海上待了 197 天。之所以记得清清楚楚，是因为返回的时候遇到了台风。大风大浪都见过的他，说起那一次遇险，至今仍是记忆犹新。当时和他在同一艘船上的，有万步炎，还有一些海军战士和水手。

“航行这么多年，没见过这么大的风浪。”大家都提心吊胆的，很多人因为晕船，一直昏昏欲睡。轮船顶着风浪而行，船舱已经进水，飞溅的浪花已经打到了甲板上。抽水机不停地在工作，甲板上的水被抽回了海里。

当时大家都在默默地祈祷，祈祷轮船的发动机千万不能坏，一旦坏了，整个船就有被海浪覆没的危险。茫茫太平洋上，没有信号，如果遇难，施救的船员都不能及时赶到，因为那一次他们所在的位置距离公海也不远了。

身处茫茫大海，所有的一切，都交给了命运。

每一次出海，他都打算以后再也不出海了，但是到了第二年，职责和使命所致，他又一次妥协。他跟随“大洋一号”科考船到过十多个国家和地区，如关岛、南非、夏威夷、牙买加、厄瓜多尔、罗尼西亚、墨西哥、荷兰等。每到一个城市港口，船上的师傅要下船买菜，船要加水等。趁着购靠港的时间，他们就可以在附近转一转，感受不同国家和地区的民俗风情。

但平时，大多数时间都是在船上度过。船上偶尔也开展活动，比如打乒乓球。王案生记忆最深的是有一次打乒乓球，他居然还获得了二等奖，这让他一直高兴到现在。出海虽然很苦，但是苦中有乐。爱好是枯燥的海上生活最好的调味剂，它会赋予人能量，吸引人探寻更多的可能性，能让心灵得到浸润和陶冶，生活的底色自然会随之生动起来。毕竟，人这一辈子总要有一两种爱好，去对抗生活中的平淡和枯燥，保持热情向上的心态。

回忆是令人欣慰的，甚至是振奋人心的，然而王案生师傅说出这些故事的时候，显得那么云淡风轻。但是，这几十年的付出，团队成员几十年的呕心沥血，又岂是简简单单的一两句话能概述的呢？！那是无数个日日夜夜，那是曾经的勇气和历练，那是工匠精神的生动诠释。

“我很普通，也实在没有什么好写的。”他再一次强调，并摆了摆手，说，“这些年，就是这么走过来的，都是一些应该做的事，也没有什么特别的。”这么可爱而又亲切的王案生师傅，实在令人尊敬。

其实，他并不需要多说什么，岁月在他身上刻下的，就足够证明一切。那是一个人最好的华年，那是无数次的处变不惊，无数次的风浪来袭，无数次的挑战与成功。然而，在他眼里，一切都仅仅只是他的职责所在，一切辉煌的过往，又都云淡风轻着，就像这波平浪静的大海一样。

二

我第一次见到车间主任罗济绪师傅时，他正指导一位新来的师傅在车床上调试，一边对照图纸，一边说些什么，神情专注。车间不时传出切割的声音，电焊机火花飞溅。一些师傅在忙碌着，他们专注于手中的零部件，根本没有时间注意那些慕名前来“海牛”楼参观的人。大大小小的零部件，堆满了台面及角落。10米深的实验水池，映照着大家忙碌的身影。

罗济绪是80后，干练，踏实，稳重又开朗，在“海牛”团队，他不算最年轻的，但他或许是年轻人中最为稳重的一个。

2017年，罗济绪从江麓集团进入“海牛”团队。他勤奋肯学，肯钻研，短短几年，学到许多新东西，成长为车间主任。车间的日常事务，他都能得心应手地处理，管理得井井有条。

每天早出晚归，与机械零件打交道十多年的他，没想到有一天自己也能出海。在海边漫步，是年轻人的梦想，但在海上工作，却是另一回事了。

2022年8月，他参加了“海牛Ⅱ号”的一次海试任务，全程参与了设备的安装、调试、维修。在万步炎的细心指导下，他还学会了操作钻机。在安装调试过程中，对如何解决钻机安装调试中出现的问题，罗济绪有了深刻的认识。这个责任心强、积极勤奋的年轻人，学习理解能力和适应能力都非常强。

罗济绪刚开始出海还有点晕船，胃里翻江倒海的，感觉特别不好受，好在时间久了，慢慢地适应了。当设备出现问题需要维修时，他能坚持几天几晚不睡觉，直到把问题解决。这一点，万步炎就是他的楷模和偶像。

万步炎教会了他许多东西，比如，在海上，如何充分、合理地利用现有的设备解决出现的问题。从万步炎身上，他感受到了很多。

工作中，罗济绪有责任意识，以大局为重，尽心尽责，乐于奉献，现在，他已成长为一名优秀的技术骨干。

工作中，他按照万步炎的要求，注重每一个微小的细节，带着团队认真敬业地对待大大小小每一个项目。如果工作中不细心，就很可能造成事故，比如一个接头没有紧死，一根毛刺没去干净，一次粗心，这些可能是不起眼的小问题，却会引起大问题。正是这些细节，决定了成败。

“一定要注意细节方面的东西。细节就是生命。”

“每一根油管的接头一定要紧死，做东西一定要做到安全、可靠，不能应付。钻机出现问题，可能就是在加工、装配等一些小问题上没有注意。”此时，他跟年轻的师傅在交代着技术上的注意事项。

“做事宁可慢一点，也一定要做到可靠。”

“做任何事情都要讲究一个规范性，要注重产品的质量。质量是产品的生命线。”

不知怎么的，我感觉罗济绪师傅也越来越像万步炎了。

2023 年的 5 月，在中央电视台《时代楷模发布厅》的录制现场，这样隆重热烈的一个场面，这样光彩荣耀的时刻，主持人介绍了万步炎和几位团队成员，包括万步炎的家属刘淑英。但，有一位团队成员没有到场，然而他并不遗憾。

目前退休在家的黄筱军教授，是“海牛”团队元老级别的人物之一，是“海牛”号的功臣之一。他并不想接受媒体的采访，目前正过着安安静静的退休生活。

一个周末的上午，我打电话想请教黄教授，希望他能接受采访，给我们说点人生经历。然而他还是拒绝了。

从大家的口中得知，黄筱军教授是“海牛”团队的资深专家，他才华横溢，为人谦虚、低调、朴实，为海底钻机的设计和制造作出了许多重要的贡献。

黄筱军教授虽然拒绝了我，又似乎觉得有些对不住，为此，还专门发了一条信息表示抱歉：“谢谢您对‘海牛’的关注，我早退休了，您去采访现在‘海牛’团队的成员吧。对不起了，作家同志！”

多么谦逊、善良而又坚守原则的人。为了表示尊重与礼貌，我也回复一条短信：“谢谢您，您辛苦了！感谢您为中国‘海牛’，为咱们国家海洋勘探装备技术事业所做的一切，历史会铭记一切。保重身体，不打扰了。”

虽不能了解黄教授更多的故事，然而我的内心，却涌起敬佩。

同事们都说黄筱军教授是一个热心肠的人，虽然已经退休了，但是他总是关心年轻人的成长，把掌握的一些技术手把手地教给了学生们。有一次，他因身体原因没能出海海试，待队员们凯旋，他专程去青岛码头接他们回来。和万步炎一样，他总是给予团队成员家人般的温暖。

到了退休年龄之后，他又为单位服务了两年之久。现在终于可以陪着老伴四处走走，散散步，带带孙子了，日子简单而宁静。年轻的时候老是出海，没有太多的时间陪伴他的老伴，他总觉得有些亏欠。那些年，总是老伴无微不至地照顾他，现在终于有时间了，他想多陪陪老伴。

为科研事业忙了一辈子，如今退休了，是得好好陪伴家人。这是他的心愿，我相信，也是每一个赶海养“牛”人的心愿。

团队成员田勇就是得到黄筱军教授指导的学生之一。这位“制图高手”应该说是学到了黄筱军教授的许多技术，得到了真传。而且，似乎他们都是同一类人：待人诚恳，善良随和，淡泊名利。

那天，我见到田勇师傅的时候，他正坐在办公室的电脑旁边，一丝不苟地专注于电脑制图。一大堆精密的零件，就是照着绘制好的一张张图纸做出来的。每做一张图纸，都要耗费不少的时间，这是一个考验耐性的活儿。他年纪不算大，是 70 后，却也是团队中资历颇深的师傅之一。听说身体一直不太好，有椎间盘突出等毛病，大概这也是职业病之一——为了制图设计，有时候得一整天待在电脑旁边。看来，每一项工作都不轻松，都不容易。

我说明采访来意后，他拒绝道：“我有什么好采访的？”然而他一脸笑，并没有拒人于千里之外。

田勇师傅绝对是个有故事的人。他平时喜欢戴个帽子，穿休闲服，严谨工作的背后，还是一个热爱生活的人。这一点，我是深信的。他的办公室里，一些制图必备的工具有序地堆放在桌子上，理工男的办公室这样已经算是很整洁干净的了。电热水壶里煮着养生茶，在繁忙的工作之后，喝一壶茶，也是对自己的一种犒劳。我的来访，他一开始是拒绝的，他拒绝对所有媒体讲述他的人生故事。但他却热情地请我喝茶，这是我意料之外的。我也毫不客气地接过了他倒的养生茶。

既然他不喜欢聊，那就静静地坐着喝茶。下午的阳光从窗口斜照下来，他依然安静地坐在电脑前，专注于制图。

后来我多次来“海牛”楼采访，他每次看见我，依然是喊我喝茶，笑着，就是不愿多说话。他到底有些什么经历呢？这个经历海上风雨的大师傅、在海上练就一身本领的技术高手，原来，也有一颗淡泊而有趣的灵魂。

同事说田勇师傅每次出海都晕船，海况不好时会晕得很厉害。海况好了，他依然认真地干活。每年他都下决心说下次出海不再去了，结果第二年又出海了。看来，大海事业虽是有风险的事业，可也能成为一份有情怀的事业。当工作成为一种习惯，也便成为他们心底一种发自内心的热爱。

侯井宝博士加入“海牛”团队时间不长，却也是一位资深海洋人。他记忆深处，有着一次又一次的出海经历。2015 年的春节，他就是在海上度过的。那个春节，不是阖家团圆，不是热闹相聚，而是全新科考任务的开始。

侯井宝记得，在西南印度洋，每天凌晨5点多，他们这一组就在“大洋一号”科考船的后甲板上忙碌开来了。24小时作业，4个作业组轮班——“大洋一号”昼夜不休的工作模式一直延续着。

身材精瘦的侯井宝博士，一上船就晕船得厉害。大家看他晕船，都很照顾他，不让他干重活。这让他很内疚。“真希望早点度过晕船期，能早点干活。”他最愧对的是他的新婚妻子。他回忆起结婚那年，说连蜜月都还没来得及过，就接到任务上船了。

“我出海来，她肯定哭了，第一个春节就没有办法跟她一起过。但没事，她也喜欢大海，肯定会为我骄傲。”这些年，他争取一有空就陪陪家人，他觉得亏欠妻子的太多了。出海在外，他只能把家装进心里，把微信头像设置成家人的照片，这样一打开微信，就能看到一家人温暖的画面。

侯井宝特别佩服万步炎。每次万步炎拿出的方案，都是最好的方案，是他们没有见过的、意想不到的方案，总是给人惊喜。而且大大小小的事情，万步炎都认真对待，几乎没有难倒他的事。每一件事万步炎都亲力亲为，所有问题要一一解决了才放心。万步炎有着高度的责任感。

田湘林博士记忆最深的片段，是在2021年。那一年，他们团队跟着科考船“地质二号”去海试。那时正值夏天，天太热，船上的宿舍没有空调，但是队员们不怕热，依然坚持工作到底。他说，出海时万教授并没有搞特殊化，吃住条件和所有团队成员是一样的，他们团队成员和谐相处，就像一家人。在海上，没有什么身份级别的区分，大家很轻松，这让他很是感动。

工程师刘晓东也是一位老师傅。他认识万步炎20多年，见证了深海钻机的发展。他心目中的万步炎，是“中国知识分子的脊梁”，有着刻苦、严谨的治学精神。刘晓东师傅是搞机械工艺的，他说：“团队的技术人员都是帮万教授实现他的想法的人。”在科研中，万步炎把一些想法告诉他们，绘图后他们具体加工，将其变成一个个切实的模型。

但有些时候，设计中的一些想法也跟实际有出入，这在科研项目中是常见的。对于钻机而言，在陆地能实现的功能，可能在海里面完全实现不了，或者是操作起来特别困难。

刘晓东说，“海牛”这个大设备细小零件非常多，有七八百种，而且所用的材料品种比较多，甚至有钛合金的，还有些不常用的材料，也有尼龙、不锈钢等，所以加工起来比较困难。

比如说有一个轴，是一个小零件，是钛合金做的，设计得很精巧，但越是精巧，加工就越困难。

随着研发的推进，“海牛”号油缸设计、加工的要求也在不断地提高，因为钻探越深，油缸承受的压力也越大，所以油缸要做得更加合理和精密。

刘晓东说，钻机在机械设计上面有两点是要特别注意的：一是不能太重，因为太重了会影响到船舶载重，对下水会造成很多方面的阻碍。有些零件是镂空的，就是为了减重。另一个是体积不能太大，因为船只有那么大。加工零件的时候，减重和体积一定要考虑到。

跟随万步炎这么多年，刘晓东深深感受到了他的淡泊。他说：“万教授是一个能拒绝浮躁的人，在当今时代，他具有真正难得的‘知识分子’品质。”

看来，这群师傅眼中的万步炎，既是良师益友，又是他们的人生标杆——可亲，可敬！

三

见到左喜林师傅本人，发现和照片很不一样，因为照片上的他还留着头发，眼前的他是个光头。莫非他们又要出海？因为出海前，“海牛”团队成员都会去剪头发，有的甚至会理光头。

个子很高的左喜林，穿着一身灰色工作服，走路时似乎都在思考问题，工作起来很认真。刚开始交谈时，他还有点紧张，说着说着就轻松了。对他和其他几个师傅来讲，他们宁愿在车间干一天活，也不愿意接受采访。

江航峰师傅加入团队的时间很短，也不爱多说话。这个细心的年轻人，总是在工作的间隙默默观察。他观察到一个细节：万步炎有一个习惯，就是在思考问题的时候，他喜欢从实验室的集装箱处走到侧门，又从侧门走回集装箱处。这样来来回回，走七八次的样子，一个问题的答案就有了眉目。

在他们这些年轻人的心目中，万步炎几乎什么难题都能想到解决办法。遇到难题的时候，他们就会看到万步炎在实验室里徘徊，几个回合走下来，眉头舒展，问题就有了解决方案。

罗钦奇师傅也是80后，面对媒体的采访似乎也有些紧张。他们几个年轻的师傅都是默默做事的人，不喜欢多说什么。这个年轻人说得最多的，依然是有关万步炎的故事，好像他们都习惯忽略自己。然而，每一个看似平凡的工人师傅，都好像是“海牛”号这台大设备上的螺丝钉，不可缺少。罗钦奇师傅说万教授经常来车间，一到车间就和大家一起干活，装配、检查、测试，还拿着扳手拧螺丝，加班加点是常有的事。万教授经常是沾了一身机油回家。他很庆幸自己是这么牛的团队的一员，身边有一个这么好的榜样。说着说着，他的脸上有了笑意。

出海的时候,海上风浪大,湿气重,平时上班的车间,一楼湿气也重,他们中的大部分人落下了关节炎、腰疼等职业病。

左喜林是2017年加入团队的。和他同时来的师傅有罗济绪、罗钦奇、江航峰等几人，个个都是能独当一面的多面手。他的日常工作，就是组装、调试、保养和维护设备，包括加工零部件等。忙起来的时候，大家都没有周末，出海的时候就更忙了。出海，就像士兵上战场一样，充满热情和斗志，但也有一个心理上的适应期。海上的生活是孤独的，但孤独并不是最可怕的，最可怕的还是晕船，以及说变就变的天气。同时，海上还存在一些不可预知的风险。

我问左喜林为什么会选择这一份职业，他想了一下说，可能是因为离家比较近吧。

左喜林的家离学校不远。然而即使近，工作忙起来的时候，依然照顾不到家里。父母亲年纪大了，家中有两个孩子，一儿一女，妻子贤惠能干，他家是那种典型的男主外女主内的家庭。他说在外面挣钱再多，如果把孩子的教育疏忽了，那也得不偿失。

在师傅们的眼里，"海牛"号就像一个大机器人，有手臂，有腿脚，有大脑，还有心脏。他们每天精心维修和养护这台大机器，时间久了，渐渐感受到了这台设备的魅力。这台高8米、重12吨的"海牛Ⅱ号"，他们每天爬上爬下，拆卸、组装、维护，熟悉它的每一个零部件，知道它的每一条线路。现在的钻机设备，操作简单多了，都是"傻瓜式"按键的自动控制模式。我问他，会操控钻机吗？他点点头又摇摇头说，不会。师傅们不是不会，确实是有点不敢操作，毕竟这个设备太重要了。像这样的大国重器，很多零部件都是特别订做的，且具有唯一性，如果操作失误，维修起来是一件麻烦事。

左喜林在工作岗位上是严谨的。工作之前，他会习惯性地把周边环境观察一番，特别是在海上，先对周边的环境和潜在的风险进行预判，再动手去做事。尽管一些事情并没有谁让他去做，他也非要去看看，也是责任感使然。

“等一下，不能这样。”当年轻的师傅急于去解决问题的时候，他总是这样善意地提醒，也是提醒他自己。毕竟，个人的安危和团队的安危，是牵一发而动全身的。

在浩瀚的大海上，个人显得微茫，会感到孤独和无助，有了团队，就了有依靠。

第一次出海的他们，有过挣扎，也有过后悔。后来出去的次数多了，便渐渐适应，晕船也没那么厉害了。出海时，他们会互相分享防晕的经验。

在团队中，左喜林个子算高的，身体素质也算好的，有的同事职业病比他严重多了。虽然工作辛苦，但他们乐在其中。现在，他们都热衷于出海。左喜林说，很享受在海上的时光，那真是美好的时光。他喜欢海上那种自由的氛围，没有身份地位的差别，有逃离世俗琐碎的一种宁静。

凡事顺势而为。做事要稳打稳扎，不能盲目冒进。这些话，从左喜林的嘴里说出来，很令人惊喜。这算是他的行动指南吧。他做任何事情都讲求安全第一，以人为本，顺其自然，骨子里有一点中庸。在常人的眼里，一位普通的车间师傅，拥有这样的见识真是太难得了，因此感觉他的形象越来越高大。

一个人性格的养成，大概同小时候的经历有关。初中毕业之后，左喜林在家乡读过三年卫校，后来在一个乡村卫生室做赤脚医生，走乡串户，见多了生老病死。当医生的经历，养成了他三思而后行，以及刨根问底的习惯。至于他为什么改行，我一直很好奇：从学医到做销售，再到做技术工人，这个跨度很大，他是怎么适应的？他的答案还是“顺其自然”，似乎对他来说，无论是被选择，还是选择，都不过是生活本身。

我很高兴与左师傅的聊天不仅仅停留在技术层面，也有精神层面的交流。左喜林说，做任何事，要考虑别人的感受，要慈悲为怀，人要多做好事，行善积德。比如，看见地上有树枝，要立马捡起来，因为担心后面的人会被绊倒。这是一种本能的反应。

有一次，左喜林开车经过潭州大道，看见一个年轻人开车逆行，撞到别人或者被别人撞的可能性都很大——多么危险的一幕。于是他一直按喇叭提醒他。他不想这样的事故在他眼前发生，这么做属于一种本能的自觉。他一路提醒，最后年轻人拐弯上了另一条道，这时他才长长地舒了一口气。

他眼里的万步炎，工作起来非常专注，特别是在海上。有时候过了饭点，同事帮着打来的饭菜都冷了，万步炎还在解决技术难题，很多次他都忘记了吃饭。一个晚上都在控制室里，不喝水，也很少走动，这样对身体很不好。看来，左喜林还是习惯从医生的角度去关心人。虽然船上也配有专业医生，但在这个团队里，有个懂医的他对大家的生活给予关心，大家心里应该暖暖的。

当我问师傅们，那年“海牛Ⅱ号”成功钻进231米，打破世界纪录的时候，在场的他们心情是怎样的，他们的眼里似乎有兴奋在闪动，但是回答还是那么平静。左喜林说：“高兴，但这就是一份工作，我们做技术的，努力把事情做好，完成国家交给团队的任务，就最好。”

“我们顺利完成了任务，船终于可以靠岸回家了。”这是队员们的心声。

说到未来的愿望，他们都是希望家人安好，平安健康，做好自己，保持最好的状态，平平淡淡地过一辈子。

很平实的语言，很平常的交流，我却有点感动了。不知不觉中，我的眼角润润的，有感动，但更多的是祝福。

四

团队成员彭佑多教授一说到得意门生唐文波，就忍不住感到骄傲，言语中的自豪是掩饰不了的。唐文波也是海洋实验室的成员之一，是万步炎和彭佑多的学生。

2021年8月11日至10月8日，在西菲律宾海盆及马里亚纳海沟，中国科学院“探索一号”TS—21航次科考船搭载“奋斗者”号载人潜水器正执行科技部“十三五”国家重点研发计划“深海关键技术与装备”重点专项海上试验及试验应用科考任务。湖南科技大学在读研究生唐文波全程参与了此航次科考任务，并作为第19位下潜科考队员搭乘“奋斗者”号载人潜水器，在西菲律宾海盆执行FDZ036潜次任务中，下潜至7731.30米深渊海底，顺利完成全海深沉积物气密取样器取样作业。

唐文波怀揣对广阔海洋的无限热爱和向往，在“海牛”团队导师彭佑多的推荐下，加入学校的海洋实验室。一开始，见过大海但并不了解大海的他，感到茫然无措。为了尽快找准研究方向、适应科研节奏、完成实验项目，他向老师们虚心请教，刻苦钻研，付出了比别人更多的时间和精力，经常深夜与星光为伴，在实验室为课题忙碌。

“驽马十驾，功在不舍”，正是凭借这份对科研的热爱和执着，唐文波不断在海洋探索中浇灌科研梦想，终收获累累硕果。

读研期间，唐文波参与国家重点研发计划“深海关键技术与装备”、重点专项“全海深海底水体和沉积物气密取样装置研制”项目、“全海深沉积物气密取样器研制”课题；参与湖南创新型省份建设专项“高新技术产业科技创新引领计划”项目、“10000米级深渊海底沉积物多点位序列保真取样技术与装备研发”；获授权专利2项、“杰瑞杯”第七届中国研究生能源装备创新设计大赛一等奖。

提及导师，唐文波难掩心中的感激之情。他说，团队里几位老师对他的帮助是他一辈子难忘的。特别是万步炎和彭佑多两位教授，他们治学严谨、待人真诚、处事谦逊，对学生影响很大。为保证实验项目顺利推进，彭教授百忙之中抽出时间细致地指导他；在他撰写论文时，更是坐在身旁，一字一句地帮着推敲斟酌。在海上进行科考任务时，彭教授也多次给予鼓励与宽慰，缓解他精神上的巨大压力。读研三年，彭教授不仅在科研、论文写作上指导他，而且教会他做人。唐文波说，能够成为“海牛”团队的一员，是他一生的幸运。

人若有志，万事可为。越飞越高的唐文波表示，他在未来的科研道路上会继续不懈求索，保持初心和热爱，怀揣海洋梦想，乘风破浪，勇往直前。

“做人，温柔且自律；做事，严谨且自信。在平凡的日子里稳步前行，那些日复一日的努力，终会化为点点微光，继而汇成漫天星辰。”这是唐文波的寄语，也是他成功的信条之一。

他常常感念：唯念师恩深如海，寸心微微难报之。

回顾这一路的成长，已经在中国科学院工作的唐文波更多的是感恩。未来，他将继续深耕海洋研究，为我国海洋事业发展作出积极贡献，不辜负学校和老师的培育，也不辜负自己的海洋梦。

热爱你所热爱的，并矢志不渝，对梦想从一而终，你走过的荆棘之路，终将布满鲜花。

博士研究生刘广平从小就对海洋充满了极大的好奇。他说：“老家的周边有条河，小时候经常在河边玩，河的远方是海洋，所以对大海也充满着好奇与渴望。”他希望有一天能够去探索未知的海洋世界。

学习机械工程的他，本来距离大海有一定的距离。从2016年开始，刘广平凭借着自身能力顺利地加入了万步炎的“海牛”团队，师从彭佑多教授。他距离大海的梦想，越来越近了。

如今七年多过去了，刘广平实现了梦想，在祖国的海洋事业领域，他不断用优秀的科研成果，回报母校。

回顾这几年的学习成果，刘广平的变化是非常突出的。他在本科、硕士、博士学习期间先后获得“国家奖学金”“国家励志奖学金”，还获得省级“优秀毕业生”等荣誉。读研期间，刘广平全程参与了国家重点研发计划、国家深海关键技术与装备等重点专项前沿课题，与团队成员一起攻克了万米深海高压下保压取样的关键技术，研制了国内领先的全海深沉积物气密取样器。读博期间，作为科研骨干参与了中国科学院战略性先导科技专项（A类）子任务“全深海宏生物保压采样系统研制”。2022年11月，他参与研制的全深海宏生物保压采样系统完成了首次中国—新西兰联合深渊深潜TS29—1航次任务，在克马德克海沟取得了良好的应用效果。2023年9月，全深海宏生物保压采样系统在南海成功完成了国内首次4000米水深宏生物保压采样和转移试验，为我国深渊科学研究提供了重要的装备和技术支撑。

在提升自身业务能力的同时，刘广平积极协助导师组建“海洋资源取样技术团队”，还主持了湖南省大学生研究性学习和创新性实验计划项目、湖南省研究生科研创新项目，并作为主要参与者参与了多项国家重点研发计划课题和国家自然科学基金项目。

“科研是乏味的，同时也是充满挑战的。”或许最开始选择踏上科研之路是兴趣使然，但是在漫长的科研道路上，刘广平慢慢地发现了科研的单调乏味。

“一坐就是一整天，不断机械重复，查找文献、寻找思路，提笔写作又反复修改，有时研究还会碰壁。”这些平常人看来或许略嫌苦涩的日常，在他的眼中都是挑战。然而，青春就是用来奋斗的。

硕士研究生阶段的三年是刘广平成长最快的阶段。

他全程参与国家重点研发计划前沿课题，攻克了万米深海高压下保压取样的关键技术，研制了国内领先的全海深沉积物气密取样器，并搭载在“奋斗者”号 TS21—1 航次，在马里亚纳海沟成功采集到万米水深的海底沉积物样品。

相关项目，从方案制定、设计计算到关键技术攻关、加工制造与集成、现场调试与验证，刘广平都全程参与。不仅如此，为拓展自己的专业视野，他多次参加国际国内学术会议，在第九届国际水下技术学会（SUT）技术会议、第五届全国海洋技术大会等重要会议上汇报了自己的最新研究成果并多次获得优秀报告奖、优秀论文奖等荣誉。2023 年 5 月，他荣获“全国煤炭青年五四奖章”。随后，他又获评湖南省高校第三届“最美大学生”。

刘广平说：“我的爷爷参加过抗美援越战争，参加中央‘首脑工程’建筑施工，圆满完成了七〇一二工程。”原来，年轻人耳濡目染了长辈的一言一行，他的心中，早已滋生坚定的理想信念。他志存高远，更对大海有着满腔热爱。

在2023年的湖南省大学生开学第一课《远航》录制现场，刘广平有一段深情的讲述：

我是湖南科技大学2019级机械工程专业的，本硕博都就读于该校。与“海牛”团队的缘分，还得从大四的一次偶然机会说起。那时，我对于海洋的了解只局限于书本，对海洋充满着好奇与渴望，我渴望自己有一天能去探索未知的海洋世界。于是我主动查找资料，找专业老师交流学习，研究生时顺利加入学校的海洋实验室，也正式开启了我的海洋科研之路。

还记得第一次课题组会议，老师给我安排了国家重点研发计划项目“全海深沉积物气密取样器”研制的相关工作，当时国内还没有万米载人潜水器，只有“蛟龙”号载人潜水器，它最大的下潜深度只有7000米。作为老师海洋方向带的第一个研究生，从课题方案制定、关键技术攻关、结构设计与仿真，到实验验证，都需要全程参与，逐一去完成。读博士期间，我参与研制的取样器搭载在“奋斗者”号载人潜水器上，成功完成了国内首次沉积物取样试验。

入校以来，万步炎教授那句“国家落后于人的地方，就是我们努力的方向”一直激励着我，也让我明白作为一名科研人员的使命与担当。

现如今，作为一名青年教师，我希望自己能把自己所学的知识教给更多的人，培养对国家有用的人才；作为一名青年科研人员，我希望自己深入基础理论研究，解决实际工程技术难题，为我国的海洋探索贡献自己的一份力量。

…………

这是刘广平的讲述，更是他的初心和前行的力量之源。青春向上的他，用奔跑的方式，活成了别人眼里的一道亮光，一个样范。

七年探海，不惧风浪，面向大海，他的世界春暖花开。然而，青春，永远在路上。

阳光向暖、岁月静好的日子，一切看起来都是平静的，如同平静时的大海。海上的日出，可以引起无数英雄由衷的赞叹；而大海的夕阳，又可以引发无数诗人温柔的怀想。但大海的平静总是短暂的，既然是大海，便注定会波澜起伏。

如此的大海，让人向往，又充满挑战。一群不畏艰险、前赴后继的赶海养“牛”人，他们是“海洋强国”里的一朵朵小浪花，是“大国制造”里的一颗颗螺丝钉。他们中的大多数可能并没有被我们熟知，被我们仰望，他们俯身在自己平凡的岗位，寂寞无声。好吧，我愿意给他们一些微不足道的祝福，尽管我也是如此渺小。

团队在一起，就像一滴水融入另一滴水，就像一束光簇拥着另一束光。因为他们知道，唯有点亮自己，才有个体的美好；唯有簇拥在一起，才能照亮彼此的未来。

此时的他们，比任何时候都更接近梦想。

采访手记

采访中，我总不免被感动，为这样一群普通而不平凡的科研人。

这些天，在实验室与“海牛”团队成员交流，看着他们劳作，和他们一起在食堂吃饭，听他们讲述各自经历的人生故事……

一颗颗螺丝钉、一根根钻杆，我细细地观察，听他们讲解其用途，机械手、液压缸、转轴、套管卡盘、动力头、补偿器……品类繁多的零部件，我也开始慢慢了解与熟悉。然而越是了解，越是深感科研创造的不易。“海牛”人在加快实现高水平科技自立自强的漫漫长路上，勇毅前行。

一个时代有一个时代的梦想，一代人有一代人的使命。虽然他们的探索已走过万水千山，但仍需要继续跋山涉水。

都说搞科研的人纯粹、直率，甚至较真，有“明知不可为而为之”的执着，“不患无位，患所以立”的超脱，“发愤忘食，乐以忘忧”的敬业，以及“朝闻道，夕死可矣”的决心。

幸运的是，我看到了他们严肃之余的笑容，忙碌之后的热爱。这样暖心的笑，这样执着的坚持，总是让人感动于心。这一群严谨的科研人，在紧张、枯燥、充满挑战的工作背后，原来都有着一颗热爱生活的心。这让我时不时也受到感染，偶尔在阳光洒满肩头时，想起他们，除了敬佩，也会微微翘起嘴角，满心欢喜地一笑。

创作的过程中，团队成员的形象都在我的脑海中清晰起来，生动起来。因为工作和时间关系，还有一些团队成员没有出现在文中。他们都是这个时代最可爱的人，他们都是“大国重器”上微小的零部件，哪怕只是一颗螺丝钉，他们都是时代的见证者，是奇迹的创造者，他们值得我们投以仰望的目光。

在海上，空闲的时候，万教授会带着这一群年轻人在甲板上看星星，他们看见苍穹万里，繁星无数，是那么远，又那么近。海浪拍打礁石，涌向岸边，激起点点荧光，亦如嵌入大海的璀璨星辰。也许，他们本身就是这一片大海，是那一颗颗耀眼的星。

第六章

国之大者

大海就是人生课堂

一

山川，河流，海洋，浩瀚宇宙，人类探索的脚步从未停止。

探索海洋，是“海牛”团队的使命。出海，是一份漫长的浪漫，也是一份漫长的坚守。默默付出的“海牛”人，追求的永远是极致。大海的历练，就是人生课堂。他们拥抱大海，他们仰望星空，他们成为离星星最近的人，他们将科技的种子播入深海。

经济发展依靠科技，科技进步依靠人才，人才需要教育培养。万步炎认为，要不断地缩小科技人才成长和教育的时间差，大学教育要成为科技和教育的结合体。

2010 年，万步炎走进了大学，将他的海洋梦想融入教育之中。他爱科研，也爱学生，决心带领学生为心爱的海洋事业作出更大的贡献。2021 年，万步炎获得全国“最美教师”称号。这年 9 月 10 日，在第 37 个教师节到来之际，中共中央宣传部、教育部联合向全社会公开发布 2021 年“最美教师”先进事迹，在发布会现场，万步炎吐露了一段心声。

> 1992年，我赴日本工作学习，当时一位日本同事说，可惜你们国家海洋技术研究的整体实力不行。为什么不行？凭什么不行？我一遍遍问自己。为解决我国深海资源勘探装备“卡脖子”问题，我们几乎白手起家，我国首台深海钻机钻探深度才0.7米，2010年钻探深度达到20米，经过11年的奋斗，今年我们迎来了“海牛Ⅱ号”创下的世界第一，深海钻探深度达到231米的骄人成绩。从今往后，无论谁也不可能再说我们国家的海洋技术研究不行。作为一代“海牛”人，我会和我的学生一起，在蓝色大海中，潜得更深，钻得更深，为国家海洋事业而奋斗！

现场，主持人问他：“您是一位老师，如何说服自己的学生跟着您一起来从事这份充满艰辛的工作呢？”

“其实，用不着我去说服他们，有很多年轻学者，他们本身对海洋就感兴趣，他们不怕苦的精神，跟我一样。”

“中国的一句古话叫‘不积跬步，无以至千里’，是一种什么样的决心，让您能够坚守这么久？”

“我想的就是要报效祖国，我们‘海牛’号是国家级的科研项目，针对的是国家的战略需求，我们必须尽全力。”

坚守初心，矢志报国，培育人才。

作为一名深海资源探采科技工作者，万步炎和海洋资源勘探打交道多年。多年来，他着力攻关“卡脖子”技术，一次次刷新海底钻机钻深纪录，一步步见证中国海洋资源探采装备从无到有、从落后到追赶到超越的转变。

潜心科研的万步炎，又践行为国育才的光荣使命，做学生为学、为事、为人的榜样，努力培养堪当民族复兴大任的时代新人。

万步炎所在的海洋实验室，始终以“国家落后于人的地方，就是我们努力的方向”为指引，坚守“科研也是教学，生产现场就是课堂”的研究生培养理念，提出并形成“一流导师团队建设—重大项目牵引—全程多维激励”的研究生培养模式。

这些年，他和团队培养博士、硕士研究生共 60 余人；指导研究生获创新性实验计划项目12项，获国家、省部、校级科技竞赛奖励30余项。其中，博士生刘广平、何术东分别获第七届、第八届中国研究生能源装备创新设计大赛一等奖和三等奖；博士生唐永辉、许靖伟作为“海牛”团队成员，参与了多个航次的海上钻探作业任务；硕士生唐文波搭乘“奋斗者”号载人潜水器下潜至 7731.30 米深渊海底，并完成全海深沉积物气密取样器取样作业。

万步炎的师德表现和教书育人实绩具有广泛的代表性和示范性，充分展示了教师队伍有理想信念、有道德情操、有扎实学识、有仁爱之心的精神风貌。

新时代正需要一代代科技教育工作者迎着世界的科技浪潮，奋勇争先。

二

“全体队员注意了，今天晚上 7 点，海上课堂继续开课，大家踊跃参加，不要缺席。”在海上，忙完一天的工作，“海牛”团队成员们收到通知，都很开心，纷纷说：“晚上又可以听万教授讲课了！”

海上的生活很单一很枯燥，除了科研勘探工作之外，聚在一起听讲座，是“海牛”团队成员的必修课。万步炎喜欢给学生们在海上开课，而且讲得很精彩。

“每次出海前，我都会准备一些讲座内容。因为船上的生活比较枯燥，大家很容易感到疲劳或是想家，这时候我就会做几个灵活的小讲座，给他们调剂一下心情。”

万步炎的海上课堂，讲课内容不仅包括海洋研究，还有天文、地理、量子力学、相对论，甚至还有乐理知识等，只要学生感兴趣，他就会提前备好课，抽空在海上讲给他们听。

万步炎平时话不多，言辞简略。在课堂上，在他的专业领域，他却总能侃侃而谈，总是透着一股自信。他说：“新时代是奋斗者的时代，自信是这个时代的重要气质。只要我们坚持不懈地奋斗，在攻坚克难的砥砺前行中树立自信，就一定能坚定从容地走好科技创新的关键一程。”

只要充满自信，肯坚持，就一定能找到解决问题的办法，这是万步炎从海洋学到的重要一课。

古人云：宁上山，莫下海。大海开心起来就是浪花朵朵，愤怒起来就是一头猛兽。海洋环境虽有“海上生明月，天涯共此时”的诗意与浪漫，但更多的是复杂多变。作为一名研究人员，如果没有坚定的信念，面对困难轻言放弃，不坚持到最后，多年的心血就可能毁于一旦。

培育从事海洋事业的人才，第一课便是要认识大海。于是，万步炎将课堂搬到了大海上，搬到了所有可能的实践场所。他十分重视培养学生的动手能力，希望学生能养成发现问题、解决问题的习惯。

2010年，20米钻机研发成功后，万步炎被湖南科技大学聘为教授，他进入高校一边继续做科研，一边培养新一代的国家海洋人才。从研究院来到高校，他看重的是高校是国家重要的人才阵地。在研发设备的过程中，他意识到，国家海洋领域的空白，不仅表现在技术上，更在人才的培养上。

当年，湖南科技大学的校长刘德顺教授是万步炎读研时候的同班同学。刘校长想让学校机械学科增加一些新的内容，因为机械学科生源还算可以，但是不算太强，而海洋科学当时是热门，刘校长就想在机械学科里面增加海洋学科的力量。这时，他想到老同学万步炎就是搞海洋勘探研究的，于是想把万步炎作为人才引进过来。他几次到长沙去面见万步炎，提出优惠条件，包括建实验室、高压舱等。

“我当时可是三顾茅庐，真心诚意。”刘校长回忆说。

“我考虑一下，不过我不是一个人过来，而是一个团队，你看怎么样？”万步炎首先考虑的不是个人，而是他的团队。

“只要你肯过来，都好办。”刘校长给予了最大的理解与支持。

长沙矿山研究院在之前属于事业单位，之后转型成科技型企业，实行公司化运作，把所有科研人员都推向市场。所以搞科研的同时也要考虑抓经济效益。事实上，万步炎所在的海洋采矿研究所当时效益还算不错，每年的工资奖金都是研究院里最高的，但是万步炎想要的是纯粹、简单的科研环境。那时，他是研究院中一个研究所的所长，整天除了想着如何完成科研项目任务之外，还得想着怎么养活手下的几十号人。

那些日子，作为负责人，他感觉压力很大，每天醒来，就得想着项目怎么实现盈利，办公室和实验室的租金、水电费从哪里来，以及员工的工资待遇怎么提高等一系列问题。

湖南科技大学所给的待遇优厚，答应给他们建实验楼，为实验室添新的科研装备，而且科研经费也不用发愁。这让万步炎有些动心了。这样他就可以腾出精力实实在在地做科研，纯粹去做自己喜欢的事情，这是他的初心，也符合他的性格。

离开长沙矿山研究院的时候，万步炎把研发的20米钻机，其技术投资以及实验资料全部留下，只带走了团队的几个人。

在当时，这并不意味着他就放弃了海底钻机事业，他只是把目光瞄向了更远的未来，瞄准世界上最先进的水平。

科技不断发展，技术是要不断往前推进的。万步炎隐隐感觉，20米钻机的深度未来肯定是远远不够的，当时国际最先进的钻机是德国的，他们那个时候已经在海底钻到了50多米。

万步炎带着团队到湖南科技大学之后，申请的第一个项目就是“海牛Ⅰ号”60米钻机，他要跨越当时都认为不可逾越的50米难关，超过当时最深的深度，他要挑战60米的深度。

继续追赶，甚至超越。万步炎心里一直有着一个梦想，不服输，不放弃。

很快学校就履行承诺，投资建设海洋实验室，建“海工”楼，后来又建“海牛”楼，建实验水池，购置高压实验装备，包括调试组装仪器设备等当时都基本上配齐了，人员也配备了不少。

万步炎刚开始并没有教学任务，只是一心做项目、组团队、搞研究，那个时候，研发“海牛Ⅰ号”这个国家重点项目是他的核心工作。

后来研发过程中，渐渐地，万步炎感觉自己的平生所学需要传给学生，传给后辈，科学研发需要继往开来。既然是学校的老师，教学工作也得承担一些。所以，他开始带硕士、博士研究生。

“一个是给国家培养了人才，另外一个是自己的平生所学也后继有人了。中国的深海钻机事业能够有人继续去推进了。”这是他朴实的心声。

高校是高层次人才会聚的地方，有做科研的优势，而且待在高校，思想更纯粹，可以一门心思做学问。在教书育人的同时做科研，这是他为自己选择的道路。

海洋领域技术创新的重要着力点是海洋工程技术和先进装备，其中主要有重大海洋探测与信息技术、海洋运载与港口技术、海疆安全保障装备、海洋油气风电等能源装备、海洋生物资源利用技术、海洋环境防护与修复技术、海洋矿产资源开发技术。

“当时我们依托机电学科进行教学，很多做海洋研究必需的课程，比如流体力学，学院都没有开设过。”万步炎回忆说。所以他从研究所来到学校后，教学上做的第一件事就是开了一门海洋流体力学课。

和矿山研究院相比，大学的研究环境更加纯粹，更便于他静心研究海洋勘探装备技术。

从前万步炎带自己的团队，只要让队员们把任务完成，把成果做出来就可以了，但来到学校以后，不光要让学生学会动手，也要重视知识的传授和理论水平的提高。环境的改变也让万步炎转变了自己的思路。每年他们都需花费大量的时间待在海上，为了锻炼学生，这期间遇到的问题，万步炎都尽量交给学生来解决。

在海上漂了二十余年，万步炎很清楚科考期间会遇到很多的突发情况，科研设备不可能没有一点瑕疵，而这些问题往往会在船上集中暴露出来。如何在最短的时间里排除故障、解决问题，不耽误科研工作？这十分考验学生的实践水平和对知识的迁移运用能力。

面对复杂精密的设备和变化多端的海洋，仅仅有理论知识是不行的。遇到故障和其他突发情况时，万步炎就会召集学生研讨，每个人都拿出方案来共同探讨。他让学生运用自己所学的知识来解决实际问题，体验实践操作，他则在学生身边进行指导、把关。

如此一来，每出一次海，学生和师傅们的能力都能得到飞速的提升。

大学的条件很好，实验装备很先进，人才素质也高，但是理论研究和生产实践存在一定脱节。在多年的实践中，万步炎发现：实验室中模拟出的结果和实际操作结果存在偏差。实验室并不能完美模拟现场状况，很多设备在实验室运行非常良好，但到了现场还是会发生很多问题。

万步炎记得，有一段时间团队研发的钻机钻探到相应位置，却总是无法顺利取出样品。大家百思不得其解，只好取出钻头反复研究，最后发现是钻头中的导角安装方向设计有误。将导角进行改装后，钻机才顺利取出样品。

“如果不是亲身实践，我们根本不知道导角这样一个小零件的方向这么重要。”

在海洋这个大课堂上，可以收获教室和实验室无法传授的经验与知识，也为之后的教学和研究提供了重要参考。

“学校要同企业、同生产现场紧密结合，人才之间要相互交流。科研要提升，需要更多教师走到生产一线；生产要发展，也需要一线工作者进入学校学习理论知识，理论和实践相互结合，才能让技术不断进步。”万步炎说。

海洋是一个综合性的大课堂，每次出海海试，短则一二十天，长的要好几个月，不仅考验学生的专业技能，也是对学生心性的磨砺。而且每次航行到海外的港口，体验当地的风土人情，对学生来说，也是一种收获和学习。

学无止境，即便是万步炎这样的资深海洋人，每次进行新的航行，参与新的项目，也能学到不少新知识。

譬如，在作为技术专家参与“蛟龙”号深潜项目的过程中，万步炎就从“蛟龙”号团队学到了更可靠的液压油箱密封方式，以及严密的设备验收、把关流程。

一年又一年，一程续一程，一棒接一棒，不断地出发、重来，再出发。“海牛”人初心弥坚，有诺必践，豪情满怀，风华正茂。虽征途漫漫，行远自迩，他们以奋斗者的姿态，以老黄牛的精神，从湖湘大地出发，钻向大洋深处，刷新世界海底钻探深度纪录。

做海洋研究，必须到海上去，要真正成为一个海洋人，就要到海洋上历练。因为，大海就是人生课堂。

三

牛顿晚年曾说：“我好像是一个在海上玩耍，时而发现了一个光滑的石子儿，时而发现了一个美丽的贝壳而为之高兴的孩子。”

专注的人一定简单快乐。我想，万步炎也一定是这样一个快乐的人，一心投入科研，很纯粹。

从矿山研究院到大学，从长沙到湘潭，从科研人到传道授业解惑者，从实验室到课堂，环境变了，身份也变了，但不变的是初心。万步炎没有想到，在湘江之滨、风景如画的湘潭，在这座具有红色文化底蕴的城市，他的科研会有着预料之外的巨大飞跃。

海底钻机研发成功之后，国内的大部分钻探任务都可以用“海牛”团队研发的国产设备完成。

“海牛”团队成员并不多，十几个人，但这个团队里，团结、温馨，充满希望。万步炎作为带头人，发挥了设计师、指导员、战斗员的模范带头作用。他是这个团队的灵魂和核心，两鬓虽斑白，眼睛里的光却越发明亮，有一种坚定的勇气和信念。

多年的磨合，团队成员间已非常默契。

记得2015年的一次海试，当设备移出收放平台，在绞车拉吊下缓缓入海，团队成员田勇、王案生师傅背系安全绳分别站在缆绳两侧船尾悬空处的支架上放浮球。放浮球是钻机海试时的重要环节，是为了防止钻机下放时被缆绳缠住。田勇、王案生师傅脚下是2800多米深的深海。团队成员于心科教授在中间用双手从两人背后拽住他们的腰带，三人形成三角形支撑，以便两位师傅安全正常地施力。卡好浮球的接口再旋紧螺丝。一个半小时后，15个浮球顺利放完。这样的默契，既因时间的磨合，也缘于彼此的高度信任。

“在万老师眼里，博士和工人都是一样的，该做的都得做，不能有半点儿优越感。他要求我们做工人型学者，兼备理论和动手能力。他自己就是这样的人，从设计、编程到安装、焊接、测量什么都会。”博士罗柏文说。

“当时，万老师批评我的一句话，让我记忆犹新。”那次罗柏文正在用万用表测试设备绝缘情况，一不留神，手指挨到了探针。手是导体，对数据精确度有细微影响。罗柏文没在意，万步炎却注意到这个细节，当场严肃批评：“你还是个博士呢！”

“如今我对细节很注意，细节决定着一场海试的成败，当初多亏万老师那么直接地提醒！”罗柏文笑着说。

有一次出差，在飞机上，万步炎突然问金永平博士：“小金，动力头带钻杆下降拧钻杆下丝扣这一操控按钮下面的指令，如果手动操作怎么完成？”答案包括 18 个步骤。“海牛”操控界面，操控按钮有几十个甚至几百个步骤，万步炎全部记得，经常考验他们。

“万老师的时间表里没有白天黑夜和假期，电话 24 小时不关机。遇到问题，哪怕凌晨打过去，他也会接听，和你一起讨论，直到问题解决。”成员朱伟亚博士说。

“我是高中文凭，技术工人，30 年前就跟万教授一起在长沙矿山研究院工作。后来，湖南科技大学邀请万教授，而我学历低，不便引进。万教授坚持不撇下我。学校打破框框把我也调进来。万老师说，我们是一个整体，要来一起来。”团队成员王案生师傅讲述起这件让他一直感怀的事。

“海牛”完成海试，还有后续工作要做。听说团队成员田勇师傅的妻子病重，万步炎连忙“赶”田勇师傅回去。随后又多方打听，帮忙找到好的医生。王案生师傅母亲去世，万步炎抽时间与团队成员赶赴衡阳吊丧，嘱咐他安心把家里事情办完再来上班。

团队成员家中有事，万步炎总是挤时间送去关心，但是自己的家庭，他却常常“缺席”。父亲走时，他正在海上；妻子生病时，他也在海上；儿子需要父亲时，他不是在实验室，就是在海上。

“‘海牛’研发期间，有一些公司带着项目来找万教授谈合作，虽然待遇优厚，但他都拒绝了。可以说，在名利面前，他不会动摇，坚持自己正确的选择。”刘德顺教授说。

“‘海牛’研发，时间紧，任务重，我不能分心。再说人这一辈子，一次也只能睡一张床，一天也只需吃三餐饭。国家、学校给我的待遇够好的了。”“我们生活在一个最好的时代，思想最不受禁锢、最鼓励创新、最尊重人才的时代，我们有什么理由不做做我们的海洋梦、向海图强的中国梦呢？”这是万步炎的心声，一言一语显露的都是拳拳赤子心。

作为“海牛”项目组的首席科学家，他并不认为自己有什么了不起，他经常说“我就是一个干活的，国家信任我，把这么重要的项目给我们，我要不辜负才对。”

万步炎带领团队从敲开深海的一丝门缝，到打开深海厚实的大门，历史的机遇往往出现在一个人或是一群人的奋斗历程中。

所有的努力终于有了成果。2016 年 1 月 21 日，“海牛”项目顺利通过科技部“863 计划”海洋技术领域办公室组织的验收。

探索的路永远没有止境。就像太空探索一样，海洋探索也是一场接力赛。未来，太空和深海的更多奥秘，会被更多的人揭示，人类的脚步会走得更远。

新的赶考路上，万步炎有着新的计划，他和团队将聚力科技创新，接续奋斗，打赢关键核心技术攻坚战，进一步扩大深海钻探的领先优势。

四

多年的科研和教育实践，让万步炎对产教融合有着很多思考。

万步炎认为，高等教育要从量的扩招转变到质的提高。对于他来说，研究“海牛”钻机和培养学生一直是并行的。

在 2023 年的全国“两会”前夕，万步炎这位新代表在接受记者采访时表示：“这是我第一次当选全国人大代表，既感到非常光荣，也觉得责任重大，要尽我最大的努力，做好政府与群众的桥梁纽带。”

参加全国人民代表大会，他提出的建议和议案主要在教育和科技方面。作为代表，他就如何加快和一体推进教育、科技、人才工作积极建言献策。

万步炎表示，党的二十大报告首次设立专章对教育、科技、人才工作进行“三位一体”统筹部署，更加彰显了教育、科技、人才在社会主义现代化建设中不可替代的特殊作用。

当有人问他对教育有什么期待，有些什么提议时，一向言语谨慎的他变得直言不讳。他说：“对于高校的教育，我认为有几个亟待解决的问题。一个是在推进教育优先发展方面，要解决落后地区的教育发展不平衡的问题，要提高本科教育的质量，实行宽进严出，要有竞争意识，有危机意识。二是尽快建立一个科技人才评价体系，希望国家加快步伐，制定一个合情合理的科技人才评价体系。要把论文写在大地上，注重科研成果的转化，结合考虑提高社会经济效益。三是加快推进产教融合。大学的教育不能落在企业的后面，不能关起门来在实验室闭门造车，教育要和产业进一步结合，不能落后于产业发展，大学教材的内容、专业的设置、老师的水平，都有待提高与完善。”

“部分学生在高中阶段非常努力，进入大学以后选择躺平，甚至挂科也不在乎。学习基础没打牢，毕业后找工作也就困难。这样陷入了恶性循环，对国家今后发展有很大影响。”通过调研，万步炎很是忧心。

正是基于此，万步炎提出建议，要提高高等教育质量，实行宽进严出，以此提高学生水平，让他们能真正满足社会的要求，更好地为社会服务。

同时，万步炎建议，要同步提高高等教育阶段教师的教学水平。“只有学生和教师水平都提高了，才有利于整个高等教育质量的提升，为建设社会主义现代化国家提供真正合格的人才。”

他说，要坚持教育优先发展的战略地位不动摇，深入推进高等教育“质量革命”，通过完善高校学生淘汰机制，用宽进严出来切实提高高等教育“含金量”，真正做到让学生忙起来、教师强起来，为国家培养合格人才。

在他看来，教育要同企业、生产现场紧密结合，人才之间要相互交流。科研要提升，需要更多教师走到生产一线；生产要发展，也需要一线工作者进入学校学习。科教结合、产教融合，才能推动技术不断进步。

“高等教育同经济社会发展需求脱节的现象要引起重视，培养的学生能否学以致用，是检验教育的最终标准。”万步炎说，“高等教育要紧跟甚至超前于产业发展，要走进企业深入了解企业需求，切勿在实验室‘拍脑袋’，认为什么研究‘高大上’就‘跟着上’，最终却‘用不上’。”

对此，万步炎建议，高校要进一步优化以服务国家战略和区域经济社会发展为导向的学科专业、人才培养和科研创新体系，坚决避免“体内循环”“闭门造车”的现象；要进一步推动高校、科研院所、行业企业力量优化配置和资源共享，推动创新链、产业链、人才链、教育链融合发展，构建科教结合、产教融合、校企合作的协同育人和创新机制。

首次当选全国人大代表，他有些诚惶诚恐，深感责任重大。他说：“我这个人，要么不干，要干就要干好，人民信任我，国家培养我，我有义务、有责任，去当好这个代表。”

万步炎教授既是科研人员，同时又是高校老师，在科研之余，他时时关心国家的教育问题，以及人才的培养问题。他为国家而忧，为国家而思。他说：“人才是第一资源，科技是第一生产力。我们要根据需要培养人才，特别是科研人才。我们要建设海洋强国，就必须撸起袖子加油干，高水平地完成国家的各种科研项目，这些都需要人才的支撑。”

说完这些，他又自我解嘲地笑了笑说：“我想多了，这应该是教育部考虑的问题。”

做教育和做科研一样，万步炎满腔热情，有着高山大海一样的胸怀。每次受访，镜头前，万步炎总是镇定自若，并不像之前他自谦的那样不善言谈，反而是侃侃而谈，讲述精彩生动，让人信服。在讲台上的他，和学生们在一起的他，也是如此。学生们都说，万老师特别亲切，特别幽默。

我一直很好奇：科学家是如何上课的？若是能够当万步炎的学生，我想，那肯定是一种荣耀，也是一种幸运，同时，应该也不容易。

能吃苦耐劳，这是万步炎招学生的先决条件。

“出海离家几个月，海上枯燥无味的生活可不可以适应？”

“晕船能不能克服？”

“到了海上，无论是硕士、博士，还是教授，都得拿起扳手、锤子、电焊，像工人一样干活，能不能接受？”

如果学生觉得自己没问题，再来报考。海上科考，没有白天黑夜，故障出现不挑工作时间。在船上，团队还会分成几个小组连班倒，如果碰上紧急情况，连休息都顾不上。

据朱伟亚回忆，2002 年上半年，他临近毕业时，曾前往岳麓山下，去找在长沙矿山研究院子弟学校工作的好友。好友告诉他，院里设有一个海洋采矿研究所，正在招聘工作人员。于是，一直对海洋充满向往，有着极大兴趣的朱伟亚决定去面试。

朱伟亚清楚地记得第一次见到万步炎的情景。当时，他来到万步炎的办公室，这位看起来很年轻的海洋所所长，戴着一副大框眼镜，非常文雅和富有活力。他问了朱伟亚一个问题："你是否能适应频繁地出差？"

"出差，没有问题。"

当时，朱伟亚还不太明白这个问题的真正含义，觉得自己年轻，出差应该不成问题。毕竟，在出差的同时，还有机会拓宽视野，年轻的他毫不犹豫就答应了。后来才明白，这里的"出差"主要指的是海上工作，那可远不是一般意义上的出差所能比的。

这些年，朱伟亚深知在海上工作的艰苦和危险。在海上，台风、巨浪，高温、曝晒，晕眩、枯燥、寂寞，都是日常"小事"。检修设备、机器深海下潜、海底钻探，在不同的海底，操作所遇到的情况千变万化，比在陆地上、实验室里工作要艰难得多。

即使是这样，他也没有后悔过。这些年的出海经历，让他对生活多了一份深切的理解、一份别样的热爱。

2017年，在南海进行海底工程地质勘察作业的时候，有一天，朱伟亚陪着万步炎一起通宵值班。在那个深夜，万步炎跟他说："小朱，你研究生已经毕业了吧，最好还是去读个博士。"

在此之前，朱伟亚对读博还有点犹豫，因为年龄已经有些大了，但万步炎对他的期望深深地触动了他，给了他信心。于是他作出决定，攻读博士学位，成为万老师的学生。

朱伟亚一直觉得自己很幸运，大学一毕业就能和万步炎成为同事，后来又成为他的学生。无论是在学习、生活还是科研工作中，每当他感到疲惫、无望时，导师万教授都会鼓励他。

万步炎鼓励学生们要像“海牛”钻头一样，坚韧不拔，克服一切困难。

他常常告诉学生：“我们正在研究的‘海牛’钻机如果能为国家的深海勘探事业作出贡献，那么我们今天所付出的努力、经历的困难和挫折都是值得的。”

一边做科研，一边培养青年人才，万步炎甘做提携后学的铺路石，当他们的领路人。

“比钻机更有价值的是，我的学生们成了一个个‘金刚钻’。”这是万步炎引以为豪的事。

不管是作为老师，还是作为科研人员，万步炎坚持的是：“要么不做，要做就要做好。”

“在海洋地质勘探的课堂上，我们将继续以教育家为榜样，大力弘扬教育家精神，为强国建设、民族复兴伟业作出新的更大贡献。”万步炎心中永远想着国家，为国家培育人才是他前进的动力。

五

2023 年 9 月 3 号，开学的日子。湖南科技大学未来技术学院的首届“海牛”班正式开班了。

来自湖南永州的邓权倬同学，一个 00 后阳光大男孩，穿着印有“未来技术学院”字样的白色 T 恤。他的心里充满期待，早早就来到教室里。一走进教室的大门，就看到了墙上的标语：国家落后于人的地方，就是我们努力的方向。

这句话，是“海牛”团队的精神坐标，如今，也深深激励着“海牛”

班的学子们。

加入“海牛”班学习，这个机会对于来自湖南娄底的曾宏玉同学来说，是很难得的。从小就喜欢软件和动手制作的00后女孩曾宏玉，高考后为自己选择了学校和专业，之所以选择智能制造专业，是因为她从小的梦想就是当一名科研工作者。

首届“海牛”班，一共29人，个个都是从机电工程、计算机等专业择优录取而来的。

3号上午，“立功”楼302教室，齐聚一堂的，除了学院的领导、老师，还来了一些企业的领导和高级工程师，他们是学校聘请的校外导师。开班仪式上，作为这个特殊班级的首位班主任，万步炎给大家上了“开学第一课”。他寄语同学们要好好学习，依托学校这个平台，发扬“海牛”团队的精神，学好专业，扎扎实实打好基础，希望将来他们能够为祖国作出自己的贡献。

这一天，邓权倬和同学们见到了心中的楷模——大名鼎鼎的万步炎教授。

听着幽默、风趣、知识渊博的万教授的讲话，邓权倬和同学们激动不已。他们多么自豪，“海牛”号首席科学家万步炎教授是自己的班主任！

在邓权倬的眼里，万教授不同于一般的科学家。因为在他之前的想象中，科研人员是不善言谈、不苟言笑的，是特别严肃的，然而，眼前的万教授幽默风趣，给他们分享了很多故事，他虽然头发花白，却神采奕奕。当他讲起30多年来的科研经历，讲起海上的艰难历程时，同学们都被深深地感染了。

能够进入首届“海牛”班学习，是这一群时代青年的幸运。

邓权倬说起被“海牛”班录取的情形时，依然掩饰不了激动的心情。

正在读大一的邓权倬听说学校“未来技术学院”要办一个“海牛”班，将在全校的理工科学生中选拔优秀苗子。对于学智能制造专业、有一定工科基础的他来说，这是多么好的一个机会！之前，每次经过学校“海牛”楼的时候，他就对这栋并不高大但在他心中十分神圣的科研楼，投去向往的目光。邓权倬从小的梦想，就是当一名科学家。

机会来了，不可错过。于是，他赶紧填表申报。

说起这个“海牛”班的招生要求，那是非常严格的。首先是根据学生的高考成绩及平时的学业成绩进行筛选，然后再组织考试和面试。

面试那天，邓权倬用一口流利的英语作自我介绍，讲述自己对机械制造的热爱、对海洋事业的憧憬、对自己未来方向的规划。他的从容和自信，打动了在场的评委。期末考试之后，他和其他 28 名同学接到老师的电话，告诉他们被录取了。接到通知的那一刻，这个高高瘦瘦的大男孩抑制不住自己激动的心情，高兴得跳了起来。

那么，“海牛”班是一个什么样的班？和其他的班级比较，都有些什么特点？

据曾宏玉同学介绍，学校领导很重视他们这个班，对他们怀有很高的期望。“海牛”班的课程，比一般专业的课程设置更丰富，学生们在校能学到的东西更多，包括电工知识、机械原理、理论力学等。他们比其他同龄的学生提前一年学习机械原理等知识，以后还将学习海洋工程和海洋资源勘探设备研究等方面的知识。

学校为他们分配的导师，分为学业导师和企业导师，而且是双向选择，学生可以自己选择导师确定研究方向。学生前期主要是上专业课，写论文，研究专利，这一阶段是学业导师在指导。到了大四的时候，将有企业导师带他们。学校非常注重培养他们的动手能力，班级中不少同学常在课后自我加强操作实践。

学业导师会根据学生的实际情况，帮他们选定相关研究方向和技能训练项目，根据学生的特点和兴趣爱好，指导学生制订符合其个性发展的提升计划，并对其进行科学素养、研究性学习能力和实践能力的培养。导师们还会依托项目驱动，学研结合，实现课内和课外创新及实践训练的有机衔接，促进学生开展自主创新实践活动。以各级各类大学生科技创新项目、科技竞赛项目，国家级、省级各类技能竞赛项目等为依托，培养学生的创新及实践能力。

导师组基于学生实际，制订个性化培养计划，且每两周至少给予一次指导。学校希望“海牛”班全员无挂科，大学英语六级考试（CET—6）力争全员通过，学科竞赛全员参与，科研成果全覆盖，进入企业见习、实习，研究生升学率力争达到100%。

2023年是首届“海牛”班，之后还会一年一年地办下去。学校的目标就是为未来培养更多的科研人才。我想，这就是对于学生培养，“海牛”班与其他班最大的区别。

曾宏玉把平时的课程表发给我，我看到，除了机械制造基础、智能制造工程专业英语等基础课程，还有海洋工程概论、水下机器人设计、风力发电技术与装备、工程经济学等全方位培养所需的补充课程。看着课程表上细密的计划和安排，我看到了老师们的用心良苦，看到了未来的希望。

邓权倬说，除了专业课，他们将从第三学期开始，在企业导师的安排下，在科研实验室、教学实验室或企业见习，完成实践内容，自行开展实验，撰写工程实践报告、制作PPT汇报工程实践心得体会。

他们的企业导师来自山河智能、哈电风能、江麓集团等知名企业。

据学校领导介绍，“海牛”班的办班初衷，就是为了将课内和课外、理论和实践有机结合。这正是万步炎一直呼吁的科教融合、学研结合的一个生动实践。

能够进首届“海牛”班，是一种荣誉，荣誉背后则是更大的压力。曾宏玉说，进了这个班有压力，也更有动力。平时，他们要研究专利，要写论文，要做设计，要参加全国大学生机械创新大赛等，还要学好各科新增加的课程，有竞争，有困难，但是他们很开心，这是难得的锻炼机会。同时，更重要的是，他们从现在起，就开始规划自己的未来。他们比其他班的学生更早地了解自己的未来，对未来有更清晰的方向，也比其他班的学生更早地开始规划自己的未来。这一点很重要。现在的曾宏玉，因为未来方向明确，也更加努力了。

她的话语之间，是满满的憧憬，还有满满的自信。我在心里默默祝福这一群幸运的孩子，也突然明白学校对这个“未来技术实验班”，也就是“海牛”班，寄予的期望，以及“未来技术实验班”中“未来”的真正含义。

提起学习的困难和压力，曾宏玉坦言已经慢慢学会了自己面对困难，化解困难。实在有解决不了的问题，她就向学业导师们请教，通过谈心交流，来化解学习和生活上的困惑。班主任万步炎教授的话也是她的指路明灯。

“遇到困难，勇往直前，不要怕。”

“坚持最重要，坚持就是胜利。”

“什么事情，看起来很困难，去做，就对了。”

尽管现在的她还没能做出自己的作品来，但哪怕只是焊接一块板子，制作一些小部件，只要是自己亲手做的小设计，快乐和幸福就会弥漫在她的心里。她说，身边有这么优秀的榜样，这么多努力的人，有这么多关爱自己的导师，有这么多优秀的学长，在这样的氛围中，她深知自己的差距，她每一天都将用力奔跑，不负韶华。

接受采访那天，邓权倬特意穿着崭新的班服。可以感受到，能成为班级中的一员，对他来说是多么荣耀的一件事。面对我们，他面带微笑，脸上洋溢着自信，身上闪烁着青春的光彩。

参观学校校史馆里陈列的“海牛”模型时，邓权倬的钦佩之情油然而生。

湖南科技大学不仅有“海牛”号，更有如“海牛”号般珍贵的学子。学校给这些学子构建了广阔的平台，今天，学子们以学校为荣；明日，一批又一批的科研人从这里走出，学校将以他们为荣。我期待着，并祝福他们。

“只要心怀热爱，永远都是当打之年。”曾宏玉将老师说过的这句话作为激励自己的人生格言。邓权倬也想了想说：“真正的大师，永远怀着学徒之心。”

是啊，因为心怀热爱，才能坚持到底。科研人，需要勤勉，需要坚守，需要一份持之以恒的热爱。

愿莘莘学子在最美好的年华，志存高远，努力奔跑，心中有热爱，眼里有未来。向着未来的方向，挥一挥手，点亮自己的青春。

2023 年 9 月 8 日，在湖南省第 39 个教师节表彰大会上，身披绶带的万步炎又一次上台接受表彰，这一次，他被评为“湖南省教书育人楷模”。站在颁奖台上的他，说话掷地有声，面带微笑，满怀豪情。

六

2023年12月4日，一份“国家卓越工程师”表彰名单引起广泛关注。以党中央、国务院的名义开展“国家工程师奖”表彰，在我国尚属首次。

什么是“国家卓越工程师”？什么样的工程师，才称得上“国家卓越工程师”？

据新华社消息，为表彰工程技术领域先进典型，激发引领广大工程技术人才埋头苦干、勇毅前行，为全面建设社会主义现代化国家、全面推进中华民族伟大复兴作出新的更大贡献，党中央、国务院决定，2023年首次开展“国家工程师奖”表彰。

根据评选表彰工作部署，在相关地区和部门组织推荐、集体研究的基础上，经综合评审、统筹考虑，最终确定81名个人为“国家卓越工程师”表彰对象，50个团队为“国家卓越工程师团队”表彰对象。

值得一提的是，首届“国家卓越工程师”获奖名单中，有13名个人表彰对象来自高校，其中就有来自湖南科技大学的万步炎。

时年59岁的万步炎，是人类灵魂的工程师，更是我国海洋勘探装备技术工程师。这个“卓越”称号，他名副其实，他当之无愧。

一路走来，万步炎从不放弃梦想，并为年轻人铺路搭桥，点燃未来梦想。潜心科研的他，甘为人梯、奖掖后学、静心施教、悉心育人。他真正把为学、为事、为人统一起来，坚守师者匠心的育人情怀。

他是“四有”好老师的杰出代表，他是教师的优秀“代言人”，他是“湖南省教书育人楷模”，他是全国“最美教师”，他是人民的“代表”，他还是“国家卓越工程师”，他更是全国人民心中的“时代楷模”！

“我觉得，人这一辈子，应该生活在爱的环境里面。我喜欢机械设备，我也爱国，也热爱我的工作，爱我的家人，只有热爱才能把工作做好，这是我一辈子的经验总结。”万步炎说完，点了点头，看向远方，那里是大海的方向。

他知道，所有荣誉只是新的起点，他的目标仍在深海。

国之所需，吾之所向

一

惊蛰之后，仲春时节，桃红柳绿，万物复苏。百花含苞欲放，新芽蓄势待发。

2023年3月，万众瞩目的全国“两会”在北京人民大会堂隆重举行。来自湖南代表团的全国人大代表、湖南科技大学海洋实验室主任、“海牛”号团队负责人万步炎阔步昂首走进会堂。这是他第一次当选全国人大代表，心情自然是激动万分。

这位人民的科学家，30多年来，为国家潜心科研，为民族钻探，他以摘星人之姿，扎入深邃海洋，逐梦星辰大海，成为备受人们追捧的科技之“星”。

3月7日下午，第十四届全国人民代表大会第一次会议第二次全体会议举行，会前举行第二场“代表通道”采访活动，万步炎受邀接受采访，向中外记者讲述他的海洋强国梦。

中央广播电视总台女记者向他提问：万代表您好，您主持研发的“海牛 II 号”深海钻机刷新了该领域钻探深度的世界纪录，被誉为“深海神兽”。请问您是如何创造并驾驭这尊“神兽”的？

万步炎胸前佩戴代表证，穿着黑色西装，打着红色领带，正视前方，神情专注，略带着湘音，娓娓道来。

“多年来，我和我的团队秉承‘国家落后于人的地方，就是我们努力的方向’的理念，瞄准国家重大战略需求，坚定创新自信，勇攀科技高峰。

“2021 年，我们已经在深海钻到了 231 米，这是一个世界纪录，但是，231 米肯定不是终点，这个应该成为我们下一步的起点，在下一个‘五年规划’，我们会把‘海牛’系列钻机带向更深、更广阔的海域，我们的远航一直都在进行。

“海水深度是有终极的，最深是一万多米，那么，我们的钻探肯定是越钻越好，越钻越深，在我的有生之年，我的追求，没有尽头。”

党的二十大再次吹响了加快建设海洋强国的冲锋号，建设海洋强国是实现中华民族伟大复兴的重大战略任务之一。在实现第二个百年奋斗目标的新征程上，我们必须向海图强。

万步炎说：“我 30 多年的科研经历，证明了两件事：一是科技的进步、国家的强大要靠我们自己，关键核心技术是买不来的；二是咱们中国人有能力，有志气，如果有人想卡我们的脖子，那也是卡不住的。我们团队下一步将向着更深和更广阔的海底挺进。我坚信：别人能做到的，我们一定能做到；别人还没有做到的，我们中国人也有可能先他们一步做出来。作为一个中国人，我深爱我的祖国，看好我的祖国。”

这短短的 5 分钟，是振奋人心的 5 分钟，是让中国人心潮澎湃的 5 分钟，是让世界知道中国已崛起为深海技术大国的 5 分钟，万步炎自信、坚毅的声音，掷地有声。

他，从陆地到海洋，从洞庭湖畔到深海大洋，由蔚蓝走向深蓝，由中国走向世界。他，正成为人们追崇的科技之“星”。

特别是当他说到“我深爱我的祖国，看好我的祖国”时，全场爆发出热烈而经久不息的掌声。

万步炎坚信，开启人生路上的“三把钥匙”，就是忠诚与热爱，独立与创新，坚守与坚持。人生没有捷径，越是有困难，他感觉越兴奋；越是觉得难做的事情，他越想挑战。他一次次迎难而上，把中国的海洋技术做到了国际领先。

从 0.7 米到 231 米，从事科研工作这么多年来，他带领团队克服重重困难，一次次刷新海底钻机钻深纪录，一步步见证了我国海洋矿产勘探开发技术与装备从落后到超越的攀登。

这正如万步炎后来在接受媒体采访时用英文说的那样：

“As a Chinese scientist, my dream is to explore more human unknown fields in science and technology with my colleagues.”

（作为一名中国科研工作者，我的梦想是与我的同事们一起，在科学技术领域探寻更多人类未知的世界。）

对于万步炎和他的团队来说，“海牛Ⅱ号”创造的纪录远远不是终点，他们将继续前行，未来的方向和重点：一是培养下一代的海洋研究者；二是砥砺前行，突破海底钻机钻探深度。

“走出陆地，走向深蓝，海洋梦就是我的中国梦！”尽管已取得巨大成功，但他的脚步没有停下，他和团队已经把目光瞄向更远的地方。

云飞千嶂风和雨，潮起正是扬帆时。

是的，这是关于蔚蓝大海的梦想，只有汹涌的大海才能使他激动，只有奔腾的蓝色才能让他动心。

我想，万步炎是属于大海的，橙色的“海牛”号也是属于大海的，他们一直都是大海的赤子，他们所有的眷念与骄傲，都来自一次次深海钻探的激情澎湃，来自湖湘儿女的经世致用与敢为人先，来自中华民族伟大复兴中国梦的声声召唤。

二

2023年5月22日，许多人的手机都接收到一条短信，中宣部授予万步炎同志“时代楷模”称号，褒扬他是矢志科技自立自强的深海勘探先锋，号召全社会向他学习。

时代需要楷模精神，时代呼唤楷模精神！

当晚9时，央视综合频道的《时代楷模发布厅》栏目播出了“时代楷模”万步炎的先进事迹，号召全社会向他学习。该节目引起了强烈反响。

观看节目后，人们纷纷表示将以万步炎为榜样，立足实际，在各行业发光发热。有一位老师，还专门写了一首诗歌作为观后感：

“万”众一心加油干，初心使命记心间。
“步”履稳健克难关，站在攻坚最前沿。
“炎”黄子孙奔复兴，砥砺奋进谱新篇。

一滴水，汇入大海之中，折射太阳之光！

“时代楷模”是由中宣部集中组织宣传的全国重大先进典型，充分体现了“爱国、敬业、诚信、友善”的价值准则，是具有很强先进性、代表性、时代性和典型性的先进人物。他们的事迹厚重感人、道德情操高尚、影响广泛深远。

科技强则国家强。实现科技自立自强，科技人员发挥着非常重要的作用。万步炎带领他的团队一次次穿越海上风浪，一次次跨越科研鸿沟，深海梦被自主创新技术刻在海底，中国心在科学家的胸中澎湃不息！

“时代楷模”就在身边！于我们而言，是鼓励，是欣喜，也是鞭策。让我们向“时代楷模”学习、致敬！

我们学习“时代楷模”精神，永葆“闯”的精神、“创”的劲头、“干”的作风，攻克一道道难题、突破一个个难关。在风险矛盾和困难挑战面前腿肚子不软，内心不慌，不打退堂鼓，以敢啃“硬骨头”、敢下“深水区”的胆识，以“咬定青山不放松”的干劲、“千磨万击还坚劲”的韧劲，在平凡的工作岗位上建功立业。

那天，央视演播厅内，万步炎步履铿锵，精神抖擞，接过了珍贵的“时代楷模”证书。之后，他讲述起自己的海洋梦。一说起梦想，万步炎仿佛又变回了那个痴迷于书本，怀揣梦想和好奇，渴望飞行的少年。

是的，当一个人选择了勇往直前，梦想，终将带他抵达远方；热爱，一定会把未来照亮！

那天，我一直守在电视机前，看到这激动人心的一幕，忍不住热泪盈眶。那个5月，面对这一份激励和榜样的力量，我激动的心情无以言表。

繁霜尽是心头血，洒向千峰秋叶丹。

在很多人都在追求名利的时候，我们还能拥有这样专注、执着，为祖国科研事业奉献自己一生的科研人，实在是一种骄傲，他们值得我们深深致敬！

采接受访时，说到这个荣誉的时候，万步炎很淡然，他说：“这个荣誉对我来说是一个额外的惊喜，我没想过要这个荣誉。”说完，他又去实验室忙他的科研去了。

万步炎总是说：“人的一生，就是星星眨个眼的时间。我们在有限的生命里，如果能够为国家的深海勘探事业作出贡献，哪怕困难与挫折，都是值得的。”

时间很快到了6月，全国高考季，美好而令人充满期待的日子。高考前夕，有记者专程到学校采访万步炎，顺便请他给参加高考的孩子们几句寄语。当时他工作很忙，新的科研项目启动了，但他没有犹豫地答应了。作为教育工作者，他有着满腔的育才情怀。

万步炎为考生们送上了宝贵的“三把钥匙”，他说：“即将奔赴高考考场的孩子们，我要向你们说一句话，不管明天考试结果如何，你们都要始终保持忠诚与热爱，学会独立与创新，勇于坚守与坚持，这就是我人生路上的‘三把钥匙’，送给你们。”

回顾他那年的高考，万步炎觉得自己很是幸运。“在那个时代，赶上国家改革开放，赶上科技的春天，我是非常幸运的，抓住了这样的一次机会。”他说，“我是革命烈士的后代，从小享受到国家的照顾，家国情怀始终刻在我的血脉之中。上大学的时候，我报的是航空航天专业，录取时却被调剂到探矿工程专业。我想，既然国家要求我这样，我也就努力学，所以我的探矿工程专业也学得非常好。后来毕业了，又做海洋科学技术研究，我也觉得非常好。把自己的兴趣爱好和对国家的热爱融入到学习工作中，这就是我们这一代人的理念。”

“作为一名科学工作者，要有自己的思想，不能人云亦云。当你独立思考的时候，要勇于创新，面对困难和不可能的事情我们都要去试一试。我经常彻夜未眠，用我的白头发换来灵感，但是我不在乎，因为最终解决了问题。”在独立思考这一点上，万步炎深有体会。

记忆最深的是2021年那一次惊心动魄的48小时，“海牛Ⅱ号”差点葬身大海，那次也是万步炎急中生智想到了解决方案——搭建一套临时的液压排缆系统。如果没有平时的知识积累，独立思考、敢于尝试、敢于创新的习惯，是不可能在当时那么紧急的情况下产生灵感，解决问题的。

独立思考，敢于尝试，勇于创新，是科研工作者的基本素质。一个国家要实现科技自立自强，离不开每一位科研工作者忘我的投入，终其一生的奋斗，永不止步的创新。

经受千百次失败之后，才可能取得一次成功，这必然要求科研工作者坚韧不拔，不怕失败。“海牛”的成功研发，就是无数次失败之后的成果。

“犯过的错误，经过的挫折，启发我，是不是我还没有做好，然后再朝那个方向努力。世间哪有什么成功之路，从来都是在失败的阴影中，坚守，坚韧，屡战屡败，屡败屡战。”万步炎是这样说的，也是这样实践的。

高校教育工作者首先要全情付出。他说：“我对年轻人最基本的教育，就是要独立，要不怕吃苦，先想怎么把事情做成、做好，而不是考虑自己能得到什么回报。做科研的人，不能先衡量这件事能为自己赢得多少荣誉、利益，这样是干不成事的。纯粹地考虑如何将任务完成，先去付出，自然会收获相应的回报。”

一辈子躬耕于一件事，是水滴石穿、磨杵成针的坚守，是对毅力和恒心的考验。一生只做好一件事，看似简单，却又不简单。做好一件事容易，用一生去做好一件事，真的不容易。

对万步炎而言，他从没想过寻觅一蹴而就的科技捷径，而是坚持在百转千回中追寻最璀璨的科研之光。创新有时是九死一生，但万步炎有“虽九死其犹未悔”的决心和勇气。

对万步炎而言，“海牛Ⅱ号”创造的纪录远远不是终点，他的目标是培养下一代的海洋研究者，进一步突破钻机钻探深度纪录。

除了探海养“牛”计划，热爱生活的万步炎，一直多才多艺，他喜欢唱歌，喜欢旅游，在心里早有了一个退休计划，那就是退休后报名参加运动型飞机的培训，他要考飞机驾照，圆自己小时候开飞机的梦想。如何报名，在哪里培训，这个他早就打听好了。

“如果人生几十年平平淡淡，那太划不来了。”万步炎的人生信条是：生命不息，挑战不止。

三

2023年9月22日，教育部、科技部、自然资源部、中共湖南省委联合印发《关于开展向万步炎同志学习活动的决定》。

在这份《决定》中，我们看到了一位共产党人、一位教书育人的“时代楷模”、一位矢志科技自立自强的深海勘探先锋的初心和使命。

我们要响应号召，向万步炎学习，学习他胸怀祖国、服务人民的政治担当，勇攀高峰、敢为人先的创新精神，为党育人、为国育才的价值追求，淡泊名利、无私奉献的高尚品格。

万步炎把“国家落后于人的地方，就是我们努力的方向”立为报国志向，自觉践行科学家精神，把祖国的需要作为奋斗目标，模范履行党和人民赋予的新时代职责使命。他远赴国外学习深海采矿技术并取得重要研究成果，国外多次挽留，他却毫不动摇，毅然选择回国，立志要造中国人自己的深海钻机。30多年来，他深钻细研海洋矿产勘探技术，带领团队一步步实现我国海洋资源探采装备从无到有、从落后到领跑的飞跃。他带领团队研发的“海牛Ⅱ号”钻机系统，刷新世界深海海底钻机钻深纪录，为我国加快建设海洋强国、加快实现高水平科技自立自强作出了突出贡献。

学习他，就要像他一样胸怀“国之大者”，把人生的奋斗目标同强国建设、民族复兴的宏伟目标结合起来，把个人小我融入到祖国的大我、人民的大我之中，以将忠诚融入万顷波涛、将智慧钻透深海海底的信念和决心，践行共产党人的初心和使命。

万步炎带领团队瞄准世界科技前沿，勇于创新、敢于担当，刻苦钻研、精益求精，奋斗进取、勇攀高峰，为我国海洋矿产勘探技术和装备研发作出了开创性贡献，成果入选国家科技创新成就展。他带领团队自立自强攻克多项关键技术难题，有效破解海洋资源勘探领域“卡脖子”问题，拥有完全自主研发、授权专利198件（美国、欧盟等国际发明16件），将有关关键核心技术牢牢掌握在中国人自己手里。他带领团队在太平洋洋底以及我国南海、东海等海域钻下2000多个钻孔，完成多座国际海底矿山的普查勘探，开创了我国利用海底钻机开展海底工程地质勘察的时代。

学习他，就要像他一样追求真理、矢志创新、潜心研究、爱岗敬业，在守好岗位、做好本职工作中创造出不平凡的业绩。

万步炎潜心立德树人，注重言传身教，打造了一支高水平创新团队，培养了一大批青年科技人才。他要求学生必须学好走进海洋的专业课和吃苦耐劳的必修课，无论是硕士还是博士，到海上科考都得拿起锤子、扳手，干得了船上工人的活计。为使学生的科考之路内容更加丰富，他还把课堂搬到海上，甲板、餐厅、宿舍都成了他的教室。无论海试在哪里，不管有多忙，他对学生总是悉心指导、谆谆教诲："只要是大家想学的，我都会毫无保留地教给你们。"五年来，万步炎团队共培养了8名博士、42名硕士。

学习他，就要像他一样坚持甘为人梯、奖掖后学，潜心治学、静心施教、悉心育人，努力培养担当民族复兴大任的时代新人，培养德智体美劳全面发展的社会主义建设者和接班人，真正把为学、为事、为人统一起来，坚守师者匠心的育人情怀。

万步炎带领团队成员舍小家、顾大家，不计得失，默默坚守。为了事业的需要，他甘愿舍弃国外优厚的生活条件和名利双收的机会，潜心做学问、搞科研，数十年磨一剑。为了节约国家投入的科研经费，他多次带领团队亲自动手制作"海牛"号重要部件，省去从国外进口所需的巨额费用。面对社会各界的鲜花和掌声，他总是把功劳和成绩归于团队。面对前进道路上的艰难险阻、惊涛骇浪，他总是挺身而出、冲锋在前。在他心里，国家最重，个人最轻；科学最重，名利最轻。他始终坚信：别人能做到的，自己的团队一定能做到；别人还没有做到的，我们中国人也有可能先他们一步做出来。

学习他，就要像他一样艰苦奋斗、甘于奉献、顽强拼搏，努力担当新时代新使命新任务，不断在奋斗中实现人生价值、升华人生境界。

伟大时代呼唤伟大精神，崇高事业需要榜样引领。榜样的力量，楷模的荣光！

相信大家和我一样，被万步炎教授的事迹深深地感动。我想再重复一遍他的一些经典话语：

“国家落后于人的地方，就是我们努力的方向。”

“231 米肯定不是终点，这应该成为我们下一步的起点。”

“人的一生，就是星星眨个眼的时间。我们在有限的生命里，如果能够为国家的深海勘探事业作出贡献，哪怕遇到再多困难与挫折，都是值得的。”

科技强国之路上，让我们以楷模精神为榜样，踔厉奋发、勇毅前行。

四

9 月的阳光，温暖明亮，甲板上的一群年轻大学生，他们如此时的阳光，能量满满。风华正茂的他们，把敬佩的目光聚焦在镜头前的“时代楷模”万步炎身上。

这是万步炎 2023 年在湖南省大学生开学第一课《远航》录制现场的一段深情讲述：

> 我很幸运自己做的这么一些事，得到了国家和人民的认可，我感到非常高兴。
>
> 1978 年，我有幸成为当时第一批大学生，学的是探矿工程专业。19 岁的我，研究生还没毕业的时候，第一次来到了海边，就被波澜壮阔的大海吸引住了。后来毕业，被分配到了长沙矿山研究院工作，偶然接触了海洋采矿这个工作领域，这一生便和大海产生了深深的联系。
>
> 1998 年，那个时候，我们科考船上几乎所有的科研装备，重要一点的设备都是从国外进口的，船上的绞车、A 形架等等，

都是从国外买过来的，特别是急需的钻机，深海钻机这样的核心装备，西方国家是不卖给我们的，唯有俄罗斯愿意租给我们，并且租给我们的还不是特别先进的产品，所以当时我们国家的海洋勘探，发展非常艰难，非常缓慢。也就是那个时候，我第一次感觉到了我们国家被“卡”住了脖子。年轻气盛的我，硬是不信这个邪，就领头带团队做了一个海洋钻机的方案，坚定不移地做中国人自己的钻机。

当时很多人劝说，你可以照着俄罗斯机器原封不动地仿造一台钻机，能应付就差不多了。但是我不这么想，我觉得要做海洋钻机，就要按当时最先进的标准去做，要做一台真正实用的，能解决我们国家实际问题的钻机，要把真正的核心技术搞懂。所以，我拒绝了他们的劝说。我按照西方先进标准，研制出了我们国家第一台海洋钻机。

当时，我们用了 4 年的时间，完成了西方国家很多年走过的路。2003 年，我们终于研制出了中国第一台深海浅地层取样钻机，并且在太平洋几千米深的海底，钻进 0.7 米，钻取了我国首个深海岩芯样品。

2010 年，我来到了湖南科技大学，尝试把自己毕生所学的知识教授给我们的下一代学生，因为我觉得我们国家这个领域技术赶上了，但是相关的人才准备还不够，我想把更多的学生带上海洋，告诉他们我的海洋梦。我还要告诉年轻的学子，外国人做不到的，我们中国人能够做到。也希望我们国家在这个领域的人才不断成长。

…………

万步炎有过很多次海上遇险的经历，他曾笑着说：“大家看我满头白发，其实我知道这是大海给我的馈赠，每次出海我头上的白发要增加5%，但即使这样，我仍乐此不疲。”

星星闪烁，波涛涌起。

“爱国就是要尽你的努力，为国家做点事。”万步炎是这样说，也是这样做。

30多年来，万步炎带着团队成员，像勤勤恳恳的牛一样，坚持逐梦深海，锻造大国重器。人生为一大事而来，他把自己毕生心血都注入到了祖国的深海勘探事业上。

万步炎的微信签名写着一句话：“细节决定成败，性格决定命运。”看着简单的一句话，实际上蕴含深意，这是他做事为人的准则。困难如大海里的波浪，层层叠叠而来，万步炎与团队成员，一次又一次地出海，一次又一次地面对风浪，一个难关又一个难关地闯，却从不言弃，每次都是顽强面对。在夜以继日的坚持下，他们挑战自我，超越自我，实现自我价值。

仅“海牛Ⅱ号”钻机的成功研发，就用时4年。上百种方法，26种材质，终于在“海牛Ⅰ号”的基础上，更新换代成了“海牛Ⅱ号”。“海牛Ⅱ号”成为目前世界上唯一一台海底钻探深度大于200米的深海海底钻机。它，完全可以保证可燃冰从高压海底取上来不会失压分解气化；它，包含了保压取芯技术与工艺、轻量化设计技术等多项高科技，关键技术完全自主研发，授权专利198件（美国、欧盟等国际发明16件），是真正意义上的“大国重器”。

在海南陵水海域，全球首座10万吨级深水半潜式生产储油平台——“深海一号”傲然矗立在蓝海之上。这个庞然大物的建成，就有着“海牛Ⅱ号”的功劳。

2022年10月，随着“海牛Ⅱ号”在“深海一号”海域水深1560米处顺利完成最后一个站位的深海海底低扰动工程地质取样，“海牛Ⅱ号”圆满完成本航次全部海底工程地质勘察任务。海底地质复杂，正是“海牛Ⅱ号”钻入深海，取出样品，勘探出最佳建造位置，才使得建成后的“深海一号”在海风海浪中稳如磐石。

2007年，万步炎获得国家科技进步二等奖，与党和国家领导人在人民大会堂留下了合影。这一年，作为“863计划”专家组成员之一的他，还为“蛟龙”号7000米潜水器量身定制了海底硬岩“岩芯取样器”。“岩芯取样器”作业水深为7000米，重量为94千克，钻深能力为0.25米，并可在30度范围内钻倾斜孔。该“岩芯取样器”由“蛟龙”号载人潜水器提供液压动力，潜航员在载人舱内通过遥控方式进行深海钻结壳取芯作业。为了保证“蛟龙”号载人潜水器作业安全，“岩芯取样器”还具备自动抛弃逃生功能。该“岩芯取样器”的成功研制，拓展了“蛟龙”号载人潜水器的作业能力，为我国深海矿产资源勘探、海底环境等科学研究提供了重要的技术支撑。

…………

从0到1，从跟跑，到并跑，再到领跑。

万步炎喜欢说自己是一个“养牛专业户”，不过，他养的是像牛一样有韧劲，不断向海底深钻的“海牛”。

追溯过往，“海牛”人的人生密码里，早就刻有奋进、笃定的特质。

这一路走来，“海牛”家族不断壮大，不仅有“海牛Ⅰ号”“海牛Ⅱ号”，还将有“海牛Ⅲ号”，将来还会有“海牛Ⅳ号”“海牛Ⅴ号”……

2023年5月，“海牛Ⅲ号”作为国家重点研发计划项目正式启动，万步炎与团队成员策马扬鞭再奋蹄，向着更深、更广阔的海洋挺进……

“只要你肯奋斗，梦想就会实现。作为一名科研工作者，我的梦想是与我的同事们一起，在科学技术领域，为人类探寻更多的未知世界。”未来，“海牛”系列海底钻机将进一步开拓大洋科学钻探、海上地质勘察、深海稀土勘探等领域。

“我们做人也一样，就该像‘海牛’的钻头一样，勇往直前，钻透一切困难。”

海洋探索，需要更多人的前赴后继。万步炎与团队成员，注定会像“海牛”的钻头一样，钻向大洋更深、更远处。

“目前，全世界没有任何一台钻机可以在水深超过 8000 米的地方进行工作，我们乐于接受这项挑战，把海底钻探做到极致。未来，还要带着团队到更深更广阔的海域去打下一钻。”

此时的万步炎，目光坚定执着，语气铿锵有力。他用自己的一言一行，标注了一个时代的精神高度。

“大海是我们的事业，我们的目标就是星辰大海。”万步炎说完，再一次把目光投向了远方。

那里，是一片深蓝的大海；那里，无数的中国科研人，继续前行在路上。他们，矢志报国，初心不改。他们，国之所需，吾之所向。

采访手记

冬日初雪，覆盖苍茫大地，一群鸟雀，悠悠地从湘江上空掠过，新的一年又将如约而至。

从校园的红梅初绽，到枫林尽染，再到眼下的瑞雪纷飞，时光倏忽。倾听“海牛”号的故事，我被深深感动。采访和书写是一个繁复的过程，然而只要内心有着一份热爱，就不觉得世事艰难。

若有热爱藏于心，岁月从不负年华。

这些年来，万步炎教授面对一次次挑战与困难，是什么让他坚持下来？我首先想到的一个词就是“热爱”。是的，万教授热爱他的事业，热爱那一片蓝色海洋。他一直有一个海洋梦，那就是要让中国的海洋钻探技术达到世界领先水平。为此，他把国家交给的每一项科研任务，都尽全力做到极致。

万教授是人民的科学家，知道国家的每一分钱都来之不易。长期以来，研发“海牛”项目得到国家的支持，他把国家投入的每一分钱都变成他的动力。他经常跟团队成员说：“国家拨的科研经费，这是成千上万的人纳的税，国家让我们来做这个事情，我们唯一能够回报的就是把事情做好，把国家的任务完成好，把我们的项目完成好，真正把我们国家的国力，把我们落后的地方补上去，把人家卡我们脖子的地方解开，这才对得起纳税人，这才对得起党和国家对我们的信任，也才不辜负人民的期望。”

脚踏实地，不懈攀登。风云际会间，终成大器。

“我不认为我们比国外差，甚至我感觉可能比他们还优秀一点。科技的进步、国家的强大要靠我们自己。”这是他的担当和自信。

万教授说：“开启我人生之路的‘三把钥匙’，就是忠诚与热爱，独立与创新，坚守与坚持。”做教育和做科研一样，他满腔热情，有着高山一样的追求，有着大海一样的胸怀。

岁序常易，华章日新。在这本小书即将出版的日子里，万步炎教授即将迎来自己的60岁生日。一群文艺家相聚“海牛”楼，准备以他和团队为原型拍一部电影。从小就喜欢读书、看电影的万步炎，一直想成为故事里的大英雄，为国家作贡献。殊不知，现在的他本身就是我们心中的大英雄。他和“海牛”团队，本身就是一束光，是深海之光，是未来之光，是千万人心中的精神之光。

从陆地到深海大洋，从科研探索到教书育人，从“最美教师”到“时代楷模”，时代的幸运儿成了时代的追光者。因为心怀“国之大者”，所以一生不忘初心执着前行，他们，在忠诚里生出了热爱，在热爱里坚定了忠诚。

尾声

深处的回响

眺望这一片蔚蓝之海，思绪如潮水般起伏。

人类需要海洋，人类和大海之间，探索与被探索，需要与被需要，成了不变的方向。

目前，世界正在经历百年未有之大变局，海洋是竞争最激烈的领域之一。从近海到远海，从深海到极地，关于海洋的探索都充满了挑战。

吸引人类的，是海洋中的大量宝藏，海洋蕴藏的人类梦寐以求的丰富资源。

人类现今面临三大难题：人口膨胀问题、资源短缺问题和环境恶化问题。迄今为止，全球人口已超过 80 亿，陆地的资源总有一天会消耗殆尽，这不是杞人忧天，而是摆在人类面前的一个严峻事实。怎么办？人类将目光投向海洋，海洋资源是潜在的希望。

面对海洋，我们需要做的，就是抓住机遇，勇毅前行，加快海洋科学技术创新，努力实现“坚持走依海富国、以海强国、人海和谐、合作共赢的发展道路”的大目标。

形势逼人，时不我待；既有压力，也是机遇。

人生之路漫漫，有些沼泽注定要蹚，步履维艰却要勇毅前行。奋斗是科研人员的本分，奋斗是对信心的有力托举。

为加快我国海洋经济发展、维护国家海洋权益、保障海疆安全、保护海洋生态环境，加快实施国家海洋战略，我国正在大力推进海洋科学技术的创新，这是国家的重大需求。

高水平的海洋科技自立自强是关键，包括认知海洋的基础研究、科学探索和开发海洋、保护海洋的关键技术创新。

习近平总书记指出：“建设海洋强国是中国特色社会主义事业的重要组成部分。”他还说：“科技创新是核心，抓住了科技创新就抓住了牵动我国发展全局的牛鼻子。”

创新之道，唯在得人。全世界政治、军事、经济、文化等多维度的竞争，说到底都是人才的竞争，国家最重要的建设是人才的建设。

我国的深海探索虽然起步较晚，但努力奔跑的速度却让人震惊，从零的突破，到迎头赶上，再到后来居上，经过几十年的艰苦探索，终于创造了许多属于自己的奇迹，不断在深海探测方面取得举世瞩目的成绩。在中国深海探测装备庞大的仓库里，一系列深海勘探设备陆续横空出世。新的伙伴不断增多，探测水准接连拔高，应用范围持续扩大。

取得今天这一系列辉煌的成就，离不开无数中国科研人员不忘初心，脚踏实地，前赴后继，砥砺奋进。

“海牛”团队是千千万万中国科研人员中的杰出代表。“未来，还要到更深、更广阔的海域去打下一钻！”这是中国“海牛”人心向大海、钻透一切困难的决心。海洋探索，依然会是一场持久的接力赛。

新的探索已经开始，这是大海发出的召唤。更宽广、更深邃的大海，在等待着人类前行的步伐。

目前，“海牛Ⅲ号”作为国家重点研发计划项目已正式启动，万步炎与团队将向着更深、更广阔的海洋挺进。

这样一群深海养“牛”人，他们注定会融入大海的浩瀚，与生命的波澜相伴，一路披荆斩棘，踏浪而歌，钻向大洋的最深处……

现在和将来，深海和大洋，在越来越多的海域，我们会欣喜地看到“海牛”家族潜入深海的矫健身影，感受到中国人“下五洋捉鳖”的豪情！

每一个微小的我们，都怀揣着梦想，努力奔跑，在新的时代逐梦前行。当接到书写中国“海牛”号与这一群“深海勇士”的写作任务时，我既欣喜，又担心：欣喜的是我能有幸见证、呈现这个伟大时代的伟大探索与创新；担心的是写作领域的巨大跨越，会有力不从心之感。海洋强国，深海装备，这一系列庞大的课题，其中涉及的专业知识、科技术语，都需要我认真学习，好好消化，写作这本书的难度不言自明。

采写的过程中，为了熟悉大海，感知大海，我翻阅大量的书籍，在假期还专程去了一趟海边。当面朝大海时，我思如潮涌，感慨于心。大海的博大深邃、丰富深刻以及开阔包容的胸襟，会带给人类什么？我想起波澜壮阔与惊涛骇浪的大航海，想起宇宙之大、海洋之大，以及人类的渺小，当然，也想起被掩盖在历史尘烟中的那一段段海洋文明史。我的心情和这蔚蓝的大海一样，涛声不息。我这一支拙笔，写不尽深海养“牛”人的故事，因为万教授和他团队中的每一个人，和海洋一样，本身就是浩大与深邃的。他们有着海一样的广博，深藏着海一样的情怀。

聆听他们的故事，我不断地被感动，感动于国家的伟大战略，感动于“海牛”团队的坚守，他们身上映照出中国科研人的拳拳赤子之心，那是一颗颗报效家国的初心、自主创新的决心、攻克万难的恒心。我想起“海牛”楼里的那句铮铮誓言：“国家落后于人的地方，就是我们努力的方向。”他们，用几十年如一日的深钻精研标注了一个时代的精神高度，并将这种高度转化为大海中的“中国深度”，转化为科技自立自强的英勇气概。

因为这份感动，因为这份自豪，也因为这份信任，我有了写作的勇气、动力与源泉。写作的过程中，参考了相关的一些资料，包括这些年各大媒体的新闻报道，在此不一一列举，深表感谢。因为时间有限，水平有限，书中难免有未能涉及的方面，还望大家理解与包容。在此，特别要感谢湖南科技大学，感谢“海牛”团队，感谢省委宣传部，感谢省作协，感谢湖南人民出版社，感谢为这本书的采写和出版提供帮助的所有人。你们的指导、鼓励和肯定，给了小心翼翼的我巨大的信心和勇气，在大家共同的帮助下，才完成了这部心血之作。

短短 20 多万字，不能详尽地描述中国“海牛”团队风雨几十年的历程。书中描摹的这些剪影，记录了一些艰难的历程，回望了一些辉煌的瞬间，希望能给大家一些小小的启示；书中文字流露出的深深敬意，是我对中国“海牛”人由衷的、情难自禁的致敬。

科技不断往前发展，中国“海牛”号的故事一时是书写不完的。从追赶到超越，它仅仅是一个时期的缩影，未来一定还将有更恢宏的故事。向海图强，永无止境。书写伟大时代的生动故事，这是无比光荣的使命。这份荣耀来自“海牛”团队，来自他们初心不改的砥砺前行、生生不息的探索创新。所以再一次向探索海洋的中国“海牛”人深深致敬，向所有帮助与支持过本书采写和出版的单位与个人深深致敬！

当我写完此文，窗前微微露出晨曦，我仿佛看见，水影波光的蔚蓝之处，有着大海苏醒的磅礴力量，也仿佛听见，那来自大海深处的阵阵回响。